中國語言文字研究輯刊

初　編

許　錟　輝　主編

第 13 冊

楚系簡帛文字研究（中）

陳　立　著

花木蘭文化出版社

國家圖書館出版品預行編目資料

楚系簡帛文字研究（中）／陳立 著 ─ 初版 ─ 新北市：花木
蘭文化出版社，2011〔民100〕
目 4+254 面；21×29.7 公分
（中國語言文字研究輯刊　初編：第 13 冊）
ISBN：978-986-254-709-0（精裝）
1.簡牘文字　2.帛書　3.研究考訂
802.08　　　　　　　　　　　　　　100016548

ISBN-978-986-254-709-0

9 789862 547090

中國語言文字研究輯刊
初　編　　第十三冊　　　　ISBN：978-986-254-709-0

楚系簡帛文字研究（中）

作　　者　陳立
主　　編　許錟輝
總 編 輯　杜潔祥
出　　版　花木蘭文化出版社
發 行 所　花木蘭文化出版社
發 行 人　高小娟
聯絡地址　新北市永和區中正路五九五號七樓之三
　　　　　電話：02-2923-1455／傳眞：02-2923-1452
網　　址　http://www.huamulan.tw 信箱 sut81518@gmail.com
印　　刷　普羅文化出版廣告事業
初　　版　2011 年 9 月
定　　價　初編 20 冊（精裝）新台幣 45,000 元

楚系簡帛文字研究（中）

陳 立 著

目次

第六章　楚簡帛文字——合文考

第一節　前　言

　　標示符號的出現，最早可見於甲骨文。一般而言，同一片甲骨上記載二項以上的辭例時，為了分別上下兩個辭例，便以橫線區隔，甚者亦出現曲線作為區隔之用。以橫線作為區隔者，如：

　　　　貞：于甲子步。二（序數）

　　　　甲辰卜，貞。二（序數）

　　　　翌癸亥，王步。二（序數）

　　　　貞：王勿往途眾人。二（序數）（《合》67 正）

以上四個辭例，皆出現於同一版上，為了區別之間的不同，便分別以一條橫線區隔。

　　出土的簡牘、帛書裡，時常可見在文字的上方、下方、或是右下方，出現一些「－」、「＿」、「‧」、「＝」等符號。這些符號的添加，並非任意為之，而是有目的與意義。陳夢家對於漢簡中出現的符號曾經加以整理，並且解釋其作用，其意見如下：一、「□」：扁方塊，附篇號，出現於簡端。二、「●」：大圓點，附篇號，作用同於扁方塊，出現於簡端。三、「‧」：中圓點，章句號，出

現於簡端，而其前一簡未足行而已完章留白者，則爲章號；出現於簡行之中、兩字之間，只占一字的位置者，則爲句號或節號；出現於簡端的中圓點，作用同於大圓點，作爲章號之用。四、「○」：圓圈，章句號，作用同於中圓點。五、「▲」：三角形，章句號，作用同於中圓點。六、「·」：小點，題目號，篇題與尾題上多有此小點。七、「＝」：重文號，在所重之文下。八、「「」」：括弧，刪略號，將上下二字以「「」」括之，表示刪除。九、「﹂」：鉤，鉤識號，作用相當於句讀、鉤識某一章句，亦可作爲平列重文名詞的間隔。十、「、」：頓號，作用略同於鉤識。十一、「儿」：讀書記號。〔註1〕

　　此外，薛英群又補充陳氏缺漏的標示符號，如：一、「　」：空格，簡文裡時常出現空字一格，表示句讀，亦即上列爲一句。二、「﹂」：除陳氏所言的作用外，又作爲標界號使用，也用以表示句讀或段落，或表示與前文略斷之意。三、「／」：標界號，多用於文書的末尾，尤其是人名的標界，四「■」：黑形塊號，表示并列條文得開始或小標題的開端。〔註2〕

　　據此可知，漢代簡牘出現的標示符號甚多，其間的差異，必須透過辭例的觀察，方能瞭解其作用。

　　文字的使用，具有沿襲性，同是標示於竹簡上的符號，其間的作用，亦應與文字的使用習慣相似。楚簡帛的標示符號，如：一、「＝」：一般作爲合文、重文、省減形體、裝飾性符號之用，作爲合文符號時，多置於合書下字的右下方，有時合書之字置於該句最後，「＝」亦兼具有句號的作用；作爲重文符號使用時，則置於所重之文下；作爲標示某字爲截取特徵的省減形體時，大多置於該字的下方，亦偶有特例置於上方者；作爲飾筆的添加時，可以添加於某字或偏旁的下方、中間。二、「－」：小橫畫，可作爲平列名詞的間隔，或作爲冒號使用，或作爲重文與合文符號，作爲重文或合文符號使用時，其作用與「＝」相同。三、「、」：頓點，作爲平列名詞的間隔，或作爲冒號使用。四、「一」：長橫畫，作爲分段號使用，置於句首時，具有界隔的作用，置於句末，除具有

〔註1〕陳夢家：《漢簡綴述·由實物所見漢代簡冊制度》（北京：中華書局，1980年），頁308～309。

〔註2〕薛英群：《居延漢簡通論·簡牘制度》（甘肅：甘肅教育出版社，1991年），頁158～162。

分段界隔的功用，更具有句號的性質；此外，在曾侯乙墓竹簡裡，一般用在小結簡文的開頭。五、「■」：黑形塊號，作為區分章節或段落的符號，在簡文中大多表示另起一個章節或段落的意思。六、「●」：大圓點，標示器物名稱。七、「‧」：小圓點，標示器物的名稱，有時亦兼具句號的作用。八、「○」：圓圈，標示器物名稱，作用與「‧」類似。九、「▮」：分段號。十、「▭」：黑色虛框扁方塊，主要作為表示結束的章節號。十一、「▬」：紅色實框扁方塊，主要作為分段與表示段落結束的章節號。十二、「➊」：扁形圓點，作為專有名詞標示之用，可以放在人名、車名、職官名、器物名之前，或置於中間，或置於後面，位置不固定。十三、「＼」：長斜畫，作為分句符號使用，一般標示於人名與人名，地名與地名，或是其他須要相互區別的名詞之間。十四、「Ｌ」：表示語氣的停頓，或置於句末，或置於句中。

　　楚簡帛的標示符號種類，雖然尚不如漢代簡牘多，而且二者的符號作用亦不盡相同。就其部分相同或相近的符號言，符號與文字的使用，同時具有時代的沿襲性。再者，符號的外形雖然相同，其原本使用的作用卻有所變動，正與文字的使用具有相同的現象。

　　在眾多標示的符號，與文字的書寫關係最為密切的「＝」，在楚系簡帛裡，尚具有重文、合文、截取特徵與裝飾等標示的作用，至漢代簡牘時，主要為標示重文的作用。就合文符號「＝」不再廣泛使用而言，秦漢之後，合文書寫的方式日趨沒落，應是受到文字的統一之故。亦即在秦代統一文字後，字形與行款得到進一步的規範，一個符號只占一個方塊，而且每一個方塊的位置，必須與其鄰近四周的方塊彼此照應，使之整齊化，合文的書寫方式遂逐漸的衰微。

　　戰國文字在字形的形體上多有變化，在書寫的方式上，亦多有不同，二字合書的方式，雖然前有所承，卻又與之或異。甲骨文的合文，大多是簡單地將二字合書，至春秋戰國時，不只將這種書寫的方式運用於各種器物上，在合書的方式上，亦日趨於多樣化。現今出土的戰國文字資料，尤以楚系的簡帛為大宗，根據現今已經發表的資料觀察，其文字書寫形式，除了單一文字在筆畫與偏旁的繁簡之外，尚包含著二字合書的方式。茲據其書寫形式與種類的不同，條分縷析，分節論述。

第二節　合文的定義與「＝（－）」符號的用法

一、合文的定義

　　歷來研究「合文」現象的學者十分多，對於「合文」一詞的解釋，亦有多家的說法，如楊五銘云：

　　　　把兩個以上的字合寫在一塊，作爲一個構形單位而有兩個以上的音節的。這種書寫形式我們叫它作「合文」。〔註3〕

林素清云：

　　　　在看來像一個構形單位裏，卻包含兩個或兩個以上的音節，這種書寫方式稱之爲「合文」。〔註4〕

湯餘惠云：

　　　　合文是把前後相連的兩個或幾個字合寫在一起，但事實上並非隨便哪幾個字都可以合書。構成合文的，不僅要前後相連，而且必須是語言中的固定詞語，如數量詞、地名、職官、複姓之類。〔註5〕

陳煒湛云：

　　　　合文，或稱合書，是把兩個或三個字寫（刻）在一起，在行款上只佔一個字的位置。〔註6〕

曹錦炎云：

　　　　所謂「合文」，就是把兩個或兩個以上的字合寫在一起，構成一個整體，好象是一個字，實際上代表兩個或兩個以上的字，也就是說它讀兩個或兩個以上的音節（這在小篆以後極少見）。〔註7〕

〔註 3〕楊五銘：〈兩周金文數字合文初探〉，《古文字研究》第 5 輯（北京：中華書局，1981年），頁 139。

〔註 4〕林素清：《戰國文字研究》（國立臺灣大學中國文學研究所博士論文，1984 年），頁129。

〔註 5〕湯餘惠：〈略論戰國文字形體研究中的幾個問題〉，《古文字研究》第 15 輯（北京：中華書局，1986 年），頁 23。

〔註 6〕陳煒湛：《甲骨文簡論》（上海：上海古籍出版社，1987 年），頁 63。

〔註 7〕曹錦炎：〈甲骨文合文研究〉，《古文字研究》第 19 輯（北京：中華書局，1992 年），

范毓周云：

> 甲骨文中保有相當數量的合文字，它是在書刻甲骨文的過程中將兩
> 個或兩個以上的文字合寫爲一個字的特殊結構形式，這種形式最初
> 可能是一種無意的創作，但一旦穩定下來，便成爲一種通行的固定
> 形式，構成了甲骨文的特殊組成部分。〔註8〕

綜合學者們對於「合文」的解釋，可知「合文」是一種將兩個或兩個以上的文字，合寫成爲一個方塊字的結構形式，雖然看似爲一字，在音節上仍須讀爲兩個或兩個以上的音節，而意思上也包含了兩個或兩個以上的意思。

二、「＝（－）」符號的用法

「＝」符號的使用，大體分爲四種。一、作爲重文符號之用：趙翼云：「凡重字下者可作二畫，始於石鼓文，重字皆二畫也，後人襲之，因作二點，今并有作一點者。」〔註9〕又俞樾云：「古文遇重文，止於字下加二畫以識之。」〔註10〕作爲重文符號的使用，非僅「＝」，「－」也可以作爲重文的標示，亦即使用「＝」或「－」，表示上下重複出現的字或句。一般而言，「＝」的使用最爲習見，於金文中常見者，如：「子子孫孫」或「孫孫子子」一詞，於「子」字與「孫」字下添加「＝」，寫作「子＝孫＝」，如：「衛其萬年子＝孫＝永寶用」〈衛簋〉，〔註11〕又有寫作「孫＝子＝」者，如：「孫＝子＝其永寶」〈麥方彝〉，〔註12〕而「－」的使用則多見於郭店楚簡，以〈五行〉爲例，如：「智之思也倀（長）－則得－則不－亡（忘）－則明－則見－賢－人－則玉－色－則型（形）－則智」（14），據郭店楚簡整理小組的斷句，應作：「智之思也長，長則得，得則不忘，不忘則明，明則見賢人，見賢人則玉色，玉色則形，形則智」。二、作爲合文符號之用：表示其構形中包含兩個或兩個以上的音節，如〈楚帛書〉「日月」一詞，於「月」字右下角處添加「＝」，以表示此二字爲合文，又如郭店楚簡〈尊得義〉之「非

頁 445。

〔註 8〕 范毓周：〈甲骨文中的合文字〉，《國文天地》1992 年第 7 卷第 12 期，頁 68。

〔註 9〕 （清）趙翼：《陔餘叢考》卷 22（臺北：世界書局，1960 年），頁 6。

〔註 10〕 （清）俞樾：《古書疑義舉例》（臺北：世界書局，1962 年），頁 62。

〔註 11〕 馬承源：《商周青銅器銘文選》第 3 卷（北京：文物出版社，1988 年），頁 138。

〔註 12〕 《商周青銅器銘文選》第 3 卷，頁 49。

豐（禮）而民兌（悅）才此小人矣」（25），在「小人」一詞的「人」字右下角處添加「一」。三、作爲截取特徵的標示符號：如「爲」字在楚簡帛文字皆以截取特徵的省減方式出現，在書寫上或作「　」（包5）、或作「　」（郭・老子乙本3），可以將「＝」置於該字的上方或是下方，表示此爲截取特徵的形體省減。四、作爲飾筆的添加：如「見」字作「　」（郭・五行27）、「且」字作「　」（郭・唐虞之道5）等，其作用除了補白外，可能亦具有穩定文字結構的功能。

　　合文書寫形式起源甚早，在甲骨文中已出現不少合文，就其內容觀察，多集中於名詞、〔註13〕數目字或習用語。名詞類的合文，如：

　　　　上甲：田（《合》22622）

　　　　下乙：弓（《合》22044）

　　　　小祖乙：　（《合》23171）

　　　　十一月：　（《合》382）

數目字的合文，如：

　　　　十五：　（《合》40840）

　　　　三千：　（《合》1168）

習用語的合文，如：

　　　　弘吉：　（《合》37753）

二字合文者較二字以上合文者多。又二字合文的方式有兩種，一爲上下相合者，如「上甲」與「下乙」；一爲左右相合者，如「十五」與「弘吉」。三字合文的方式亦有兩種，一爲先上下相合，再與第三字相合，如「十一月」；一爲左右相合，再與第三字相合，如「小祖乙」。

　　發展至周代，就合文的內容觀察，以名詞、數量詞爲多；〔註14〕就書寫的形式觀察，或於該合文下添加「＝」符號，或僅二字合書而未添加「＝」。添加「＝」符號者，如：

　　　　公子：　〈曹公子沱戈〉

〔註13〕「名詞」一詞包括：先王先公的稱謂、人名、地名、月名等。

〔註14〕據容庚：《金文編》（北京：中華書局，1992年）收錄的合文觀察，合計有78組，屬於名詞者約有42組，屬於數量詞者約有22組。

大夫：　<中山王方壺>

未添加「＝」符號者，如：

小子：　<散氏盤>

三朋：　<攸簋>

此時的書寫方式，一方面承繼殷商甲骨文的合文形式，於其右下方添加「＝」符號，一方面又開啓其他的書寫方式。亦即除了加上「＝」符號，更有省略筆畫或省略同一偏旁的方式。如：「大夫」一例即省略共同偏旁的「大」字；「三朋」一例則省略一個筆畫，換言之，即「三」字的末筆與「朋」字的首筆共用一個筆畫。

此一書寫的方式，發展至春秋戰國時達到巔峰，除了書於銅器外，於璽印、竹簡、帛書上皆可見到，以璽印文字爲例，如：

司徒：　（《古璽文編》3762）

邯鄲：　（《古璽文編》4034）〔註15〕

合文書寫的方式，發展到春秋戰國時達到巔峰，到了漢代，由於受到秦代的文字統一，遂使得此種書寫方式不再盛行。現今所見漢代的合文，其書寫方式較特殊者爲「大夫」（　）二字，即「大」與「夫」二字以省減共同偏旁的方式書寫，表面上看似只有「夫」字，卻是由「大」與「夫」二字所構成，在書寫時省減共同的偏旁「大」。

本章探討的重點，在於楚系出土簡帛文字的合文內容與書寫的形式。茲由楚簡、帛書合文的內容先予介紹，而後再觀察其書寫的形式，條分縷析，依序論述。

第三節　楚簡帛文字合文的內容

從出土的楚簡與帛書資料觀察，其合文的內容，大致可分爲稱謂詞、數字、「之×」的習用語、時間序數詞、動物名稱、品物器用名稱、地名及其他等。茲據內容的分類，依序加以論述。

一、稱謂詞

凡所指的對象與人有關者，皆置於此，如職官名、人名、姓氏等。

〔註15〕羅福頤：《古璽文編》（北京：文物出版社，1994年），頁357，頁361。

（一）大　夫

簡文作「￼」、「￼」、「￼」、「￼」。見於曾侯乙墓竹簡者，如：

七夫＝所幣大宰䳘＝（210）

見於信陽楚簡者，如：

含卿夫＝（1.32）

見於望山楚簡者，如：

貞走趣事王夫＝（1.22）

逿禱夫＝之私巫（1.119）

見於包山楚簡者，如：

子左尹命漾陵宮夫＝（12）

邵行之夫＝（15，15反）

不逿鄆昜宮夫＝以廷（26）

龔夫人之夫＝番嬴受期（41，48）

不逿韻宮夫＝（47）

周賜之夫＝陽義受期（65）

苛腶訟聖家之夫＝軋豎以賕田（94）

子左尹命漾陵之宮夫＝（126）

兼陵宮夫＝（128）

葉宮夫＝……葉宮夫＝（130）

秦夫＝㤛之州里公周瘛言於左尹與鄴公賜（141）

姇宮夫＝命少宰尹䢕姇（157）

䢵宮夫＝黃轆（188）

見於郭店楚簡〈緇衣〉者，如：

毋以卑（嬖）士息（塞）夫＝、卿事（士）（23）

虗（吾）夫＝（26）

「大夫」一詞於《左傳》常見，如《左傳・桓公十三年》云：「鄧曼曰：『大夫

其非眾之謂，其謂君撫小民以信，訓諸司以德，而威莫敖以刑也。』」〔註16〕又如《左傳・僖公二十八年》云：「王使謂之曰：『大夫若入，其若申、息之老何？』」〔註17〕文獻所見的楚國「大夫」多為職官之稱；再者，由楚簡諸例觀察，「大夫」一詞亦作為職官名。據此可知，「大夫」於簡文中為官名的泛稱。

（二）小　人

簡文作「尖²」、「尖⁼」、「外³」、「尖⁼」、「尖」。見於包山楚簡者，如：

尖＝命為瞀以傳之（120）

尖＝不信糅馬，尖＝信卡下蔡閈里人雇女返（121）

皆以甘匽之鼻＝死於尖＝之敓（125）

尖＝與慶不信殺恒卯（136）

尖＝各政於小＝之墜（140）

甲辰之日尖＝（141）

尖＝牆（將）敓之夫自傷，尖＝女戰之，以告（142）

鄎逨尹憍鞍（執）尖＝於君夫人之故愴（143）

尖＝取愴之刀以解尖＝之桎，尖＝逃至州墜，州人牆（將）敓＝尖＝

〔註18〕信以刀自戕，州人女以尖＝告（144）

尖＝以八月甲戌之日（145 反）

見於郭店楚簡〈成之聞之〉者，如：

是古（故）尖＝亂天常以逆大道（32）

見於〈尊德義〉者，如：

非豊（禮）而民兌（悅）才此尖－矣（25）

豊（禮）不隶於尖－（32）

見於〈語叢四〉者，如：

〔註16〕楊伯峻：《春秋左傳注》（高雄：復文圖書出版社，1991 年），頁 137。

〔註17〕《春秋左傳注》，頁 468。

〔註18〕此具有合文與重文雙重性質，因此，簡文於該合文的前後加上「＝」，以示其兼具合文與重文。

不智（知）其向（鄉）之尖＝、君子（11）

據以上諸例觀察，包山楚簡的「小人」一詞，爲文書簡中被審訊者自稱之詞。此外，郭店楚簡「小人」一詞，常與「君子」對舉，應指行爲卑鄙的人。

（三）公 孫

簡文作「<ruby>倉</ruby>」。於現今出土簡帛中僅出現一次，見於包山楚簡者，如：

畏客鑫＝哀（145）

「公孫」一詞有二種意義：一爲諸侯之孫，如《儀禮・喪服》云：「諸侯之子稱公子，公子不得禰先君；公子之子稱公孫，公孫不得祖諸侯。」；〔註19〕一爲複姓，如《史記・秦本紀》云：「二十三年，與魏晉戰少梁，虜其將公孫痤。」〔註20〕從楚簡的辭例觀察，此應爲「公孫」複姓合文。

（四）子 孫

簡文作「<ruby>孫</ruby>」。見於信陽楚簡者，如：

皆三代之孫＝（1.6）

見於郭店楚簡《老子》乙本者，如：

孫＝以其祭祀不屯（16）

「子孫」於此應爲「後代」之義。

（五）一 夫

簡文作「<ruby>夫</ruby>」。「一夫」合文並未在右下方添加合文符號「＝」。見於包山楚簡者，如：

刻戲之少僮鹽族邸夫，疾夫〈包山3〉

慧之子庚夫（7）

庚之子睹夫，睹之子疕夫（8）

成年男子稱爲「夫」，「一夫」應爲「夫一人」或「夫一名」之義。

〔註19〕 （漢）鄭玄注、（唐）賈公彥疏：《儀禮》（十三經注疏本）（臺北：藝文印書館，1993 年），頁 379。

〔註20〕 （漢）司馬遷撰、（唐）司馬貞索隱、（唐）張守節正義、（宋）裴駰集解、瀧川龜太郎考證：《史記會注考證》（臺北：宏業書局有限公司，1992 年），頁 94。

（六）躳　身

簡文作「![字]」、「![字]」、「![字]」、「![字]」、「![字]」、「![字]」、「![字]」、「![字]」、「![字]」、「![字]」。見於天星觀竹簡者，如：

少優於窮＝（卜筮）

少又優於窮＝（卜筮）

見於望山楚簡者，如：

少（小）又（有）優（憂）於窮＝與宮室（1.24）

少（小）又（有）優（憂）於牀（將）又（有）優（憂）於窮＝（1.74）

見於包山楚簡者，如：

出內（入）事王書（盡）卒歲（歲）窮＝慸毋又咎（197）

於窮＝（198）

書（盡）卒歲（歲）窮＝慸毋又咎（199）

出內（入）事王書（盡）卒歲（歲）窮＝尚毋又咎（201）

窮＝（202）

「躳身」一詞見於古籍，如《國語・越語下》云：「王若行之，將妨於國家，靡王躳身。」〔註21〕《說文解字》「躳」字云：「身也。」〔註22〕又《爾雅・釋詁下》云：「朕、予、躳、身也。」郭璞云：「今人亦自呼為身。」〔註23〕「躳身」為個人的謙稱。

（七）見　日

簡文作「![字]」。見於包山楚簡者，如：

敢告於暑＝（132）

賈繼東以為先秦時期的社會，普遍存在拜日的情節，崇拜太陽的心態，尤以楚

〔註21〕（周）左丘明：《國語》（臺北：宏業書局有限公司，1980年），頁641。

〔註22〕（漢）許慎撰、（清）段玉裁注：《說文解字注》（臺北：黎明文化事業股份有限公司，1991年），頁347。

〔註23〕（晉）郭璞注、（宋）邢昺疏：《爾雅》（十三經注疏本）（臺北：藝文印書館，1993年），頁20。

人爲甚，他們把太陽視爲天的主宰，並以太陽比喩爲人世間的君王，故推測「見日」一詞，應借指爲當時的楚王。〔註24〕由簡文的內容觀察，「見日」應是被審訊者對於審訊官的尊稱。至於是否喩指楚王，尚須進一步的深究。

（八）君　子

簡文作「𦥑」、「𦥑」、「𦥑」。見於郭店楚簡〈忠信之道〉者，如：

　　𦥑女（如）此（3）

　　𦥑弗言尒（5）

　　𦥑弗申尒，……𦥑弗柔也（6）

　　𦥑其它（施）也（7）

見於〈成之聞之〉者，如：

　　古（故）𦥑＝之立民也（3）

　　是古（故）𦥑＝之於言也（13）

　　古（故）𦥑＝不貴庶勿（物）而貴與民又（有）同也（16）

　　𦥑＝曰（29）

　　是以𦥑＝貴天銮大常（30）

　　昔者𦥑＝有言曰（37）

見於〈性自命出〉者，如：

　　𦥑－娍（美）其青（情）（20）

　　𦥑－執志（65）

　　𦥑－身以爲宝心（67）

見於〈六德〉者，如：

　　𦥑－不帝（啻）明嗇（乎）民散（微）而已（38）

見於九店竹簡者，如：

　　𦥑＝尻（居）之幽愄不出（56.45）

九店楚簡「𦥑」一字，李家浩於〈江陵九店五十六號墓竹簡釋文〉中並未釋

<hr>

〔註24〕賈繼東：〈包山楚墓簡文「見日」淺釋〉，《江漢考古》1995年第4期，頁54～55。

出，並且以「□」表示缺一字。〔註 25〕徐在國以爲此字應爲「𦣞」，釋爲「君子」。〔註 26〕觀察竹簡圖片之字，清晰可見，應如徐氏所言釋作「君子」二字合文。

（九）聖　人

簡文作「聖」。見於郭店楚簡〈尊德義〉者，如：

聖＝之訶（治）民（6）

從辭例觀察，「聖人」一詞當指才學或道德極爲完備的人。

（十）兄　弟

簡文作「兄」。見於郭店楚簡〈五行〉者，如：

中心兄（悅）重爨於踶一（33）

據郭店楚簡整理小組指出，馬王堆漢墓帛書本作「中心說（悅），遷于兄弟。」其意應指帛書本「兄弟」二字係以析書方式書寫。〔註 27〕

二、數　字

此類合文爲純粹的計量數詞。

（一）又　五

簡文作「𠂤」。見於曾侯乙墓竹簡者，如：

□所賻十眞𧆆＝眞（140）

□十簞𧆆＝（209）

據辭例可知，凡是十的倍數與不滿十的零數之間的數目，以「又」字相連。

（二）又　六

簡文作「𠂤」。見於曾侯乙墓竹簡者，如：

羊二秉𠂤＝（43）

〔註 25〕李家浩：〈江陵九店五十六號墓竹簡釋文〉，《江陵九店東周墓》（北京：科學出版社，1995 年），頁 508。

〔註 26〕徐在國：〈楚簡文字拾零〉，《江漢考古》1997 年第 2 期，頁 81～82。

〔註 27〕荊門市博物館：《郭店楚墓竹簡·五行釋文·注釋》（北京：文物出版社，1998 年），頁 153。

大凡仐＝馬甲奀＝馬之甲（141）

（三）一 十

簡文作「干＝」。見於仰天湖竹簡者，如：

鐸箕干＝二箕皆有絵縫（32）

滕壬生將此字與其下「二」字視爲「一十二」三字合文，應爲失誤。簡文於「一十」合文的右下方添加「＝」，以示此爲合文，而後才寫上「二」字，不可直視爲「一十二」三字的合文。

（四）二十（廿）

簡文作「廿＝」、「廿＝」、「廿」。見於信陽楚簡者，如：

緅與素絵之緪囊廿＝又一……廿＝豆（2.12）

廿＝二足桱（2.20）

皇脛廿＝又五，脛廿＝又五（2.26）

見於天星觀竹簡者，如：

口廿＝白邑（遣策）

見於望山楚簡者，如：

號廿＝（2.45）

敯（雕）杯廿＝合（2.47）

當帽廿＝二（2.49）

見於包山楚簡者，如：

廿＝鈄（277）

見於郭店楚簡〈唐虞之道〉者，如：

聖人廿而冒（25）

見於九店竹簡者，如：

舊廿＝檐（56.3）

（五）三十（卅）

簡文作「卅＝」、「卅＝」、「卅」。見於曾侯乙墓竹簡者，如：

所造卅＝鴅之甲（141）

見於信陽楚簡者，如：

杯豆卅＝，豆卅＝（2.20）

見於天星觀竹簡者，如：

卅＝戠無咎無祝（卜筮）

見於望山楚簡者，如：

黃夋組之繢卅＝（2.2）

見於包山楚簡者，如：

郘異之黃金卅＝益二益（107）

郘異之金卅＝益二益（117）

大脤尹公夢必與燍卅＝（139）

見於郭店楚簡〈唐虞之道〉者，如：

卅而又（有）家（25）

見於五里牌竹簡者，如：

又□□□卅＝司□□（406.17）

（六）四　十

簡文作「㗊」、「㗊」、「㗊」。見於曾侯乙墓竹簡者，如：

大凡甼＝鞏又三鞏（121）

見於信陽楚簡者，如：

箕甼＝又四……甼＝箕（2.6）

小囊糢甼＝又八（2.22）

見於包山楚簡者，如：

絑臀一百甼＝罼＝矔畬＝（269）

絑臀百緋甼＝刀＝矔畬＝（牘1）

見於九店竹簡者，如：

舊甼＝檐六檐（56.7）

（七）五　十

簡文作「〒＝」。見於郭店楚簡〈唐虞之道〉者，如：

〒＝而紂（治）天下（25）

（八）六　十

簡文作「〒＝」。見於曾侯乙墓竹簡者，如：

大凡卒＝眞又四眞（140）

（九）七　十

簡文作「〒＝」。見於郭店楚簡〈窮達以時〉者，如：

行年〒＝而屠牛於朝訶（歌）（5）

見於〈唐虞之道〉者，如：

〒＝而至（致）正（政）（25）

（十）八　十

簡文作「〒＝」、「〒＝」、「〒＝」。見於曾侯乙墓竹簡者，如：

大凡〒＝馬甲〒＝馬之甲（141）

見於望山楚簡者，如：

〒＝（2.11）

見於包山楚簡者，如：

其百又〒＝先於畢塦郱中（140反）

三、「之×」式的習用語

此類合文為「之×」式的習用語。

（一）之　月

簡文作「〒」、「〒＝」。見於天星觀竹簡者，如：

遠栾育＝（卜筮）

見於包山楚簡者，如：

冬栾育＝（2，205，206）

屈栾育＝（4）

顕（夏）屌＝（129）

畱屌＝（197，199，201，226，228，230，232，234，236，239，

245，247）

遠棻屌＝（207）

包山楚簡中「××之月」的習用語，「之月」二字或採取合文方式書寫，或析書，究其原因，可能與書寫者的個人書寫習慣有關。

（二）之　日

簡文作「吾」、「吾」、「吾」、「半」。見於天星觀竹簡者，如：

丙午吾＝（卜筮）

見於望山楚簡者，如：

丙辰吾＝（1.9）

丁巳吾＝（1.10）

己未吾＝（1.89，1.132）

乙丑吾＝（1.90）

辛未吾＝（1.156）

乙亥吾＝（1.160）

甲子吾＝（1.155，1.161）

見於包山楚簡者，如：

吾＝（5）

乙酉吾＝（7）

甲戌吾＝（12）

乙卯吾＝（120）

丁巳吾＝（121）

乙未吾＝（199，201）

癸丑吾＝（206）

癸卯吾＝（207）

己酉音＝（221）

丙辰音＝（224，225）

己卯音＝（226，228，230，232，234，236，239，242，245，247）

丁亥音＝（267）

丙戌音＝（牘1）

觀察包山楚簡與望山楚簡中「××之日」的習用語，「之日」二字有時以合文形式書寫，有時則爲析書，並無一定的常例。

（三）之　歲

簡文作「夢＝」、「歲＝」。見於望山楚簡者，如：

□□□ 剔餌（問）王葳郢歲＝（1.8）

見於包山楚簡者，如：

東周之客醫經逾（歸）復（胙）於葳郢歲＝（218，221，225）

大司馬悼骴趕楚邦之帀（師）徒以救（救）郙歲＝（226，232，234，236，245，247）

大司馬悼戠栽（救）郙歲＝（267）

觀察包山楚簡與望山楚簡中「××之歲」的習用語，「之歲」二字有時以合文形式書寫，有時亦爲析書，並無一定的常例。

（四）之　所

簡文作「所＝」。見於包山楚簡者，如：

白疋之栽敘於疋所＝講（138 反）

見於郭店楚簡《老子》乙本者，如：

人所＝畏，亦不可以不畏（5）

見於《老子》丙本者，如：

人欲不欲，不貴難得之貨；學不學，復眾所＝逃（過）（14）

見於〈太一生水〉者，如：

故歲者，溼澡（燥）所＝生也。溼澡（燥）者，倉（滄）熱所＝生

也（4）

四時者，陰陽**斋**＝生。陰陽者，神明**斋**＝生也。神明者，天地**斋**＝

生也（5）

天陞（地）者，太（大）一**斋**＝生也（6）

此天**斋**＝不能殺（7）

陞（地）**斋**＝不能釐（埋），陰陽**斋**＝不能成（8）

見於九店竹簡者，如：

粘芳糧以謱犢某於武**強斋**＝（56.44）

（五）之　首

簡文作「**首**＝」、「**首**」。見於包山楚簡者，如：

絑臂一百**匀**甲＝**隹**韅**首**＝（269）

絑臂百**緋**甲＝**刀**＝韅**首**＝（牘1）

滕壬生與張守中皆將包山楚簡（牘1）的字解作「之頁」合文，今觀察二者的
文句相似，不宜分釋爲二字。再者，《說文解字》「頁」字云：「頭也，從𦣻從儿。」
〔註28〕「首」字云：「古文𦣻也。」〔註29〕二者的本義皆爲「頭」，「首」字的形
體爲頭上長有頭髮之形，大體上與「頁」字相似。又古文字「頁」與「首」作
爲形旁使用時，常可通用，如：

字例	顯	道	頂	顏	頰
從首	〈康鼎〉	盟書 156.19	說文頁部	說文籀文	說文籀文
從頁	〈諫簋〉	盟書 156.20	說文頁部	說文籀文	說文籀文〔註30〕

　　從古文字「頁」、「首」通用的現象，及楚簡的辭例、《說文解字》對於二字
的解釋等，諸多的觀察，本文採取《包山楚墓》之說，將之視爲「首」字。

〔註28〕《說文解字注》，頁 420。

〔註29〕《說文解字注》，頁 427。

〔註30〕本表參引自高明《中國古文字學通論》表 3 之 117（臺北：五南圖書出版有限公司，
　　　　1993 年），頁 222。

（六）之　人

簡文作「　」。見於包山楚簡者，如：

葴沱君之奇輈（176）

「之人」一詞亦多次見於（176），卻皆以析書方式書寫，就其書寫於簡文中的間距觀察，上列字例「之」字與「人」字只佔一格的位置，與其他的簡文相較確實更爲緊密相連。

（七）之　志

簡文作「　」。見於郭店楚簡〈六德〉者，如：

求養新志－（33）

「求養新志」本已十分明確，簡文「志」字的右下方又添加「－」，此處的「－」符號並非作爲冒號之用，亦非作爲重文符號使用，惟一的可能即爲合文符號之用，故將之視爲「之志」二字合文。

四、時間序數詞

凡是用以表示事物次序之詞即爲序數詞。〔註31〕在序數詞的表現上，可以年、月、日直接用數目字予以表示，如一月，一日等。

（一）七　日

帛書作「　」。見於楚帛書者，如：

内月七＝合（乙3.1）。

（二）八　日

帛書作「　」。見於楚帛書者，如：

内月七＝合（乙3.2）

此字右下方未見「＝」符號，曾憲通云：「『八』字只殘存上半，其下據紅外線照片尙隱約有『日』字，二字亦占一格位置，合文符號不明。」〔註32〕從圖片觀察，曾氏之言應可採信。

〔註31〕馬文熙、張歸璧：《古漢語知識詳解辭典》（北京：中華書局，1996年），頁665。

〔註32〕曾憲通：《楚帛書・楚帛書文字編》（香港：中華書局，1985年），頁314。

（三）一　月

帛書作「☐」。見於楚帛書者，如：

　　月、二月、三月（乙 3.24）

「一月」合文下並無合文符號「＝」，曾憲通以爲「一月」二字就形體觀察僅佔一格的位置，所以，應是書寫者漏寫合文符號「＝」。[註33]

（四）八　月

簡文作「☐」、「☐」。見於曾侯乙墓竹簡者，如：

　　☐＝庚申（1）

見於天星觀竹簡者，如：

　　☐＝庚辰之日（卜筮）

　　☐＝遚備㡾於巫（卜筮）

見於望山楚簡者，如：

　　☐＝（2.1）

見於包山楚簡者，如：

　　☐＝乙酉☐＝（7）

　　☐＝辛未（173）

　　☐＝己巳（196）

見於九店竹簡者，如：

　　☐（56.96，56.107）

（五）十　月

簡文作「☐」、「☐」、「☐」、「☐」。見於天星觀竹簡者，如：

　　從☐＝以至來歲之☐＝（卜筮）

　　☐＝丙戌之日（卜筮）

見於包山楚簡者，如：

　　☐＝甲申王詎（16 反）

〔註33〕《楚帛書・楚帛書文字編》，頁 313。

育＝辛巳之日（43，44，47，62，68，69，96，140）

育＝壬午之日（59）

育＝辛未之日（60，61）

育＝乙亥之日（64，190）

育＝戊寅之日（65，66，67）

育＝己丑之日（70，71，176）

育＝壬辰之日（72，73）

育＝癸巳之日（74）

育＝乙未之日（75，76）

育＝戊戌之日（97）

育＝辛丑之日（98）

育＝乙亥（193）

見於九店竹簡者，如：

邟（56.94，56.96）

（六）肎　月

簡文作「肏＝」。見於包山楚簡者，如：

育＝乙卯肏＝（120）

育＝丁巳肏＝（121）

晉經之肎＝甲午之日（132 反）

育＝（200）

育＝丁亥肏＝（267）

育＝丙戌肏＝（牘 1）

見於九店竹簡者，如：

肎＝（56.94，56.96）

戰國時期，楚國採用序數及特殊的名詞紀月，除出土的九店、包山等楚簡的記載外，在雲夢秦簡裡亦有相關的記錄，茲以表格臚列，以清眉目：

楚簡	冬柰	屈柰	遠柰	刑杘	夏杘	亯月	夏柰	八月	九月	十月	夷月	獻馬
秦簡	冬夕 中夕	屈夕	援夕	刑夷	夏杘	紡月	夏夕 七月	八月	九月	十月	爨月	獻馬

據對照表所示，「亯月」即「紡月」，代表楚之六月。

（七）夷 月

簡文作「𨐋」。見於包山楚簡者，如：

　　皆以甘匜之鼻＝死於尖＝之敔（125）

此爲楚國曆法的十一月

（八）日 月

帛書作「𣅀」。見於楚帛書者，如：

　　未又胃＝（甲3.34）

　　胃＝夋生（甲4.35）

　　帝夋乃爲胃＝之行（甲7.2）

　　乃㞷胃＝（甲7.32）

　　胃＝星辰（乙1.21）

　　女胃＝既亂（乙4.25）

　　胃＝皆亂（乙7.23）

　　胃＝既亂（乙7.30）

五、動物名稱

（一）羠 羊

簡文作「𦍌」。見於包山楚簡者，如：

　　一青𦍌之齋（129）

彭浩等人云：「簡文把兩字合書，羠讀如騂，騸馬。去勢之羊曰羯。」〔註34〕今暫從其說。

〔註34〕劉彬徽、彭浩、胡雅麗、劉祖信：〈包山二號楚墓簡牘釋文與考釋〉，《包山楚墓》（北京：文物出版社，1991年），頁380。

（二）狂 豕

簡文作「豕干」。見於望山楚簡者，如：

祭公主狂＝酉（酒）飤（食）（1.110）

王之北子各狂＝酉（酒）飤（食）（1.117）

北子狂＝酉（酒）食（1.118）

罷禱王孫喿狂＝（1.119）

見於包山楚簡者，如：

舉禱東陵連囂狂＝（243）

「豕干」字，彭浩等釋為「豕干＝（豻）」，[註35] 以為此字是二字合文；張光裕、袁國華的解釋，亦與彭浩等相同；[註36] 張守中釋作「狂」；[註37] 望山楚簡中則釋作「豕」。[註38]「干」字於甲骨文作「半」（《合》28059），而《金文編》收錄作「半」〈虞簋〉、「半」〈干氏吊子盤〉，[註39] 包山楚簡作「半」（269），與簡文「豕干」的偏旁不同。又包山楚簡「宔」字作「今」（22），與此字的偏旁相同，故於此將之釋作「狂」。

（三）戠 牛

簡文作「牽」、「牽」、「牽」、「牽」、「牽」，或於合文下加上「＝」，或未加合文符號。見於天星觀竹簡者，如：

冬柰至棠於社牽＝饋之（卜筮）

舉禱番先牽饋之（卜筮）

舉禱大稿牽＝（卜筮）

禱白朝牽桐（卜筮）

牽（卜筮）

〔註35〕〈包山二號楚墓簡牘釋文與考釋〉，《包山楚墓》，頁368。

〔註36〕張光裕、袁國華：《包山楚簡文字編》（臺北：藝文印書館，1992年），頁348。

〔註37〕張守中：《包山楚簡文字編》（北京：文物出版社，1996年），頁151。

〔註38〕湖北省文物考古研究所、北京大學中文系：《望山楚簡》（北京：中華書局，1995年），頁100。

〔註39〕《金文編》卷3，頁130。

見於包山楚簡者，如：

　　　禤於新父蔡公子豪擊（202）

　　　罷禱於卲王擊（205）

《說文解字》「戠」字云：「闕。從戈從音。」〔註40〕其義不可知。李孝定以爲「戠」字於甲骨卜辭多言「戠牛」、「戠眾」，似均言毛色。〔註41〕又商承祚云：「《說文》：『埴，黏土也。』〈禹貢〉：『厥土赤埴墳』，《釋文》：『埴鄭伯哉』，是埴、戠同聲假借，《釋名・釋地》：『土黃而細密曰埴』，是『戠』乃黃色也。則卜辭之戠牛（《前》1.21.40），與此之『戠眾』皆指色黃言，與物羊同爲毛色意同也。」〔註42〕從二位學者之論，「戠牛」之「戠」當言其毛色。甲骨文、楚簡皆習見「戠牛」作爲祭品，其間的作用或目的，是否有所變化，尚不可知，有待日後進一步的深入探討。

（四）白　犬

　　簡文作「臭」。見於包山楚簡者，如：

　　　賽於行一臭＝（208）

「白犬」一詞以析書方式書寫者，又如：「墾禱宮氒一白犬」（210）、「閔於大門一白犬」（233），從辭例觀察，「白犬」進獻的對象應爲「行」（宮行）與「門」。以「白犬」作爲祭祀牲品之用，亦見於甲骨文，只是尚未發現「白犬」二字合文，如：

　　　辛巳貞：其牽生于妣庚、妣丙，牡、牝、白犬。（《合》34082）

　　　戊寅卜：燎白犬、卯牛于妣庚。（《英》1891）

殷人祭祀的牲品，除上述的「白犬」外，據甲骨文的記載，亦發現不少以白色爲主的牲品，如：白人、白羌、白馬、白牛、白羊、白豕、白麤、白豚等。禮俗制度的流傳性較爲廣泛與久遠，殷人尚「白」之說多見於古籍，如《禮記・檀弓上》云：「殷人尚白，大事斂用日中，戎事乘翰，牲用白。」〔註43〕從戰國

〔註40〕《說文解字注》，頁368。

〔註41〕李孝定：《甲骨文字集釋》第12（臺北：中央研究院歷史語言研究所，1991年），頁3787。

〔註42〕于省吾編：《甲骨文字詁林》（北京：中華書局，1996年），頁2349。

〔註43〕（漢）鄭玄注、（唐）孔穎達疏：《禮記》（十三經注疏本）（臺北：藝文印書館，

時代楚人以「白犬」作爲牲品的現象觀察，這項習俗可能始自殷商時代即已流傳，並且影響到後世。關於殷商人使用「白犬」或是其他白色動物作爲祭祀牲品的原因，由於迄今尚無專門研究此項專題的學者，所以，尚無法推知其使用的目的、原因和方法。再者，有關包山楚簡所載牲品與祭祀的問題，亦無專人從事研究，因此尚無法瞭解其制度，以及殷商、楚國間禮俗制度的關連性爲何。

（五）㪔 犬

簡文作「㪔」。見於包山楚簡者，如：

　　郙客室困業之㪔＝敍麇（145）

《楚辭・九章・懷沙》云：「邑犬之群吠兮，吠所怪也。」《注》云：「言邑里之犬，群而吠者，怪非常之人而噪之也。」〔註44〕楚簡帛文字習見於原本的字形增添偏旁「宀」者，如「中」字作「㐀」、「躬」字作「㪔」，「㪔」字從宀從邑，應與之相同。「㪔犬」應指邑里之犬。

（六）牘 牛

簡文作「牘」。見於包山楚簡者，如：

　　擧禱牘＝（222）

「牘牛」一詞，彭浩等釋爲「特牛」。〔註45〕《禮記・少儀》云：「不牘弔」，《注》：「特本亦作牘，音特。」〔註46〕又《國語・楚語下》云：「天子舉以大牢，祀以會；諸侯舉以特牛，祀以大牢；卿舉以少牢，祀以特牛；大夫舉以特牲，祀以少牢；士食魚炙，祀以特牲。」韋昭云：「特，一也」。〔註47〕牘牛爲特牛，即爲一頭牛。「牘」字反切爲「除力切」，「特」字反切爲「徒得切」，上古音同屬「職」部「定」紐，雙聲疊韻。「牘」、「特」二字爲雙聲疊韻通假的現象。

（七）赭 豬

簡文作「赭」、「赭」。見於天星觀竹簡者，如：

1993 年），頁 114。

〔註44〕 （宋）洪興祖：《楚辭補注》（臺北：長安出版社，1991 年），頁 143。

〔註45〕 〈包山二號楚墓簡牘釋文與考釋〉，《包山楚墓》，頁 389。

〔註46〕 《禮記》（十三經注疏本），頁 628。

〔註47〕 《國語》，頁 564～565。

🈀禱宮禰豬＝酉食（卜筮）

🈀禱東城夫人豬＝酉飤（卜筮）

🈀禱巫豬＝需酉鋪鐘樂之（卜筮）

若僅由簡文觀察，其意義不明。《說文解字》「赭」字云：「赤土也，從赤者聲。」段玉裁云：「引申爲凡赤。」〔註48〕又《儀禮・覲禮》云：「諸侯覲于天子……設六色，東方青，南方赤，西方白，北方黑，上玄，下黃。」〔註49〕再者，從包山楚墓、望山楚墓、曾侯乙墓與信陽楚墓的出土棺槨與文物尙用朱漆言，楚國地處南方，應以赤色爲正色。故於此以爲「赭」字省減掉「赤」，「者豬」應爲「赭豬」。

六、品物器用名稱

（一）菹醢

簡文作「🈀」。於現今出土簡帛中只出現一次，見於包山楚簡者，如：

🈀＝一畀（256）

彭浩、張光裕等學者將它隸作「滿昱」，其下並無任何解說。《楚辭・離騷》云：「后辛之菹醢兮」，又云：「固前脩以菹醢」，五臣《注》對於「菹醢」一辭云：「菹醢，肉醬也。」〔註50〕《楚辭・大招》云：「醢豚苦狗」，王逸《注》：「醢，肉醬也。」〔註51〕食用肉醬應是當時楚人的飲食習慣之一。此外，宋公文與張君兩位學者對於楚人的飲食習慣亦多有表示，他們認爲楚國人在處理肉類食品上，一方面使用熟餚，一方面則將肉類製成肉乾或是肉醬，以備隨時食用。〔註52〕又據馬王堆一號漢墓的發掘報告指出，該墓葬出土的竹簡共有三百一十二枚，從內容觀察，多爲隨葬器物的清單，應屬於遣策性質，在諸簡的記載裡，有一些爲「醬類」的記載，如「魚脂一資」（92）、「肉醬一資」（93）、「爵（雀）醬一資」（94）等，整理小組考證，以爲此三者的性質相同，只是材料的不同。〔註53〕馬王堆一號漢

〔註48〕　《說文解字注》，頁 496。

〔註49〕　《儀禮》（十三經注疏本），頁 329。

〔註50〕　《楚辭補注》，頁 23 與頁 24。

〔註51〕　《楚辭補注》，頁 219。

〔註52〕　宋公文、張君：《楚國風俗志》（武漢：湖北教育出版社，1995 年），頁 26～28。

〔註53〕　湖南省博物館、中國科學院考古研究所編：《長沙馬王堆一號漢墓》（上集）（北京：

墓，位於長沙市東郊五里牌外，就地域言，應屬楚地。西漢初年居於楚地的漢人仍有食肉醬的習慣，並將之登載於遣策，相對的，遠在戰國中期晚段的楚人仍有此習性，亦不爲奇。再者，《說文解字》於「菹」字與「醢」字下皆有重文，「菹」字下有兩個重文，「𦉢，或從血。」「𦉢，或從缶。」「醢」字下有一個重文，「𦉢，籀文。」簡文「𦉢」形體似爲「俎」，應是「菹」字的省減；「廾」似爲「廾」，即從兩手；「𦉢」的形體與「皿」相似。「皿」於金文中多作「𦉢」、「𦉢」之形，寫作「𦉢」的形體，亦無不可能。「𦉢」似爲「盍」之形，「盍」於《說文解字》中的重文作「𦉢」，其形應是「醢」字的省減。今從簡文的上下文、楚人與漢人生活習慣以及字形上判斷，此爲肉類食品名稱「菹醢」。

（二）革 鞻

簡文作「𦉢」。於現今出土簡帛中僅出現一次，見於包山楚簡者，如：

　鞥牛之鞻＝（273）

又於包山楚簡見「鞥牛之革鞻」（牘 1）、「鞥牛之革鞻」（271）。據此可知，從「革」與從「韋」偏旁者多可通用。彭浩等人將從韋從堇之字讀爲「巾」，「以衣被車則稱爲巾」，[註54] 革鞻係以鞥牛的皮革所製的車巾。

（三）竹 簍

簡文作「簍」。見於信陽楚簡者，如：

　二簍＝（2.19）

見於包山楚簡者，如：

　二簍＝（260）

《周禮·天官·縫人》云：「喪縫棺飾焉，衣翣柳之材。」賈公彥云：「釋曰，翣，即上注方扇，是也。」[註55]《禮記·檀弓下》云：「是故制絞衾，設蔞翣，爲使人勿惡也。」鄭玄《注》：「絞衾，尸之飾；蔞翣，棺之牆飾。」[註56] 又

　　中華書局，1973 年），頁 138。

〔註54〕〈包山二號楚墓簡牘釋文與考釋〉，《包山楚墓》，頁 398。

〔註55〕（漢）鄭玄注、（唐）賈公彥疏：《周禮》（十三經注疏本）（臺北：藝文印書館，1993 年），頁 128。

〔註56〕《禮記》（十三經注疏本），頁 175。

《說文解字注》「翣」字云：「棺羽飾也，天子八，諸侯六，大夫四，士二，下泥從羽。」〔註57〕《說文通訓定聲》「翣」字云：「《世本》『武王作翣』，漢制以木為匡，寬三尺，高二尺四寸，衣以畫布，柄長五尺。柩車行，持之兩旁以從。或以竹為之，亦作翣。按如今之掌扇，疑古本以羽為之……楚人謂之翣也。」〔註58〕竹簍應是以竹子編製而成的扇。

（四）金　錫

簡文作「金勿」。見於包山楚簡者，如：

　　白錫＝面（272）

（五）絳　維

簡文作「縫維」。見於信陽楚簡者，如：

　　純縫＝之條紃（2.11）

《說文解字》「絳」字云：「大赤也」；「維」字云：「車維蓋也」，〔註 59〕據此可知，「絳維」應為楚國的車蓋形制。

（六）贖　鼎

簡文作「贖鼎」。見於望山楚簡者，如：

　　六贖＝（2.46）

學者們或將此字隸為「贖＝」，釋作「賈鼎」，觀察其摹寫的字形與簡文稍有差距，故而影響其隸定與解釋。〔註 60〕〈無臭鼎〉與〈邵王之諻鼎〉的銘文皆自稱為「饋鼎」，〈腏所偖鼎〉銘文作「貴鼎」，〔註61〕而且「貴」字下省掉「貝」。據此可知，此應為「饋鼎」或是「貴鼎」。

〔註57〕《說文解字注》，頁 142。

〔註58〕（清）朱駿聲：《說文通訓定聲》（臺北：藝文印書館，1994 年），頁 197～198。

〔註59〕《說文解字注》，頁 656，頁 664。

〔註60〕商承祚：〈江陵望山二號楚墓竹簡遣策摹本、考釋〉，《戰國楚竹簡匯編‧江陵望山二號楚墓竹簡遣策摹本、考釋》（山東：齊魯書社，1995 年），頁 93，頁 112；中山大學古文字學研究室：〈江陵望山二號楚墓竹簡《遣策》考釋〉，《戰國楚簡研究》第 3 期（廣州：中山大學古文字研究室楚簡整理小組，1977 年），頁 55。

〔註61〕中國社會科學院考古研究所：《殷周金文集成》第 4 冊（北京：中華書局，1986 年），頁 165，頁 229，頁 239。

（七）乘　車

簡文作「![字]」、「![字]」。一為加上合文符號「＝」、一為合書而未加上合文符。見於曾侯乙墓竹簡者，如：

差敏弘所馭䡅＝（7）

䡅＝○備甲（137）

見於包山楚簡者，如：

亞囗鄁䡅返（122）

包山楚簡中的字無合文符號，彭浩、張光裕、張守中等人亦未列為合文，卻以為究其文義仍應作「乘車」二字。此外，裘錫圭與李家浩將此字隸為「䡅＝」，釋作「乘車」。〔註62〕《左傳·襄公二十四年》云：「使御廣車而行，皆已乘乘車。」楊伯峻云：「乘車，其平日所乘之戰車，非單車挑戰之廣車。」〔註63〕「乘車」應是兵車的一種。

（八）敏　車

簡文作「![字]」、「![字]」、「![字]」、「![字]」。見於曾侯乙墓竹簡者，如：

朱夜竇以䡅（乘）遑（復）尹之䡨＝（160）

以䡅（乘）其䡨＝（161）

䡨＝（175）

鄗君之䍡䡨＝（201）

命尹之䍡䡨＝（202）

䡨＝八䡅（乘）（204）

見於天星觀竹簡者，如：

赤韋之綏䡨＝兩馬之欂𦇈（遣策）

一乘䡨（遣策）

「敏」字於字書未見，《詩經·小雅·吉日》云：「田車既好」，「田車」一詞，

〔註62〕裘錫圭、李家浩：〈曾侯乙墓竹簡釋文與考釋〉，《曾侯乙墓》（北京：文物出版社，1989年），頁511。

〔註63〕《春秋左傳注》，頁1092。

鄭玄、毛亨皆未箋注，孔穎達雖未明言其義，卻已指出爲「田獵之車」。〔註 64〕據其文句觀察，此應是用於田獵或是爭戰之用。

（九）韋　車

簡文作「⿰車韋」。見於包山楚簡者，如：

一⿱乘車（乘）⿰車韋＝（273）

據彭浩等人考證，以爲「韋車」似爲兵車的一種。〔註 65〕今暫從其言。

（十）附　車

簡文作「⿱附車」。見於曾侯乙墓竹簡者，如：

馭左尹之⿱附車＝（31）

宮廄之新官駟，⿱附車＝（143）

以⿱乘車（乘）魯⿰犭昜（陽）公之⿱附車＝（162）

麗鄗君之⿱附車＝（163）

新官人之⿰馬六＝⿱附車＝（171）

贅⿰犭昜（陽）公之一帠⿱附車＝，麗（198）

卿事（士）之⿱附車＝（199）

之⿱附車＝（200）

⿱附車＝（204）

此外，「黃口馭□慶（卿）事（士）之⿱阩車＝」（62），簡文作「⿱阩車」，《曾侯乙墓》以爲此二字爲異體字，將之與（199）比對，辭例雖然近同，卻無法絕對的肯定「⿱附車」、「⿱阩車」二字必爲異體字。在不影響合文的研究下，暫將之視爲不同的名詞。從辭例觀察，「⿱附車」或「⿱阩車」亦爲兵車的一種。

（十一）阩　車

簡文作「⿱阩車」。見於曾侯乙墓竹簡者，如：

黃口馭□慶（卿）事（士）之⿱阩車＝（62）

〔註 64〕（漢）毛亨傳、（漢）鄭玄箋、（唐）孔穎達疏：《詩經》（十三經注疏本）（臺北：藝文印書館，1993 年），頁 369。

〔註 65〕〈包山二號楚墓簡牘釋文與考釋〉，《包山楚墓》，頁 398。

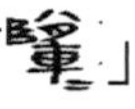

據「鞏」項下說明，「鞏」亦應爲兵車的一種。

（十二）卑 車

簡文作「鞞」。見於曾侯乙墓竹簡者，如：

乘（乘）鞏人隹（佳），鞞＝（206）

裘錫圭與李家浩以爲「卑車」應是「庳車」，故引《史記‧循吏傳》云：「楚民俗好庳車，王以爲庳車不便馬，欲下令使高之。」〔註66〕其言若然，則「卑車」當指較低的車。

（十三）廣 車

簡文作「鞞」。見於曾侯乙墓竹簡者，如：

凡常車、鞞＝、鞏＝、鞏＝八乘（204）

《左傳‧襄公二十四年》云：「使御廣車而行，皆已乘乘車。」楊伯峻云：「廣車，攻敵之車。……《周禮‧春官‧車僕》有廣車，即此廣車。」〔註67〕又《周禮‧春官‧車僕》云：「車僕，掌戎路之萃、廣車之萃、闕車之萃、蘋車之萃、輕車之萃。」鄭玄《注》：「此五者皆兵車，……廣車，橫陳之車也。」〔註68〕「廣車」應是兵車的一種。

（十四）駟 馬

簡文作「駟」。見於曾侯乙墓竹簡者，如：

外新官之駟＝（142）

新官人之駟＝（144，145，146，147）

大（太）官之駟＝（149，150，151，152，153，154，155，156，157，158）

長腸人之駟＝（166）

杙人之駟＝（169）

石汭人駟＝（177）

〔註66〕〈曾侯乙墓竹簡釋文與考釋〉，《曾侯乙墓》，頁529。

〔註67〕《春秋左傳注》，頁1092。

〔註68〕《周禮》（十三經注疏本），頁419。

《詩經‧秦風‧駟驖》云：「駟驖孔阜，六轡在手。」鄭玄《箋》：「四馬六轡，六轡在手，言馬之良也。」〔註69〕《楚辭‧招魂》云：「青驪結駟兮」，《注》云：「四馬為駟」。〔註70〕又《說文解字》「駟」字云：「一乘也」。〔註71〕一乘之數即為四匹馬。

（十五）六　馬

簡文作「<u>　</u>」。見於曾侯乙墓竹簡者，如：

　　新官人之駅＝（171）

　　邊輿人駅＝（172）

　　新賠人之駅＝（173）

　　囗人之駅＝（176）

《詩經‧鄘風‧干旄》云：「素絲紕之，良馬四之。……素絲組之，良馬五之。……素絲祝之，良馬六之。」〔註72〕又據莊淑慧考證指出，自周代至秦漢間，非屬王侯身分者，無法擁有六駕馬車的權利，而六駕馬車的形制，自左至右依次為：左騑、左驂、左服、右服、右驂、右騑。〔註73〕先秦時期已有六駕馬車的形制，「駅」應是楚人對於六匹馬所拉的馬車的一種書寫、稱謂的方式。

（十六）匹　馬

簡文作「<u>　</u>」。見於曾侯乙墓竹簡者，如：

　　嗎＝索（素）甲（130）

　　玄市之縢，嗎＝（131）

　　七夫＝所幣大宰嗎＝（210）

「嗎」應為馬匹的專名。

〔註69〕《詩經》（十三經注疏本），頁231。

〔註70〕《楚辭補注》，頁213。

〔註71〕《說文解字注》，頁470。

〔註72〕《詩經》（十三經注疏本），頁123～124。

〔註73〕莊淑慧：《曾侯乙墓出土竹簡考》（國立臺灣師範大學國文研究所碩士論文，1995年），頁258～265。

（十七）乘　馬

簡文作「🔲」、「🔲」、「🔲」。《曾侯乙墓》一書將此字隸爲「駡=」，釋作「乘馬」。見於曾侯乙墓竹簡者，如：

> 駡=之鞁鑾賠〈曾侯乙 7〉
>
> 駡=之口〈曾侯乙 61〉
>
> 駡=🔲白羽〈曾侯乙 81〉
>
> 駡=之鑾〈曾侯乙 115〉
>
> 駡=之彤甲〈曾侯乙 122〉
>
> 駡=畫甲……駡=黃金貴〈曾侯乙 124〉
>
> 駡=彤甲〈曾侯乙 125，135，139〉
>
> 駡=彤甲……駡=畫甲〈曾侯乙 126，127〉
>
> 駡=彤〈曾侯乙 130〉
>
> 駡=畫甲……駡=黃金之貴〈曾侯乙 137，138〉
>
> 左尹駡=〈曾侯乙 210〉

《周禮·夏官·校人》云：「乘馬，一師四圉。」鄭玄《注》：「鄭司農云：『四疋爲乘，養馬爲圉。』故《春秋傳》曰：『馬有圉，牛有牧。』玄謂二耦爲乘。」[註74] 又《說文解字》「駟」字云：「一乘也」，凡爲雙數者爲「乘」，「乘馬」應爲四馬之稱。

（十八）弩　弓

簡文作「🔲」。見於五里牌竹簡者，如：

> 弩=（9）

《說文解字》「弩」字云：「弓有臂者，從弓奴聲」，[註75]「弩」字右下方添加「=」，非爲重文、截取特徵或是飾筆的性質，應視爲「弩弓」二字合文。

（十九）大　首

簡文作「🔲」。見於九店竹簡者，如：

[註74]《周禮》（十三經注疏本），頁 494。

[註75]《說文解字注》，頁 647。

奮＝一（56.3）

「大首」二字於曾侯乙墓竹簡中亦多見，此二字不以合文的形態出現，如：

大首之子騂馬爲右騙（147，175）

大首之子騂馬爲右飛（173）

綜觀其前後簡上的辭例，如：「大攻尹」（145）、「右登徒」（150）、「右司馬」（150）、「左司馬」（169）等職官名，可知此應該爲官名。將曾侯乙墓竹簡與江陵九店的「大首」一詞相較，其間的差距甚大。換言之，二者不可等同視之。江陵九店「大首」一詞意義尚不明確，由前後簡文觀察應是品物名稱。

七、地　名

此類包括地名以及與地方制度相關者。

（一）享　邑

簡文作「𨙻」。此爲地名，見於包山楚簡者，如：

郭＝人軋𩰚（169）

郭＝新官宋亡正……郭＝賺尹肞（175）

「郭」字彭浩等釋爲「鄭」，以爲此字右邊的偏旁「𡨄」應是「𡩜」的省寫，在《說文解字》中的「箕」字古文正寫作「𠀠」，其形體與簡文右邊的偏旁相近；〔註76〕李運富將此字隸爲「郭」，釋作「邔」，以爲應讀作「邔宮」；〔註77〕何琳儀以爲此字應隸作「郭」，釋爲「酈」；〔註78〕黃錫全的說法與何琳儀相似，他以爲此字其右下方有合文號，不可能是從「其」，再者，從其字形觀察與曾侯乙編鐘律名「贏享」之享相類同，應當隸作「郭」，釋爲「嗣」；〔註79〕顏世鉉亦贊同何、黃二氏說法，他認爲此字應讀作邔（或邵），此外，又考證出其地望當在今天湖北宜城市。〔註80〕從字形觀察，此字可能是「享」、「邑」二字的合文。

〔註76〕　〈包山二號楚墓簡牘釋文與考釋〉，《包山楚墓》，頁383～384。

〔註77〕　李運富：〈楚國簡帛文字叢考〉，《古漢語研究》1997年第1期，頁89。

〔註78〕　何琳儀：〈包山楚簡選釋〉，《江漢考古》1993年第4期，頁59。

〔註79〕　黃錫全：《湖北出土商周文字輯證・《包山楚簡》部分釋文》（武漢：武漢大學出版社，1992年），頁196。

〔註80〕　顏世鉉：《包山楚簡地名研究》（國立臺灣大學中國文學研究所碩士論文，1997年），

（二）一 邑

簡文作「邑」。見於包山楚簡者，如：

陵迅尹塙以楊虎斂關金於邾敓暎仿之新易邑，靈地邑，碼邑，鄁邑，
房邑，惜者邑，新惜邑〈包山 149〉

《包山楚墓》及學者多未將之視爲合文，張守中與陳煒湛雖將之歸屬於合文，[註81]可是並未多加說明。王仲翊以爲從簡文的間距判斷，「一」字與「邑」字與他簡的文字相較，確實緊密相連。[註82]就其書寫於簡文中的間距觀察，「一」字與「邑」字只佔一格的位置，與其他的簡文相較確實更爲緊密相連，故王仲翊的說法應可採信。

（三）一 賽

簡文作「賽」。見於包山楚簡者，如：

與其淛，女縣賽，淫淛賽，淥淛賽，斩淛賽〈包山 149〉

就其書寫於簡文中的間距觀察，「一」字與「賽」字只佔一格的位置，與其他的簡文相較確實更爲緊密相連。

八、其 他

（一）石 奉

簡文作「奉」。見於信陽楚簡者，如：

四奉＝之臺（2.8）

一奉＝之旆（2.11）

純漆彫奉＝之臺（2.25）

此字於信陽楚簡中隷爲「奉」，釋爲「有業」；[註83]廣州中山大學古文字研究

頁 173～174。

〔註81〕張守中：《包山楚簡文字編》，頁 231；陳煒湛：〈包山楚簡研究（7 篇）〉，《容庚先生百年誕辰紀念文集》（廣東：廣東人民出版社，1998 年），頁 576。

〔註82〕王仲翊：《包山楚簡文字研究》（國立中山大學中國文學系碩士論文，1996 年），頁 137。

〔註83〕劉雨：〈信陽楚簡釋文與考釋〉，《信陽楚墓》（北京：文物出版社，1986 年），頁 125。

室則隸為「🔲」；〔註84〕滕壬生隸為「石奉」。〔註85〕從字形觀察，應以滕氏的
說法較為可信。

（二）至　于

簡文作「🔲」。見於楚帛書者，如：

　　季＝其下（丙6.3）

（三）上　下

簡文作「🔲」、「🔲」。見於楚帛書者，如：

　　乃卡＝朕連（甲3.2）

　　又槖內于卡＝（丙7.3）

見於九店竹簡者，如：

　　以為卡＝之禱臥（祠）（56.26）

（四）市　之

簡文作「🔲」。此於現今出土簡帛中僅出現一次，見於包山楚簡者，如：

　　鄞市＝里人🔲阿受其虬（兄）🔲朔（63）

（五）樹　木

簡文作「🔲」。見於九店竹簡者，如：

　　午不可以檀＝（56.39）

李家浩將此字隸為「樹木」二字合文，其下並無任何的解釋，林清源以為「樹」
與「豎」二字音同。〔註86〕「樹」字反切為「常句切」，「豎」字反切為「臣庾
切」，上古音同屬「侯」部「禪」紐，雙聲疊韻。從上古聲韻言，李家浩之釋文
應可信從。

〔註84〕〈信陽長臺關一號墓出土《遺策》考釋〉，《戰國楚簡研究》第2期，頁31。

〔註85〕《楚系簡帛文字編》，頁1115。

〔註86〕李家浩：〈江陵九店五十六號墓竹簡釋文〉，《江陵九店東周墓》（北京：科學出版
　　　　社，1995年），頁508；林清源：《楚國文字構形演變研究》（私立東海大學中國文
　　　　學系博士論文，1997年），頁60。

（六）郜邸

簡文作「🔲」。見於包山楚簡者，如：

　鏞居郢，與其季父鄙＝連囂陽必同室（127）

《包山楚簡》與《包山楚簡文字編》未將之釋出，置於待考字中。滕壬生與何琳儀以爲此應爲「郜邸」二字合文，何氏更進一步的指出應是官名，而文炳淳則認爲：「古籍只載楚國有『宗老』一稱，……楚國是否有『宗正』一職，以目前的資料而言，可能性較小。」〔註87〕《史記・孝文本紀》云：「宗正劉禮爲將軍。」〔註88〕又《漢書・百官公卿表上》云：「宗正，秦官，掌親屬，有丞。平帝元始四年更名宗伯。」顏師古云：「彤伯爲宗伯，不謂之宗正。」〔註89〕可見「宗正」於秦、漢時爲官職。「郜」字與「邸」字於他處未見連文，「郜」字見於包山楚簡者，如：

　　不詎人於郜豫（72）

　　膚人之州人陳憶訟聖夫人之人郜鞶、郜未（84）

「邸」字見於包山楚簡者，如：

　　邸昜之酷里人邵巽、邦轄、盤己、邸昜之牢中戰(獸)竹邑人宋鸁（150）

　　邸昜迅周賢（179）

　　鄴邸公歓（186）

此二字於他處並未作連文使用，而且亦非作官職之稱，所以，於此僅能肯定此例爲合文的書寫形式，並無法確切的指出其爲官名。

（七）營　室

簡文作「🔲」。見於江陵九店竹簡者，如：

〔註87〕滕壬生僅將之列於《楚系簡帛文字編》（武漢：湖北教育出版社，1995年）的合文中，並未加以說明；何琳儀：〈包山竹簡選釋〉，《江漢考古》1993年第4期，頁58；文炳淳：《包山楚簡所見楚官制研究》（國立臺灣大學中國文學研究所碩士論文，1997年），頁246～247。

〔註88〕《史記會注考證》，頁196。

〔註89〕（漢）班固撰、（唐）顏師古注、（清）王先謙補注：《漢書補注》（臺北：藝文印書館，1996年），頁304。

口屎朔於鎣（56.96）

「鎣」字在簡文中的字形並不清晰，由圖版觀察似寫作「鎣」，其下並無合文符號「＝」。李家浩在釋文中將之隸爲「鎣」，而無任何的說明，劉信芳以爲應是「營室」二字合文，李守奎則認爲是「熒室」二字合文，「熒」爲「熒」的初文。〔註90〕「營室」一詞又見《漢書・律曆志》云：「中營室，十四度，驚蟄。」〔註91〕其下並未對此說明，對於「營室」一詞尚不知其義，只能確定此爲星宿之名。

（八）顏　色

簡文作「顏」。見於郭店楚簡〈五行〉者，如：

慮─仏（容）爻（貌）惆（溫）變（32）

「顏色」當指人的面容。

（九）窮　以

簡文作「窮」。見於郭店楚簡〈唐虞之道〉者，如：

窮＝不均，口而弗利（2）

郭店楚簡整理小組將之釋爲「身窮不均，口而弗利。」〔註92〕以爲「窮＝」是「身」、「窮」二字合文，在文義上不易解釋。陳偉以爲當釋爲「窮以」二字，方能與下文「口而弗利」上下對應。〔註93〕從辭例觀察，「而」字爲連接詞，將「窮＝」釋爲「窮以」合文，「以」字亦具有連接詞的作用，二句前後對應，比釋爲「身窮」二字合文爲佳，故陳氏之言應可採用。

（十）草　茅

簡文作「茅」。見於郭店楚簡〈唐虞之道〉者，如：

茅＝之中而不惪（憂），……佢（居）茅＝之中而不惪（憂）（16）

〔註90〕劉信芳：〈九店楚簡日書與秦簡日書比較研究〉，《第三屆國際中國古文字學研討會論文集》，頁 540；李守奎：〈江陵九店 56 號墓竹簡考釋 4 則〉，《江漢考古》1997 年第 4 期，頁 69。

〔註91〕《漢書補注》，頁 435。

〔註92〕《郭店楚墓竹簡・唐虞之道釋文・注釋》，頁 157。

〔註93〕陳偉：〈郭店楚簡別釋〉，《江漢考古》1998 年第 4 期，頁 68～69。

「草茅」應指以茅草蓋的房舍，亦即為茅屋，於此指簡陋的居處。

（十一）蠆　蟲

簡文作「🐝」。見於郭店楚簡《老子》甲本者，如：

蟲蠆＝它（蛇）弗蠆（33）

此辭例屬於今本《老子》第五十五章，又馬王堆漢墓帛書《老子》乙本作「蜂癘虫蛇弗赫」，辭例與其十分相近，故知「蠆＝」應為「蠆」、「蟲」二字的合文。

（十二）志　心

簡文作「志」。見於郭店楚簡〈語叢一〉者，如：

未（味），口殹也；氣（氣），容殹也；志－殹（52）

從辭例觀察，「志－」應非重文符號的添加。「味」字之後接「口」字，「氣」字之後接「容」字，「志」字之義為「意」，發之於「心」，其後應接上「心」字，故於此應可視為「志心」二字合文，方能與前面諸句對舉。

（十三）教　學

簡文作「斅」。見於郭店楚簡〈語叢一〉者，如：

斅＝其也（61）

「斅＝其也」無法通讀，「斅＝」字應為合文符號的添加。郭店楚簡《老子》乙本「學」字作「學」（3），〈六德〉「教」字作「教」（41），從字形與辭例的觀察，「斅＝」應為「教」、「學」二字以借用偏旁書寫的合文，在辭例上可讀為「教，學其也。」或是「學，教其也。」

（十四）先　之

簡文作「先」。見於郭店楚簡〈尊德義〉者，如：

先＝以德，則民進善安（焉）（16）

從辭例與字形觀察，「先」字右下方的「＝」，既非重文、又非截取特徵的省減標示，更非飾筆，應為合文符號。「先」字於〈尊德義〉作「先」（8），其上形體與「之」字相同，就辭例言，應是「先」與「之」字的二字合文。

（十五）並　立

簡文作「並」。見於郭店楚簡〈太一生水〉者，如：

天陘（地）名忎（字）並＝（12）

從辭例與字形觀察，「並」字右下方的「＝」，既非重文、又非截取特徵的省減標示，更非飾筆，應為合文符號。就辭例言，應是「並」與「立」字的二字合文。

綜合上述的資料得知，合文的內容約可分為 8 類，稱謂詞有 10 組，數字有 10 組，「之×」的習用語有 7 組，時間序數詞有 8 組，動物名稱有 7 組，品物器用名稱有 19 組，地名有 3 組，其他類有 15 組，合計共有 79 組。

合文的書寫內容並不一定限於名詞或數量詞，有時為了書寫上的便利，或是其他未明的因素，而將兩個字合書；在甲骨文中尚可發現三字合書的現象，在簡帛文字中卻未見三字合文之例。此外，在書寫的方式上，或在合文的右下方加上合文符號「＝」或「－」，或將兩字緊密的靠近，共佔一格；或借用筆畫，或借用偏旁，或採取兩字包孕合書的形式表現。

根據上面的觀察與整理，出土的楚簡帛資料，在合文的書寫上並不一致，其數量亦不相同，以下茲將各批資料所見的合文內容，分類統計，列於下表，以清眉目：

	曾侯乙	信陽	天星觀	望山	包山	楚帛書	郭店	九店	五里牌	仰天湖	合計	％
大夫	1	1		2	15		2				21	5.4
小人					17		4				21	5.4
公孫					1						1	0.3
子孫		1					1				2	0.5
一夫					3						3	0.7
躬身			2	2	5						9	2.3
見日					1						1	0.3
君子							15	1			16	4.1
聖人							1				1	0.3
兄弟							1				1	0.3
又五	2										2	0.5
又六	2										2	0.5
一十										1	1	0.3
二十		5	1	3	1		1	1			12	3.1
三十	1	2	1	1	3		1		1		10	2.5
四十	1	3			2			1			7	1.7
五十							1				1	0.3
六十	1										1	0.3

七十						2			2	0.5
八十	1			1	1				3	0.7
之月			1		18				19	4.8
之日			1	9	24				34	8.7
之歲				1	10				11	2.8
之所					1		11	1	13	3.3
之首					2				2	0.5
之人					1				1	0.3
之志							1		1	0.3
七日						1			1	0.3
八日						1			1	0.3
一月						1			1	0.3
八月	1		2	1	3			2	9	2.3
十月			3		28			2	33	8.4
宮月					6			2	8	2
戾月					1				1	0.3
日月						8			8	2
犱羊					1				1	0.3
狂豕				4	1				5	1.3
戠牛			5		2				7	1.7
白犬					1				1	0.3
宮犬					1				1	0.3
犆牛					1				1	0.3
赭豬			3						3	0.7
萐醯					1				1	0.3
革鞻					1				1	0.3
竹簍		1			1				2	0.5
金錫					1				1	0.3
絳維		1							1	0.3
䭼鼎			1						1	0.3
乘車	2				1				3	0.7
敏車	6		2						8	2
韋車					1				1	0.3
陰車	9								9	2.3
阩車	1								1	0.3
卑車	1								1	0.3
廣車	1								1	0.3
馻馬	18								18	4.6
六馬	4								4	1
匹馬	3								3	0.7
乘馬	20								20	5.1

											合計	%
弩弓										1	1	0.3
大首									1		1	0.3
享邑				3							3	0.7
一邑				7							7	1.7
一賽				4							4	1
石奉	3										3	0.7
至于					1						1	0.3
上下					3						3	0.7
市之				1							1	0.3
樹木									1		1	0.3
顏色						1					1	0.3
草茅						2					2	0.5
蠆蟲						1					1	0.3
志心						1					1	0.3
窮以						1					1	0.3
教學						1					1	0.3
先之						1					1	0.3
並立						1					1	0.3
合計	76	17	21	25	171	15	50	12	2	1	390	100
%	19.5	4.4	5.4	6.4	43.8	3.8	12.5	3.1	0.5	0.3	100	100

　　從表格的數據可以發現，包山楚簡的合文最多，而八類的合文內容，稱謂詞佔 19.6％，數字佔 10.4％，「之×」式的習用語佔 20.7％，時間序數詞佔 15.9％，動物名稱佔 4.9％，品物器用名稱佔 20.2％，地名佔 3.4％，其他項佔 4.9％，以「之×」式的習用語合文所占的比率最高。究其原因，「之×」式的習用語，可能是楚人的日常性用語。換言之，文字的目的在於詳實的記錄語言，除了記錄語言的資料外，亦會將平時的習慣用語呈現其中，所以，在各類的合文內容裡，才會出現「之×」式的習用語所佔比率為其他諸類之首的情形。

第四節　楚簡帛文字合文的書寫形式

　　合文的書寫形式，即今所見出土的資料顯示，於殷商甲骨文中已存在大量的合文，其數量雖多，可是，書寫的形式，比之於後來書寫於銅器、玉石與簡帛材料的金文、璽印文字、簡帛文字，卻不如後期合文的多變。茲據第三節各組所收的合文資料，論述其書寫形式。

　　楚系簡帛文字的合文形式，大致可以分為省筆與不省筆兩種，而且大多在第二字的右下方加上合文符號「＝」或「－」，有些構成合文的兩個字，表面上

看來難以聯想到是二字合書，可是，透過「＝」或「－」符號，可以表示兩字的關係緊密，應是連讀的兩個音節，而含有兩個意思。

一、不省筆合文

係指合書的兩個字，於行款上表現的十分緊密，純粹以壓縮字形爲主，在書寫時僅佔一個字的空間，其筆畫或是偏旁不因合書而有所省減變化。一般而言，此類的合文，或於第二字的右下方添加合文符號「＝」（「－」），或不添加「＝」（「－」）。此外，在書寫的形式上亦以上下壓疊的方式爲多，其次才爲並列的方式。

（一）添加合文符號「＝」者

此類的合文形式，於楚簡帛文字有以下幾種：

小人（𡧛）、見日（𣅓）、八月（𠔽）、十月（𠂔）、言月（𦧧）、之月（𡳾）、夐月（𨡊）、之日（𡳶）、之首（𦣻）、又五（𠄡）、又六（𠫔）、一十（𠄌）、廿（𠦝）、卅（𠦜）、四十（𠦞）、五十（𠄡）、六十（𦉬）、七十（𠃑）、八十（𠔼）、七日（𠀖）、日月（𣇄）、戠牛（𤛑）、白犬（𤟧）、宮犬（𤟧）、韋車（𨍎）、卑車（𨌥）、乘馬（𩢂）、大首（𦣻）、乘車（𨍹）、敏車（𨍹）、陟車（𨍹）、阩車（𨍹）、廣車（𨍹）、石奉（𠬞）、六馬（𩢂）、匹馬（𩢂）、𠭯邑（𨛦）等 37 組。

書寫的方式，是將二字緊密壓縮，並且於第二字的右下方加上合文符號「＝」。

此外，「𠭯」、「邑」二字合書時寫作「𨛦」，「司」（司）字又見於包山楚簡（102），「子」（𢀖）字見於包山楚簡（248）；又「𠭯」字的字形與曾侯乙編鐘律名「嬴𠭯」之「𠭯」（𠭯、𠭯、𠭯、𠭯、𠭯）字的形體相近，當「司」字與「子」字合構成一字時，二者共用相近的偏旁「口」。

（二）不添加合文符號「＝」者

此類的合文在簡帛中有以下幾種：

一夫（𡗗）、之人（𠉂）、二十（廿）、三十（卅）、一月（𠂔）、八月（𠔽）、十月（𠂔）、八日（𦣻）、狄羊（��）、戠牛（𤛑）、一邑（𨛦）、一賽（𡨄）、敏車（𨍹）、乘車（𨍹）等 14 組。

其書寫的方式，只是將二字緊密聚結，並不在第二字的右下方加上合文符號「＝」，在判斷時，必須透過與簡帛上同一詞而書寫方式不同的文字相比對，方能知曉其應爲合文或是析書的形式。

（三）添加合文符號「－」者

小人（）、兄弟（）等2組。

其書寫的方式，是將二字緊密壓縮，並於第二字的右下方添加合文符號「－」。

二、省筆合文

係指合書時省減兩字間的共有筆畫、相近或相同的偏旁，或是省去其中一字的某一部分的偏旁，或將兩字的部分偏旁皆予以省減。一般而言，省筆合文大多會在第二字的右下方加上合文符號「＝」或「－」，其作用應有兩種：一爲與單字作區別；一爲表示此爲省減的二字，必須復原其被省減的部分，方爲兩個完整的字形。

（一）共用筆畫者

係指兩個字之間的筆畫共用。一般而言，常見的書寫方式，係第一個字的最末一筆與第二字的第一筆共用一個筆畫。

1、之所（）

「所」（）字又見於包山楚簡（3），「之」字的末筆與「所」字的首筆皆爲「一」，在合書時二者共用筆畫，並於第二字的右下方加上「＝」。

2、上下（）

「上」（）字又見楚帛書（乙6.4），「下」（）字亦見於楚帛書（丙1.1）。「上」字的末筆與「下」字的首筆皆爲「一」，在合書時爲了避免相同筆畫的重複出現，遂採取省筆的形式，亦即二者共用一筆相同的筆畫，寫成「」，而於第二字的右下方加上「＝」。

3、至于（）

「至」（）字又見於楚帛書（乙12.16），「于」（）字亦見於楚帛書（甲1.12）。「至」字的末二筆和「于」字的首二筆皆作「一」，於合書時爲了避免相同筆畫重複出現，採取省筆的形式，亦即二者共用相同的筆畫，寫成「」，

而於第二字的右下方加上「＝」。

（二）借用偏旁者

係指合書的兩個字，共用其偏旁相同或相近者，表面上或以為是減省相似的某一偏旁，可是仍應屬於借用。

1、公孫（〔字形〕）

「公孫」（〔字形〕）二字又見於包山楚簡（42），合文中「公」字借用「孫」字與之相近的偏旁「口」。

2、君子（〔字形〕）

「君子」（〔字形〕）二字又見包山楚簡（4），合文中「君」字借用「子」字與之相近的偏旁「口」。從第三節「君子」項下的例字觀察，郭店楚簡〈忠信之道〉的「〔字形〕」合文一律未添加合文符號「＝」或「－」，〈成之聞之〉則一律於右下方添加「＝」，〈六德〉一律於右下方添加「－」。雖同為「〔字形〕」合文，合文符號的添加與否，並無硬性規定，全憑書寫者個人的習慣使然。

3、教學（〔字形〕）

「學」（〔字形〕）字又見於郭店楚簡《老子》乙本（3），「教」（〔字形〕）字又見於〈六德〉（41），又《說文解字》「學」字古文作「〔字形〕」，[註94]將之與楚簡的字形系聯觀察，合文中「教」字借用「學」字與之相近的偏旁「〔字形〕」。

4、郤邔（〔字形〕）

「郤」（〔字形〕）字又見於包山楚簡（72，84），「邔」（〔字形〕）字見於包山楚簡（150，179，186），合文時二者共用相同的偏旁「邑」。

（三）刪減偏旁者

係指刪減某一字的部分偏旁、形體，或是將兩個字的部分偏旁、形體皆刪減。

1、敏車（〔字形〕、〔字形〕）

「敏車」（〔字形〕）二字又見曾侯乙墓竹簡（65），「敏」字於合書中刪減偏旁「攵」，合文符號「＝」或未加，或添加於右下方。

2、萐醋（〔字形〕）

根據第三節的論述，《說文解字》於「萐」字與「醋」字下皆有重文，「萐」

〔註94〕《說文解字注》，頁128。

字下有兩個重文，「🔲，或從血。」「🔲，或從缶。」「醓」字下有一個重文，「🔲，籀文。」簡文中「🔲」其形體似爲「俎」，應是「菹」字的省減；「廾」似爲「廾」，即從兩手；「🔲」的形體與「皿」相似。「皿」字於金文中多作「🔲」、「🔲」之形，由此寫作「🔲」的形體，亦無不可能。「🔲」似爲「盉」之形，「盉」於《說文解字》中的重文作「🔲」，其形應是「醓」字的省減。二字於合書時各刪減其部分偏旁，並將合文符號「＝」添加在右下方。

3、乘馬（🔲、🔲）

「馬」字一般寫作「🔲」，可是亦常以截取特徵的方式省去其下半部，而以「＝」代替省減的筆畫，寫作「🔲」。從字形觀察，「馬」字於合文時刪減「🔲」，並以「＝」取代刪減的部分，合文符號「＝」或未加，或添加於右下方。

4、營室（🔲）

「室」字於包山楚簡中作「🔲」（12）、「🔲」（210），「營」字則未見於楚簡中，又《睡虎地秦簡文字編》中收有「營室」合文，而且「營」字作「營」、「營」。〔註95〕可知二字合書時，保存了「室」字，而「營」字則省減「宮」，其上偏旁「火」作「🔲」，「一」爲戰國時習見的飾筆。

5、顏色（🔲）

「色」（🔲）字又見於郭店楚簡〈語叢一〉（47），「顏」字尚未見於楚簡帛文字，小篆作「顏」，從頁彥聲。將二者的字形系聯觀察，合書時「色」字省減偏旁「頁」，「顏」字則省減偏旁「頁」與「彥」字下的「彡」。

6、絳維（🔲）

「維」（🔲）與「絳」（🔲）字分見曾侯乙墓竹簡（123）與信陽楚簡（2.028），「絳」字於信陽楚簡中不從「系」，可是由文中的辭例可知其應從「系」。合書時「絳」與「維」字皆將偏旁「系」省減，直接將「夆」與「隹」合書，並且加上「＝」。

7、赭豬（🔲）

據第三節「赭豬」項下論述得知，楚人喜用赤色，「者豬」應爲「赭豬」。合書時「赭」字省減偏旁「赤」，「豬」字則省減偏旁「者」，寫作「豬」字，爲

〔註95〕張守中：《睡虎地秦簡文字編》（北京：文物出版社，1994年），頁118。

了辨識上不致於誤讀，故將合文符號「＝」添加於右下方。

（四）包孕合書者

「包孕合書」一詞，何琳儀又稱之爲「合文借用形體」，[註96] 係指兩字之間形體借用的合文方式，表面上看似爲一個單字，可是它仍是由二個字構成，只是書寫時省減了共同的偏旁，而被省減的偏旁本身爲一個獨立的單字。在閱讀的順序上，大多先讀該單字的讀音，其後再讀其偏旁，或者先讀該字的偏旁讀音，然後再讀該單字的讀音。此類的書寫形式，於楚系簡帛文字之省筆合文中佔大多數，如：大夫（大=）、子孫（孫=）、之歲（歲=）、市之（市=）、狂豕（狂=）、革鞥（鞥=）、竹簧（簧=）、金錫（錫=）、躬身（身=）、鬟鼎（鼎=）、駟馬（馬=）、樹木（樹=）、弩弓（弓=）、牷牛（牛=）、窮以（以=）、草茅（茅=）、聖人（聖=）、之志（志=）、志心（心=）、蠹蟲（蟲=）、先之（之=）、並立（立=）等 22 組。

1、大夫（大=）

「大」（大）與「夫」（夫）字都含有「大」的偏旁，二者合書時即省減「大」，並將合文符號「＝」加在右下方。

2、子孫（孫=）

「子」（子）與「孫」（孫）字皆有共同的偏旁「子」，因此，合文時即省減「子」，並且加上「＝」。

3、之歲（歲=）

「之」（之）與「歲」（歲）字的共同偏旁爲「之」，合書時遂省減「之」，並且加上「＝」。

4、市之（市=）

「市」（市）與「之」（之）字的共同偏旁爲「之」，合書時即省減「之」，並且加上「＝」。

5、狂豕（狂=）

「狂豕」（狂豕）二字析書，又見於包山楚簡（211），二者的共同偏旁爲「豕」，

[註96] 何琳儀於《戰國文字通論》指出，合文借用形體的方式又稱爲「包孕合書」，此種書寫的方式，雖然屬於借用偏旁，可是，它所借的偏旁，在合文中仍是一個獨立的字。（北京：中華書局，1989 年），頁 193。本文爲了避免「借用形體」與「借用偏旁」使讀者產生混淆，是以將之稱爲「包孕合書」。

合書時省減「豕」，並將合文符號「＝」加在其下方。

　　6、革鞻（圖）

「革鞻」（圖）二字析書，又見於包山楚簡（牘 1），其中「鞻」字又作
「圖」，在偏旁位置的經營上，出現左右互置的情形，此一現象於古文字中習
見，仍可確定爲同一字。其共同的偏旁爲「革」，合書時省減「革」，並且加上
「＝」。

　　7、竹簝（圖）

「竹」（圖）與「簝」（圖）字的共同偏旁爲「竹」，合書時省減「竹」，並
且加上「＝」。

　　8、金錫（圖）

《包山楚墓》與《包山楚簡文字編》皆作「金錫」合文。今暫從其言。「金」
與「錫」字採取二字合書時省減「金」，並且加上「＝」。

　　9、躳身（圖）

「躳身」（圖）二字析書，又見於包山楚簡（213），二者的共同偏旁爲
「身」，合書時省減「身」，並且加上「＝」。

　　10、鸝鼎（圖）

「鼎」（圖）又見於包山楚簡（254），合文中左側偏旁作「圖」，其下的
符號「—」，是戰國文字中常見的飾筆。「鸝鼎」二字的共同偏旁爲「鼎」，所以，
合書時省減「鼎」，並且加上「＝」。

　　11、駟馬（圖）

「駟」（圖）與「馬」（圖）字習見於曾侯乙墓竹簡，其共同的偏旁爲「馬」，
合書時省減「馬」，並且加上「＝」。

　　12、樹木（圖）

《說文解字》「樹」字籀文作「圖」，[註97] 於〈石鼓文〉作「圖」，[註98]
一般皆寫作「圖」，不寫成簡文中的字形「圖」，據第三節的敘述得知，其字形
的不同，係雙聲疊韻替代所致。「樹木」二字的共同偏旁爲「木」，合書時省減「木」，

[註97]《說文解字注》，頁 251。

[註98] 商承祚：《石刻篆文編》（北京：中華書局，1996年），頁 274。

並且添加「＝」。

13、弩弓（［圖］）

「弓」（［圖］）字又見於包山楚簡（260），「弩」字則不見於楚系簡文，《睡虎地秦簡文字編》收有「弩」字，寫作「［圖］」、「［圖］」，〔註99〕其字形與五里牌竹簡所收「弩弓」（［圖］）合文略異，又《說文解字》「弩」字作「［圖］」，〔註100〕據此可知，楚簡中的「弩」字應是省減「又」。此外，合書時除將共同的偏旁「弓」省減，並且在位置的處理上，把「女」與「弓」的上下位置改爲左右位置，合文符號「＝」添加在右下方。

14、牜牛（［圖］）

據第三節「牜牛」項下論述得知，彭浩等將「牜牛」釋作「特牛」，又《禮記・少儀》、《廣韻》，牜、特二字具有雙聲疊韻的關係。「牜」、「牛」的共同偏旁爲「牛」，合書時遂省減共同偏旁「牛」，並且添加「＝」。

15、草茅（［圖］）

「草」（［圖］）與「茅」（［圖］）字的共同偏旁爲「艸」，合書時即省減「艸」，並且加上「＝」。

16、窮以（［圖］）

「窮」（［圖］）與「以」（［圖］）字有一相近的共同偏旁「以」，合書時省減「以」，而將合文符號「＝」添加於右下方。

17、聖人（［圖］）

「聖人」（［圖］）二字析書，又見於郭店楚簡〈成之聞之〉（27），「聖」與「人」字的共同偏旁爲「人」，合書時即省減「人」，並且加上「＝」。

18、之志（［圖］）

「之」（［圖］）與「志」（［圖］）字的共同偏旁爲「之」，合書時即省減「之」，並且添加合文符號「－」於右下方。

19、志心（［圖］）

「志」（［圖］）與「心」（［圖］）字的共同偏旁爲「心」，合書時省減「心」，而

〔註99〕《睡虎地秦簡文字編》，頁 191。
〔註100〕《說文解字注》，頁 647。

將合文符號「－」添加於右下方。

　　20、蠺蟲（𧕥）

　　「蠺」（𧔥）與「蟲」（𧌀）字的共同偏旁爲「蟲」，合書時即省減「蟲」，並且將合文符號「＝」添加於右下方。

　　21、先之（𣅔）

　　「先」（𣥹）與「之」（𣥂）字的共同偏旁爲「之」，合書時即省減「之」，而將合文符號「＝」添加於右下方。

　　22、並立（竝）

　　「並」（竝）與「立」（竝）字的共同偏旁爲「立」，合書時即省減「立」，而將合文符號「＝」添加於右下方。

第五節　合文發展的特質與舉例

　　文字的發展具有延續性，除了一些不常使用的地名、人名，或是不常用的文字以外，皆處在繁化與簡化的過程中或交替、或更迭的演變。以楚簡中出現的「白犬」二字合文爲例，它並非無中生有，於甲骨文裡早已出現，如：

　　　辛巳貞：其㭪生于妣庚、妣丙、牝、牡、白犬。（《合》34082）

甲骨文的「白犬」，就其辭例觀察，其意義應爲牲品，與楚簡中的意義相當，其不同者乃是書寫的形式與形體。甲骨文採取析書的方式書寫，其形體偏向於象形，楚簡則以合文的形式書寫，形體已不如甲骨文的字形如此的形象化。致使兩者不同的因素有三：一、書寫的材質的不同，甲骨文的文字，多是刻契在龜甲或骨版上，楚簡則是以毛筆書於竹簡上；二、文字的演變，象形文字雖然便於認識，可是其圖畫性太強，無法適應社會快速發展下的需求，只有慢慢的由圖畫性質走向文字的性質；三、書寫的習慣，甲骨文的合文現象多見於人名、數字與習用語，發展至戰國時，其應用的範圍，相對的擴大，再加上時尚所趨，合文的現象日益多見。

　　爲了進一步地明瞭合文書寫形式的發展，茲根據《甲骨文合集》、《殷周金文集成》、《古璽文編》、《侯馬盟書》、〔註101〕《簡牘帛書字典》〔註102〕與《睡虎地

─────────────
〔註101〕山西省文物工作委員會：《侯馬盟書》（北京：文物出版社，1976年）。

秦簡文字編》等書籍所載的合文，配合以上所列的楚系簡帛合文資料，透過表格形式，觀察同一個合文在不同的時代與不同的材質上，有何不同的書寫形式。

例一：大夫

合文	金　文	璽印文字	侯馬盟書	睡虎地秦簡	楚系簡帛書	漢代簡帛書
大夫	〈中山王𪧛方壺〉　〈兆域圖銅版〉	（0097）（0098）（0099）（0100）（0103）	（16.3）	（法律答問 156）	（包 12）（包 128）（包 130）（包 130）	（銀雀山漢簡）〔註 103〕

在合文中以「大夫」二字合書最為常見，亦使用最久，無論金文或是漢代的簡牘帛書，皆可見其蹤跡。從形體上觀察，楚系簡帛的字形大致與其他五類相近，其中又與睡虎地秦簡的字形較為接近；在合文符號的標記上，除璽印文字（0099）未標示「＝」、（0103）與侯馬盟書將「＝」標於字的正下方外，一般多置於右下方。

例二：公孫

合　文	璽印文字	楚系簡帛書
公　孫	（3877）（3907）	（包 145）

〔註 102〕陳建貢、徐敏：《簡牘帛書字典》（上海：上海書畫出版社，1994 年）。

〔註 103〕由於同一詞的合文甚多，無法一一詳細臚列，因此，只將不同字形者列出；璽印文字欄內的數字為《璽印文編》中的號碼。

公　孫	𩰬 （3918） 𩰬 （3923） 𩰬 （3924）	

「公孫」二字的合文多見於璽印文字，在形體的表現上，璽印書寫的面積狹小，爲了美觀因素，在書寫的方式上，或任意的改變偏旁的位置，或省簡某些筆畫，或共用相近的偏旁，而且合文符號的標示亦不如簡帛文字有一定的位置。〔註104〕

例三：子孫

合　文	金　文	侯馬盟書	楚系簡帛書
子　孫	𩰬 〈周筆匜〉	𩰬 （156.20） 𩰬 （156.23） 𩰬 （194.4）	𩰬 （信 1.6）

信陽楚簡的字形，省減處較金文與侯馬盟書多，大體上與侯馬盟書中的形體相近。

例四：一月

合　文	甲　骨　文	金　文	楚系簡帛書
一　月	𩰬 （《合》3849）	𩰬 〈同卣〉	𩰬 （帛乙 3.24）

〔註104〕林素清在《先秦古璽文字研究》一文曾經表示，古璽文字的兩大特點爲省簡與美術化，由於受印面空間的限制，因此字形的簡省特別顯著，不僅一字有多種簡體，而且字體偏旁筆畫的取捨，也十分自由；再者，爲了適應璽印形制的大小方圓，印文的字體，在書寫的上也是隨體詰屈。（國立臺灣大學中國文學研究所碩士論文，1976 年），頁 30〜44。

一 月	𝖣 （《合》21867 正） 𝖣 （《合》22476）		

　　甲骨文由於形體的不確定性，因此有左右互置與上下倒錯的情形產生。「月」字至金文已經加上一個小點，於楚系簡帛則發展爲兩筆斜的筆畫。由此可看出文字在發展過程，小圓點「・」往往可以拉長爲一個橫或斜的筆畫（・→＼；－）。其共同點爲三者皆採用不省筆合文的方式，僅是將兩字緊密的聚結，使之在書寫時，僅佔一字的空間，此外，亦未於第二字下加上合文符號「＝」。

例五：八月

合　文	甲　骨　文	楚系簡帛書
八　月	𝕏 （《合》1014） 𝕏 （《合》1041） 𝕏 （《合》3346） 𝕏 （《合》4531） 𝕏 （《合》4817） 𝕏 （《合》11595） 𝕏 （《合》20001） 𝕏 （《合》37356）	𝕏 （包7） 𝕏 （九56.96）

　　甲骨文的形體有左右互置的情形，亦未加上合文符號，楚系簡帛文字或加上合文符號，或不加合文符號。從合文的情形觀察，「八月」二字於其他地方多不見合書，或許可以說它是直接承繼著甲骨文發展而成。

例六：十月

合　文	甲　骨　文	楚系簡帛書
十　月	（《合》33918）	（包 16 反）
	（《合》35411）	（包 43）
	（《合》39925）	（包 59）

　　甲骨文有左右互置的情形，亦未在該合文下加上合文符號。從楚系簡帛的字形觀察，「十」字已由 丨 → ╪ → ＋ → ＋，而且爲了表示此爲合文，遂於第二字的右下方加上「＝」。

例七：之所

合　文	侯馬盟書	楚系簡帛書
之　所	（18.1）	（包 138 反）
	（156.20）	
	（156.20）	
	（156.22）	

　　侯馬盟書或於該字下加合文符號，或僅合書而不加合文符號。再者，從其形體觀察，侯馬盟書的字形省簡者爲多。

例八：二十

合　文	甲　骨　文	金　文	睡虎地秦簡	楚系簡帛書
二　十（廿）	（《合》974 反）	〈宰椃角〉	（編年記 28）	（望 2.49）
	（《合》5574）	〈頌鼎〉		（包 277）

合文	甲骨文	金文	睡虎地秦簡	楚系簡帛書
二　十 （廿）	（《合》35368） （《合》37862） （《合》39423） （《合》39432）	〈頌壺〉 〈曾姬無卹壺〉		

例九：三十

合文	甲骨文	金文	睡虎地秦簡	楚系簡帛書
三　十 （卅）	（《合》6928 反） （《合》21933） （《合》34097） （《合》37374） （《合》40693） （《合》40699）	〈格伯簋〉 〈大鼎〉 〈多友鼎〉 〈爾攸从鼎〉 〈徣宮左自方壺〉	（編年記 30）	（曾 141） （信 2.20） （包 107）

　　「廿」、「卅」二者皆爲一個單字，就讀音上言，必須讀爲「二十」、「三十」。再者，《說文解字》於「廿」字云：「二十并也，古文省多。」又於「卅」字云：「三十并也，古文省。」段玉裁於「廿」字下云：「省多者，省作二十兩字爲一字也。……古文廿仍讀二十兩字，秦碑小篆則『維廿六年』、『維廿九年』、『卅有七年』，皆讀一字以合四言。」〔註 105〕據此可知，應將此二字作爲合文。此外，甲骨文與金文皆未添加合文符號。從此三類的字形觀察，橫筆「－」是由

〔註105〕《說文解字注》，頁 89～90。

金文中平行的小圓點發展演變而成。

例十：四十

合　文	甲骨文	金　文	睡虎地秦簡	楚系簡帛書	漢代簡帛書
四　十	山 （《合》672 正） 山 （《合》 3759 正） 山 （《合》 34149） 山 （《合》 37372）	山 〈𠭯鼎〉	卅 （編年記 40）	卒= （曾 121） 卒= （信 2.6） 卒= （包 269）	卒 （居延漢簡）

　　將「卅」字與上述「廿」字與「卅」字的情形相較，此三者皆應視爲合文。甲骨文對於合文的書寫，一向不加合文符號；睡虎地秦簡「四十」寫作「卅」，表面上看似一個單字，然而卻是「四十」合文；居延漢簡的合文情形，應可視爲合文不省筆而未加「＝」，亦即其書寫的方式，採取二字緊密壓縮，不在第二字的右下方加上合文符號「＝」。

例十一：五十

合　文	甲　骨　文	金　文	楚系簡帛書	漢代簡帛書
五　十	十 （《合》312）	卒 〈癲鐘〉 卒 〈虢季子白盤〉 卒 〈兆域圖銅版〉	卒= （郭・唐虞之道 26）	卒 （馬王堆漢簡）

　　甲骨文習慣將「十」字置於其倍數的字形之上，如表格中的「十」字即置

於「五」字之上；金文習慣將「十」字置於其倍數的字形之下。金文與馬王堆漢簡的合文情形，可視為合文不省筆而未添加「＝」。亦即書寫的方式，採取二字緊密壓縮，並不在第二字的右下方上合文符號「＝」。

例十二：六十

合　文	甲　骨　文	睡虎地秦簡	楚系簡帛書
六　十	大 （《合》10307） 人 （《合》17598） 人 （《合》17888）	卒 （效律 59）	全 （曾 140）

甲骨文習慣將「十」字置於其倍數的字形上，如表格中的「十」字即置於「六」字之上；又「十」字一般皆寫作「｜」，表格中亦見寫作「＋」之例。後世的書寫方式，將「十」字放置於「六」字下。睡虎地秦簡的合文情形，可視為合文不省筆而未加「＝」，其書寫的方式，採取二字緊密壓縮，並不在第二字的右下方加上合文符號「＝」。

例十三：七十

合　文	甲　骨　文	楚系簡帛書	漢代簡帛書
七　十	十 （《合》6057 正）	十 （郭・唐虞之道 26）	十 （居延漢簡）

甲骨文習慣將「十」字置於其倍數的字形之上，如表格中的「十」字即置於「七」字之上。居延漢簡合文情形，可視為合文不省筆而未加「＝」，其書寫的方式，係採取二字緊密壓縮，不在第二字的右下方加上合文符號「＝」。

例十四：八十

合　文	甲　骨　文	金　文	楚系簡帛書
八　十	八 （《合》36481 正）	八 〈小盂鼎〉	全 （曾 141）

| 八 十 | | | 仒〈裘衛盉〉 仒〈兆域圖銅版〉 | 仒二（望 2.11） 仒二（包 140 反） |

甲、金文未添加合文符號。從三者的「十」字觀察，楚系簡帛中「十」字的橫筆「—」乃由金文中的小圓點發展演變而成。

例十五：上下

合 文	甲 骨 文	金 文	楚系簡帛書
上 下	三（《合》36511）	三〈毛公鼎〉	上二（帛甲 3.2） 上二（帛丙 7.3）

甲、金文的字形相同，皆爲不省筆又不添加「＝」的合文，楚系簡帛「上下」二字採取省筆合文的方式，即「上」字的末筆與「下」字的首筆共用相同的筆畫「一」。

例十六：至于

合 文	金 文	侯馬盟書	楚系簡帛書
至 于	羊〈令狐君嗣子壺〉	羊（185.9）	羊二（帛丙 6.3）

「至于」二字於金文、侯馬盟書與楚系簡帛文字，皆屬於省筆合文，即「至」字的末二筆和「于」字的首二筆皆作「一」，當採取合書的方式時，爲了避免相同筆畫重複出現，採取省筆的形式，把二者相同的筆畫省減，寫成「羊」。金文中加上「—」作爲合文符號，侯馬盟書則未於第二字的右下方加上「＝」。

例十七：乘車

合 文	璽印文字	楚系簡帛書
乘 車	輦（0742）	輦二（曾 137）

| 乘　車 | 筆
（3945） | 筆
（包 122） |

據表格所列字例觀察，璽印文字與楚系簡帛中包山楚簡的字形相同，同為不添加合文符號「＝」。

例十八：之志

合　文	睡虎地秦簡	楚系簡帛書
之　志	之 （日書甲 129）	之 （郭・六德 33）

從二者的字形觀察，大致相同，其不同者主要在於合文符號，睡虎地秦簡的合文符號為「＝」，郭店楚簡則為「－」。

據以上所舉幾個例子可知，不同的時代與不同材質的器物，其書寫的文字字形甚難完全相同，甲骨文由於以刀刻寫，因此，字形以方筆為多，不像金文以填實的肥筆居多。再者，當文字發展至春秋戰國時期，由於諸侯分立，在文字上的表現，亦多有不同，其中又以楚系簡帛文字的形體最為多變，造成的因素，或許是由於書寫工具所致，亦或許是楚人特有的審美觀所致。

此外，從這些書寫於不同材質與不同時代的合文現象觀察，早期的合文，一般多以壓縮的方式表現，筆畫並未省減，亦未添加合文符號「＝」或「－」，發展至春秋、戰國時期，書寫的形式表現，趨於多樣，或不省筆，或共用筆畫、借用偏旁、刪減偏旁、包孕合書等，而合文符號的添加亦無絕對的規定。其次，若是採取省筆方式書寫者，二字相鄰的筆畫或是偏旁、部件，必須是相同或相近，方能予以省減或借用，絕非任意為之。

第六節　結　語

「＝」符號的使用，並非只限於合文，從楚簡帛資料的標示符號使用現象觀察，一般可以分為四類：

一、合文符號：當二個或二個以上的字合書時，多將「＝」置於合書下字的右下方。

二、重文符號：為避免文字或文句重複出現，遂在重字或重句下，添加「＝」。

三、截取特徵符號：在楚系簡帛文字的省減方式裡，以截取特徵的省減最為嚴重，書寫者常以「＝」代表省減的形體，或以此表示該字為截取特徵的書寫形體。

四、飾筆：飾筆的添加，在戰國時期十分興盛，楚簡帛文字常見在某字或偏旁的下方、中間，添加飾筆「＝」，一方面具有補白作用，一方面亦可使其結構匀稱與穩定。

至於「－」的使用，一般亦可分為四種：

一、重文符號：其作用與使用方法與「＝」相同。

二、合文符號：其作用與使用方法亦與「＝」相同。

三、作為平列名詞的間隔：以包山楚簡為例，如：「文坪夜君－鄁公子春－司馬子音－鄴公子豪」（200）。

四、冒號：以包山楚簡為例，如：「飤室之飤－脩一籔－脯一籔－𦝩酭一缶－智一缶－莧蘆二缶－萬蘆一缶－薔萡之虜一缶」（255），從辭例觀察，此簡是記載「飤室之飤」的內容，「－」的作用相當於後世的冒號「：」。

合文的書寫方式，由出土文物的觀察，在殷商的甲骨文已經存在，他們被廣泛的使用著，除了先公先王的稱謂、數目字、人名、地名與月名外，於習用語中亦可見其蹤跡，因此，可以斷定合文使用的年代應不晚於殷商甲骨文。此外，關於早期合文的書寫成因，可分為兩個方面解釋：

一、為了書寫的便利：從甲骨文的記載觀察，它主要為備忘性質的記錄，為了書寫的便利，因而以合文的方式表現。

二、為缺寫後的補刻：此種類別屬於偶然性的合文，亦即刻寫甲骨文者在刻寫完畢時，發現有漏刻的文字，遂在原有的文字四周找尋位置將之補刻。〔註106〕

缺寫後的補刻方式，未傳於後世，可是為求便利的合文書寫形式，不僅流傳於後代，更有愈演愈烈的趨勢。

早期的合文書寫方式，大多採取兩字不省筆的合書，發展至後期，不僅省減筆畫，更有省減偏旁的情形產生，而從楚系簡帛的合文資料觀察，其書寫形式與內容，發展至春秋戰國時期已達到巔峰。

〔註106〕以上二點意見係許進雄先生於 86 年 12 月 29 日在臺灣大學之「甲骨學研究與實習」中提出。

　　楚系簡帛合文的書寫方式，具有三種特質，一為任意性，二為便利性，三為流行性。所謂「任意性」，係指它的書寫方式不固定，由於書寫者的不同，造成同一批簡帛的文字大小不一，由資料顯示，它並非有固定或規律的將某兩個字合書，簡文中的合文亦常見析書的情形，此外，從郭店楚簡的合文資料觀察，以合文書寫的二字，並不一定是名詞，或是「之×」式的習用語，可能只是為了書寫上的便利，將具有相同的偏旁者合書，如「教」、「學」二字作「斆」，「志」、「心」二字作「志」等；所謂「便利性」，即承繼著書寫的便利方式而來，它不僅是便利的，而且必須是實用的，從簡帛合文的資料顯示可知，其內容多為稱謂詞、月名、數目字、「之×」式的習用語，以及一些器物名稱，他們出現的次數相當多，為求書寫上的便利，時常將某二個字以合書的形式出現，省筆合文的方式，可以避免重複書寫某兩個字的麻煩與時間，不省筆合文的方式則可以省減空間，此二者是便利與實用性質並重；所謂「流行性」，從現今所見楚系簡帛合文的內容觀察，它和書寫於其他材質的合文多有相似，再者，由數量觀察，亦較銘文為多，可知這種書寫方式在當時本是為了便利與實用，可是隨著審美觀的不同以及書寫者的美化，再加上當時的社會風氣，使得此種書寫的方式蔚為風尚。

　　據《甲骨文編》收錄的合文內容，共有 370 組，〔註107〕後世書於銘文、璽印、竹簡、帛書的合文卻驟減至百組以下，其間的差距甚大，在書寫方式日趨便利的情況下，其內容卻大減的原因，不外如下：

　　一、以合文方式書寫的內容應該十分眾多，由於資料尚未全部出土，因此現今只見到少量的內容與資料。

　　二、從甲骨文的合文現象觀察，以二字合書者為多，而且多未添加合文符號「＝」或「－」，除非為明顯的二字或二字以上的合書，否則一般只能透過二字書寫的間距判斷。又甲骨文的書寫，在文字的安排，並無後代明確且嚴格的方塊觀念，所以單從字與字的間距，實難嚴格指出合文的現象。據此推測，《甲骨文編》收錄的合文應為寬式的認定，才會出現後期的合文數量與內容，反不如前期豐富的情形。

　　三、從簡帛的資料觀察，當時的書寫者雖將某兩個字合書，可是同一詞例

〔註107〕中國社會科學院考古研究所編：《甲骨文編》（北京：中華書局，1996 年）。

亦常見析書者。可知合書方式或許不是當時的書寫主流，只是書寫者為了圖求便利時的一種方式，因此在當時雖能蔚為風尚，卻並非所有的文字皆能以合書的方式呈現。

此外，從楚簡帛文字合文的省筆方式觀察，採取省筆合文者，並非任意為之，必有其基本的條件，如：

一、合書的二字，其相鄰的筆畫應相同，方能簡化，如：「之所」、「上下」等合文。

二、合書的二字，其相鄰的部件或偏旁應相同，方能簡化，如：「君子」、「公孫」等合文。

三、合書的二字，須有一個相同的偏旁，方能簡化，如：「大夫」、「聖人」等合文。

合文的書寫，並非只是單純的將二字或二字以上者緊密的壓縮，使其成為一個方塊字的結構形式，仍須考慮文字間的形體差異，方能有不同的表現。

茲將本章對於合文現象的觀察結果，臚列於下，以清眉目：

一、合文的內容

（一）稱謂詞

大夫、小人、公孫、子孫、一夫、躬身、見日、君子、聖人、兄弟等 10 組。

（二）數　字

又五、又六、一十、二十（廿）、三十（卅）、四十、五十、六十、七十、八十等 10 組。

（三）「之×」式的習用語

之月、之日、之歲、之所、之首、之人、之志等 7 組。

（四）時間序數詞

七日、八日、一月、八月、十月、宫月、夏月、日月等 8 組。

（五）動物名稱

㹤羊、狅豕、戠牛、白犬、宧犬、牻牛、赭豬等 7 組。

（六）品物器用名稱

菹醢、革鞻、竹箕、金錫、絑維、鑐鼎、乘車、敏車、韋車、阼車、陞車、卑車、廣車、駟馬、六馬、匹馬、乘馬、弩弓、大首等 19 組。

（七）地　名

享邑、一邑、一賽等 3 組。

（八）其　他

石奉、至于、上下、市之、樹木、郘邸、營室、顏色、窮以、草茅、蠺蟲、志心、教學、先之、並立等 15 組。

二、合文的書寫形式

（一）不省筆合文

1、添加合文符號「＝」者

小人、見日、八月、十月、亯月、之月、夐月、之日、之首、又五、又六、一十、廿、卅、四十、五十、六十、七十、八十、七日、日月、戠牛、白犬、宣犬、韋車、皋車、乘馬、大首、乘車、敏車、阩車、阤車、廣車、石奉、六馬、匹馬、享邑等 37 組。

2、未添加合文符號「＝」者

一夫、之人、二十、三十、一月、八月、十月、八日、狄羊、戠牛、一邑、一賽、敏車、乘車等 14 組。

3、添加合文符號「－」者

小人、兄弟等 2 組。

（二）省筆合文

1、共用筆畫者

之所、上下、至于等 3 組。

2、借用偏旁者

公孫、君子、教學、郘邸等 4 組。

3、刪減偏旁者

畋車、菹醢、乘馬、營室、顏色、絳維、赭豬等 7 組。

4、包孕合書者

大夫、子孫、之歲、市之、狂豕、革鞻、竹篋、金錫、躬身、鬴鼎、駟馬、樹木、弩弓、牪牛、窮以、草茅、聖人、之志、志心、蠺蟲、先之、並立等 22 組。

第七章　楚簡帛文字──通假字考

第一節　前　言

　　自從許慎提出「假借者，本無其字，依聲託事。」學者對於「假借」與「通假」二者的定義，遂有諸多的說法。或以爲「通假」含括於「假借」之中，如：段玉裁云：

> 大抵假借之始，始於本無其字；及其後也，既有其字矣，而多爲假借；又其後也，且至後代，訛字亦的自冒於假借。博綜古今，有此三變。〔註1〕

一般而言，「假借」約可分爲三類：一爲始終未造本字的假借，如：其、而、酉、之；二爲後造本字的假借，如：脊「令」→鴒；三爲本有本字的假借，亦即爲通假，如：「又」字常借爲「有」，「胃」字常借爲「謂」。段氏之意，假借包含通假，而通假僅爲假借的一種。

　　或以爲「通假」即爲「假借」，如：朱駿聲云：

> 假借者，本無其意，依聲託事，朋來是也。〔註2〕

〔註1〕　（漢）許慎撰、（清）段玉裁注：《説文解字注》（臺北：黎明文化事業股份有限公司，1991年），頁764。

〔註2〕　（清）朱駿聲：《説文通訓定聲》（臺北：藝文印書館，1994年），23頁。

朱氏雖然未言「通假」即「假借」，可是「本無其意」已經間接的指出「本有其字」之意，而將「通假」視爲「假借」。

或以爲「通假」與「假借」不同，如：楊春霖云：

> 假借是漢字的造字現象，……通假實質上就是一種音同或音近的別字。……通假，必須兩個字當時都有，放著現成字不用，借甲字代替乙字。〔註3〕

杜芳琴、劉光賢、翟忠賢等人云：

> 就其實質講，通假是甲乙兩字發生關係，而假借則是乙字與甲詞發生關係。……就其作用講，假借是一種造字的手段，它直接豐富著漢字的字匯，并推動著形聲字、古今字的產生；而通假則似乎是文字的異化現象。……就其結果講，假借之借字是永久性的，能獨立運用，甚至可以再引申出其他意義，而通假借之字一般都是臨時的，它的含義完全依賴於具體的語言環境。〔註4〕

徐侃云：

> 假借是「本無其字」的同音假借，即本字沒有，只是一頭有字。通假是「本有其字」的同音假借，即本字是有的，且與被通假的字同時存在，必然兩頭有字。假借本身雖然不直接產生新字卻可以產生新義，有創建功用，是有意而爲。通假只是暫借同音字表本字意義，無任何創建，是有意和無意的誤寫。假借是在造新詞和追溯詞源時運用，通假則在閱讀中書寫中運用。〔註5〕

陳鴻邁云：

> 通假字前人往往稱假借字，但它同六書的假借性質，不能混爲一談。六書的假借是沒有字的假借，同音通假是有字的假借。六書的假借，

〔註3〕楊春霖：〈古漢語通假簡論〉，《語言文字學》1981 年第 5 期，頁 7。（又收入《人文雜誌》1981 年第 2 期）

〔註4〕杜芳琴、劉光賢、翟忠賢：〈假借字、通假字、古今字新辨——兼與盛九疇、祝敏徹同志商榷〉，《語文研究》1982 年第 2 輯，頁 40～41。

〔註5〕徐侃：〈「假借」與「通假」初探〉，《語言文字學》1982 年第 9 期，頁 23。（又收入《人文雜誌》1982 年第 4 期）

字義是固定的，注釋家不必指出其造字的本源。……而通假字注釋，

必須指出其正字，申明爲某字之假借。〔註6〕

許威漢云：

「本無其字，依聲託事」，是一般所謂「文字假借」；不用本字而用

跟本字音同、音近的「借字」替代，是通常所謂「古音通假」。它們

的主要區別就在於：前者「本無其字」，後者「本有其字」。〔註7〕

此外，李存智亦以爲通假並不等於假借，也不包括在假借之中，雖然二者皆以
聲音作爲媒介，卻是兩種不同的文字現象，根本而言，此二者無論在發生的根
源、本質、作用、發展性與內容皆不同，所以不可等同視之。〔註8〕一般而言，
持此一說法的學者，主要是據「本無其字」與「本有其字」爲區別二者的標準，
然後進一步的比較「通假」字、「假借」字與本字間的關係。

對於這個爭議問題的解決之道，須由許慎的說法入手。許慎對於六書的「假
借」解釋爲：「本無其字，依聲託事。」所謂「本無其字」，係指某事某物雖有
其名，卻無其專屬的文字；所謂「依聲託事」，係指當某字的讀音與某事某物的
名稱讀音相同時，即以此字代表該事或該物。換言之，即是語言中的某個字詞，
在產生之際並未造出專字以供使用，而是依其聲音借用已有的同音、音近的文
字作爲代表。「通假」字的產生，主要是書寫者受到某些原因影響，因此書寫時
未用原來的字，而改以另一個聲音相同或相近的字記錄，遂產生通假的關係。
由此可知，「通假」不等於「假借」，二者除了具有相同的聲音相同或相近的原
則方能產生通假或假借外，並不能畫上等號。因爲就其定義言，假借爲「本無
其字」，通假爲「本有其字」；就本字與假借字、通假字的意義言，通假字與本
字各有其原本的意義，它只限於某一語境下，二者的意義方能相同，倘若離開
此一語境，二者皆回復原本所屬的意義，相對的，假借字所產生的新義，卻是
該字所有，並不會隨著語境的改變而有所不同。據此而言，應以持「通假」與

〔註6〕陳鴻邁：〈通假字述略〉，《語言文字學》1982 年第 11 期，頁 35。（又收入《海南師
專學報》1982 年第 2 期）

〔註7〕許威漢：《漢語學》（廣東：廣東省教育出版社，1995 年），頁 83。

〔註8〕李存智：《秦漢簡牘帛書之音韻學研究》（國立臺灣大學中國文學研究所博士論文，
1995 年），頁 22～28。

「假借」不同的說法爲是。

在古書的閱讀過程，常可發現古籍音同、音近之字多可通假，亦即古人在用字上往往不甚重視字形，只要聲音相同、相近時，多可替換使用。所以在不同的書籍，時見相同句子卻以不同的文字表現，如《墨子‧公輸》云：「禽滑釐」，〔註9〕《列子‧楊朱》云：「禽骨釐」。〔註10〕這種現象的產生，對於古書的閱讀，常會造成識讀上的不便，因此，讀破假借字或通假字以尋求本字，對於古籍的閱讀十分的重要，故王引之云：

> 至於經典古字，聲近而通，則有不限於無字之假借者，往往本字見存，而古本則不用本字，而用同聲之字。學者改本字讀之，則怡然理順；依借字解之，則以文害辭。〔註11〕

王引之引家大人（念孫）的話云：

> 詁訓之指，存乎聲音，字之聲同聲近者，經傳往往假借，學者以聲求義，破其假借之字，而讀以本字，則渙然冰釋。〔註12〕

從其意見可知，古籍假借的現象時有所聞，若未能尋求眞正的本字，將會誤讀古書所載的原義。相對的，出土文物上所載的文字，亦具有相同的現象，所以破假借字而讀以本字，應是閱讀古籍與出土文物上文字的重要之事。

通假字的產生，並非任意爲之。通假字與本字之間必須具備基本的條件：在語音上，具有一定的關係，也就是其古音應是相同或是相近，一般可以分爲音同、雙聲、疊韻與對轉四大類；在意義上，一般在詞義上毫無相同之處，通假字唯有在一定的語言環境下，方能替代本字的意義，也就是說它所具有的通假意義是暫時的，一旦離開特定的語言環境旋及消失。

一般而言，「通假」又有廣義與狹義之分。狹義的通假，係指通假的二字除了雙聲疊韻的通假現象外，具有雙聲關係時，二者的韻母亦須具有韻近的關係，相對的，具有疊韻關係時，二者的聲母亦須具有聲近的關係；廣義的通假，指

〔註 9〕 （清）孫詒讓撰、李笠校補：《校補定本墨子閒詁》（臺北：藝文印書館，1981 年），頁 896。

〔註10〕 （晉）張湛注：《列子》（臺北：藝文印書館，1975 年），頁 101。

〔註11〕 （清）王引之：《經義述聞‧經文假借》（臺北：商務印書館，1979 年），頁 1269。

〔註12〕《經義述聞‧序》，頁 3。

通假二字除了雙聲疊韻的通假現象外，只要具有雙聲或疊韻的關係即可成立，勿須要求雙聲旁轉，或是疊韻旁紐。

　　從出土的楚簡帛資料觀察，其間使用的文字多見通假的現象，而且不少通假字僅符合聲母或韻母相同、相近的原則，實在難以狹義的通假歸納如此龐大的資料，所以本文採取廣義的通假原則，爲了破除通借，尋求本字，茲將楚簡帛文字的觀察，分爲雙聲疊韻通假、雙聲通假、疊韻通假、對轉通假、其他等五節，並以王力《漢語史稿》、《漢語語音史》所列之古韻，以及《同源字典》所列聲紐，作爲古音分部的參考依據，分別舉例說明，論述如下：

第二節　雙聲疊韻通假

　　所謂雙聲疊韻通假，係指通假字與本字之間的聲紐與韻部相同，如：宴通作燕、事通作士等。

一、之　部〔註13〕

（一）悔〔註14〕：謀

　　「悔」字僅見於郭店楚簡，通假爲謀略之「謀」。由於辭例甚眾，僅以《老子》甲本與〈緇衣〉爲例。〔註15〕見於《老子》甲本者，如：

〔註13〕王力對於先秦韻部的說法，前後略有修正，在《漢語史稿》（山東：山東教育出版社，1988年）、《同源字典》（山東：山東教育出版社，1992年）裡提出29部，在《漢語語音史》（山東：山東教育出版社，1987年）則認爲戰國時又多出1部——「冬」部，故戰國時代合計有30部。（《王力文集·漢語史稿》第9卷，頁80～84；《王力文集·同源詞典》第8卷，頁19～20；《王力文集·漢語語音史》第10卷，頁39）。此外，古韻三十部的次序，係根據陳新雄：《古音學發微》（臺北：文史哲出版社，1983年），所列對照表的序號。至於「冬」部由於未列序號，故將之列於最末。

〔註14〕關於通假上所謂「旁轉」、「旁紐」的標準，係採用王輝：《古文字通假釋例》之說，（臺北：藝文印書館，1993年）。

〔註15〕通假現象在楚系簡帛文字裡十分常見，其中又以郭店楚簡的資料最多。本文在處理上，對於同一批竹簡或帛書的同一個通假字之辭例較少者，採取全部列舉的方式，若是相關的辭例甚多，則僅以某一個或少數幾個簡帛資料作爲代表，並不一一詳細列舉，如「胃」字可通假爲「謂」的現象十分常見，辭例亦多，所以在引用上僅以楚帛書的資料爲限；再者，同一批的簡帛通假字，若具有相同辭例者，亦僅出示一個辭例，其餘則將編號書寫於括弧裡；最後，郭店楚簡文字通假的情

易**悔**（謀）也（25）

見於〈緇衣〉者，如：

古（故）君不與少（小）**悔**（謀）大，……毋以少（小）**悔**（謀）（22）

據《說文解字》所載，「謀」字其下有二個重文，其一爲「𣐈亦古文」，〔註16〕此字隸定爲從言母聲。楚簡「心」字作「�」，「言」字作「�言」，將楚簡的「心」、「言」二字與「謀」字古文系聯，發現其所從之「言」應是楚簡「心」字的訛變，絕然與「言」字無關，此一現象亦發生在「言」部下的「詩」、「訊」、「信」、「誥」等字所收的古文。由此可知，這些字應將所從偏旁「言」改爲「心」。

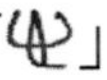

「悔」字從心母聲，「母」爲「莫厚切」，「謀」爲「莫浮切」，上古音同屬「之」部「明」紐，雙聲疊韻。通假現象見於金文，如：「愚（謀）悥（慮）皆從，克又（有）工（功），智施（也）」〈中山王𧤛鼎〉，〔註17〕故知「悔」、「謀」二字古文可通假。

（二）紿：治

「紿」字僅見於郭店楚簡，通假爲「治」。見於《老子》乙本者，如：

紿（治）人事天（1）

今本《老子》第五十九章與馬王堆漢墓帛書《老子》乙本皆作「治人事天」。「紿」字從糸，意義應與絲織有關，其義爲「絲勞即紿」，與辭意不符，若作治理之「治」解，則與辭意相符。「紿」爲「徒亥切」，「治」爲「直利切」，上古音同屬「之」部「定」紐，雙聲疊韻。

（三）才：在

「才」字通假爲「在」。由於辭例甚多，僅以郭店楚簡《老子》甲本爲例，如：

聖人之才（在）民前也，以身後之；其才（在）民上也，以言下之。（3）

形十分習見，爲了避免篇幅過於龐大，同一個通假字的辭例倘若太多，則僅以其中的一組竹簡資料作爲代表，並不從頭至尾的將《老子》甲本至〈語叢四〉諸簡的資料，一一詳細列舉，如「谷」字可通假爲「欲」字，所以在文章裡僅列舉《老子》甲本的資料爲代表。

〔註16〕《說文解字注》，頁92。

〔註17〕中國社會科學院考古研究所編：《殷周金文集成》第5冊（北京：中華書局，1985年），頁249～260。

其才（在）民上也，民弗厚也；其才（在）民前也，民弗害也。（4）

　卑（譬）道之才（在）天下也（20）

以（20）爲例，今本《老子》第三十二章作「譬道之在天下」。「才」爲「昨哉切」，「在」爲「昨宰切」，上古音同屬「之」部「從」紐，雙聲疊韻。通假現象亦見於金文，如：「隹（惟）八月初吉，才（在）宗周。」〈班簋〉。〔註18〕

（四）孳：字

「孳」字通假爲「字」。見於郭店楚簡《老子》甲本者，如：

　孳（字）之曰道（21）

今本《老子》第二十五章與馬王堆漢墓帛書《老子》甲、乙本皆作「字之曰道」。「孳」字從茲才聲，「才」爲「昨哉切」，「字」爲「疾置切」，上古音同屬「之」部「從」紐，雙聲疊韻。

（五）忎：字

「忎」字通假爲「字」。見於郭店楚簡〈太一生水〉者，如：

　道亦其忎（字）也（10）

　天陘（地）名忎（字）並＝（12）

「才忎」字從心才聲，「才」爲「昨哉切」，「字」爲「疾置切」，上古音同屬「之」部「從」紐，雙聲疊韻。

（六）巳：祀

「巳」字通假爲祭祀之「祀」。見於郭店楚簡〈成之聞之〉者，如：

　君子䜆（愼）六立以巳（祀）天常（40）

「巳」、「祀」同爲「詳里切」，上古音屬「之」部「邪」紐，雙聲疊韻。通假現象亦見於古籍，如：《周易‧損》云：「巳事遄往」，〔註19〕《經典釋文‧周義音義》云：「『巳事』，虞作祀。」〔註20〕

〔註18〕中國社會科學院考古研究所編：《殷周金文集成》第 8 冊（北京：中華書局，1987年），頁 303～304。

〔註19〕（魏）王弼注、（唐）孔穎達疏：《周易》（十三經注疏本）（臺北：藝文印書館，1993 年），頁 95。

〔註20〕（唐）陸德明：《經典釋文》（臺北：鼎文書局，1972 年），頁 26。

（七）事：士

「事」字通假爲「士」。見於曾侯乙墓竹簡者，如：

　馭ʸ慶（卿）事（士）之𨏔＝（62）

　莆之口爲左驂，慶（卿）事（士）之駟爲左驌（服）（142）

見於郭店楚簡〈緇衣〉者，如：

　　毋以卑（嬖）御息（塞）妝（莊）句（后），毋以卑（嬖）士息（塞）

　　夫＝、卿事（士）（23）

以〈緇衣〉爲例，《禮記·緇衣》作「毋以嬖御人疾莊后，毋以嬖御士疾莊大夫卿士。」「事」爲「側吏切」，又音「鉏吏切」，「士」爲「鉏里切」，上古音同屬「之」部「床」紐，〔註21〕雙聲疊韻。通假現象亦見於古籍，如：《尙書·金縢》云：「二公及王乃問諸史與百執事」，〔註22〕《後漢書·蔡邕傳》引「執事」作「執士」，王先謙〈集解〉云：「官本士作事」。〔註23〕「卿士」一詞又見於《左傳·隱公三年》：「鄭武公、莊公爲平王卿士」，楊伯峻云：「卿士似泛指在朝之卿大夫」，〔註24〕卿士應指卿大夫一類的官員。

（八）之：志

「之」字通假爲「志」。見於郭店楚簡〈五行〉者，如：

　　德弗之（志）不成（8）

「之」爲「止而切」，「志」爲「職吏切」，上古音同屬「之」部「照」紐，雙聲疊韻。通假現象亦見於古籍，如：《戰國策·趙策·晉畢陽之孫豫讓》云：「趙國之士聞之」，〔註25〕《史記·刺客列傳》云：「趙國志士聞之」。〔註26〕

〔註21〕床紐之「床」本作「牀」，爲配合電腦字體，所以一律寫作「床」字。

〔註22〕（漢）孔安國傳、（唐）孔穎達疏：《尚書》（十三經注疏本）（臺北：藝文印書館，1993年），頁188。

〔註23〕（宋）范曄撰、（唐）李賢注、（清）王先謙集解：《後漢書集解》（臺北：藝文印書館，1996年），頁707。

〔註24〕楊伯峻：《春秋左傳注》（高雄：復文圖書出版社，1991年），頁26。

〔註25〕（漢）劉向集錄：《戰國策》（臺北：里仁書局，1990年），頁599。

〔註26〕（漢）司馬遷撰、（劉宋）裴駰集解、（唐）司馬貞索隱、（唐）張守節正義、瀧川龜太郎老證：《史記會注考證》（臺北：宏業書局有限公司，1992年），頁999。

（九）期：忌

「期」字通假爲忌諱之「忌」。見於郭店楚簡《老子》甲本者，如：

夫天多期（忌）韋（諱）（30）

今本《老子》第五十七章、馬王堆漢墓帛書《老子》乙本皆作「夫天多忌諱」。「期」爲「渠之切」，「忌」爲「渠記切」，上古音同屬「之」部「群」紐，雙聲疊韻。「期」、「忌」通假之例亦見於古籍，如：《戰國策・齊策・成侯鄒忌爲齊相》有「田忌」，[註27]《竹書記年》作「田期」。[註28]

（十）惎：諅

「惎」字通假爲「諅」。見於郭店楚簡〈語叢四〉者，如：

是胃（謂）自惎（諅）（13）

「惎」字之義爲「毒」，於此難以通讀，故從郭店楚簡整理小組之言作「諅」字。「惎」、「諅」同爲「渠記切」，上古音同屬「之」部「群」紐，雙聲疊韻。

（十一）晦：海

「晦」字僅見於楚帛書，通假爲「海」，如：

山川四晦（海）（甲 3.14）

從楚帛書圖片觀察應從日從母，曾憲通以爲此字即爲「晦」字，應讀爲「海」。[註29]就辭例言，曾氏之說可從。「晦」爲「荒內切」，「海」爲「呼改切」，上古音同屬「之」部「曉」紐，雙聲疊韻。通假現象亦見於古籍，如：《老子》第二十章云：「澹兮其若海」，[註30]《經典釋文・老子音義》云：「嚴遵作，『忽兮若晦』。」[註31]

（十二）又：有

「又」字多通假爲「有」。由於辭例甚眾，於此無法一一條列，故僅以楚帛書爲例，如：

[註27]《戰國策》，頁318。

[註28] 王國維：《竹書紀年・古本竹書紀年輯校》（臺北：藝文印書館，1974年），頁30。

[註29] 曾憲通：《楚帛書・楚帛書文字編》（香港：中華書局，1985年），頁270。

[註30]（周）李耳撰、（晉）王弼注，《老子》上篇（臺北：中華書局，1993年），頁11。

[註31]《經典釋文》，頁357。

未又（有）日月（甲 3.33）

千又（有）百戢（歲）（甲 4.31）

又（有）宵（甲 8.3）

又（有）朝（甲 8.5）

又（有）晝（甲 8.7）

又（有）夕（甲 8.9）

又（有）𡘋（乙 1.18）

又（有）尚（乙 1.20）

又（有）淵𣎆𣶒（乙 2.23）

又（有）電𩃬雨土（乙 3.4）

西國又（有）吝（乙 4.22）

乃又（有）𡧁（乙 4.29）

東國又（有）吝（乙 4.34）

民則又（有）𣪠（乙 12.3）

亡又（有）相𢾊（擾）（乙 12.6）

民少又（有）□（乙 12.31）

𧗿（帥）又（有）咎（丙 1.3）

又（有）𣌭內于上下（丙 7.2）

「又」爲「于救切」，「有」爲「云久切」，上古音同屬「之」部「匣」紐，雙聲疊韻。通假現象於古籍多見，如：《禮記・月令》云：「又隨以喪」，〔註 32〕《淮南子・時則》云：「有隨以喪」；〔註 33〕《戰國策・秦策・范雎至秦》云：「臣又何恥乎？」〔註 34〕《史記・范雎蔡澤列傳》云：「臣有何恥？」〔註 35〕「又」、「有」

〔註 32〕（漢）鄭玄注、（唐）孔穎達疏：《禮記》（十三經注疏本）（臺北：藝文印書館，1993 年），頁 345。

〔註 33〕（漢）高誘注：《淮南子》（臺北：藝文印書館，1974 年），頁 146。

〔註 34〕《戰國策》，頁 186。

〔註 35〕《史記會注考證》，頁 950。

二字通假現象，不僅於楚簡帛文字多見，也常在古籍裡出現，是先秦至漢代習見的通假現象。

（十三）右：佑

「右」字習見於楚簡，通假為「佑」。見於郭店楚簡〈唐虞之道〉者，如：

　天地右（佑）之（15）

「右」、「佑」同為「于救切」，上古音屬「之」部「匣」紐，雙聲疊韻。通假現象多見於《漢書》，如：《漢書・杜鄴傳》云：「保右世主」，《注》：「右讀曰佑」；《漢書・元后傳》云：「擁右太子」，《注》：「右讀曰佑，助也。」〔註36〕

（十四）悇：矣

「悇」字僅見於郭店楚簡，通假為「矣」。見於〈成之聞之〉者，如：

　其所才（在）者內悇（矣）（3）

　則民鮮不從悇（矣）（9）

　其重也弗多悇（矣）（10）

　弗得悇（矣）（11）

　加糧弗足悇（矣），……名弗得悇（矣）（13）

　唯（雖）強之弗內悇（矣）（15）

　其迲（去）人弗遠悇（矣），……其矣（疑）也弗枉（往）悇（矣）
　（21）

　所宅不懲悇（矣）（34）

　而可以至川（順）天常悇（矣）（38）

「悇」字從心矣聲，「矣」為「于紀切」，上古音屬「之」部「匣」紐，雙聲疊韻。

（十五）里：理

「里」字通假為道理之「理」。見於郭店楚簡〈成之聞之〉者，如：

　以里（理）人侖（倫）（31）

〔註36〕　（漢）班固撰、（唐）顏師古注、（清）王先謙補注：《漢書補注》（臺北：藝文印書館，1996年），頁1502，頁1704。

見於〈性自命出〉者，如：

里（理）其青（情）而出入之（18）

「里」、「理」同為「良士切」，上古音屬「之」部「來」紐，雙聲疊韻。

二、職 部

（一）福：富

「福」字偶見於楚簡、帛書，通假為富貴之「富」。見於郭店楚簡《老子》甲本者，如：

貴福（富）喬（驕）（38）

今本《老子》第九章作「富貴而驕」，馬王堆漢墓帛書《老子》甲、乙本皆作「貴富而驕」。「福」為「方六切」，「富」為「方富切」，上古音同屬「職」部「幫」紐，雙聲疊韻。通假現象亦見於古籍，如：《周易·謙》云：「鬼神害盈而福謙」，〔註37〕《經典釋文·周易音義》云：「『而福』，京本作『而富』。」〔註38〕

（二）備：服

「備」字通假為「服」。由於辭例甚多，僅以郭店楚簡〈緇衣〉為例，如：

倀（長）民者衣備（服）不改（16）

備（服）之亡懌（41）

以〈緇衣〉（16）為例，《禮記·緇衣》作「長民者衣服不貳」。「備」為「平祕切」，「服」為「房六切」，上古音同屬「職」部「並」紐，雙聲疊韻。通假現象亦見於馬王堆漢墓帛書，如：《經法·君正》云：「衣備（服）不相綸，貴賤等也。」〔註39〕

（三）牿：特

「牿」字通假為「特」。見於包山楚簡者，如：

舉禱牿＝（222）

〔註37〕《周易》（十三經注疏本），頁47。

〔註38〕《經典釋文》，頁21。

〔註39〕國家文物局古文獻研究室編：《馬王堆漢墓帛書·老子乙本卷前古佚書·經法·君正》（壹）（北京：文物出版社，1980年），頁47。

此為「牪牛」二字合文。「牪牛」一詞，據彭浩等考釋，以為應釋作「特牛」。
〔註40〕《禮記・少儀》云：「不牪弔」，《注》：「特本亦作牪，音特。」〔註41〕又
《國語・楚語下》云：「天子舉以大牢，祀以會；諸侯舉以特牛，祀以大牢；卿
舉以少牢，祀以特牛；大夫舉以特牲，祀以少牢；士食魚炙，祀以特牲。」韋
昭云：「特，一也」。〔註42〕牪牛為特牛，即為一頭牛。「牪」為「除力切」，「特」
為「徒得切」，上古音同屬「職」部「定」紐，雙聲疊韻。「牪」、「特」二字為
雙聲疊韻通假的現象。

（四）賽：塞

「賽」字通假為「塞」。見於郭店楚簡《老子》甲本者，如：

賽（塞）其門（27）

見於《老子》乙本者，如：

賽（塞）其逸（兌）（13）

見於〈語叢四〉者，如：

不賽（塞）其溪（17）

《老子》甲本（27）於今本《老子》第五十六章作「塞其兌」，乙本（13）於今
本《老子》第五十二章作「塞其兌」。「賽」、「塞」同為「先代切」，上古音屬「職」
部「心」紐，雙聲疊韻。通假現象亦見於古籍與楚簡，如：《韓非子・外儲說右
下》云：「病愈，殺牛塞禱。」〔註43〕文獻「塞禱」一辭於楚簡多作「賽禱」，以
包山楚簡為例，如：「賽禱東陵連囂（敖）」（210）、「賽禱文坪夜君」（214）等。

（五）息：塞

「息」字僅見於郭店楚簡，通假為「塞」。見於〈緇衣〉者，如：

毋以卑（嬖）御息（塞）妝（莊）句（后），毋以卑（嬖）士息（塞）

〔註40〕 劉彬徽、彭浩、胡雅麗、劉祖信：《包山楚墓・包山二號楚墓簡牘釋文與考釋》（北京：文物出版社，1991 年），頁 389。

〔註41〕 《禮記》（十三經注疏本），頁 628。

〔註42〕 （周）左丘明：《國語》（臺北：宏業書局有限公司，1980 年），頁 564～565。

〔註43〕 （周）韓非撰、（清）王先慎集解：《韓非子集解》（臺北：藝文印書館，1983 年），頁 523。

夫＝、卿事（士）（23）

「息」爲「相即切」，「塞」爲「先代切」，上古音同屬「職」部「心」紐，雙聲疊韻。

（六）戙：側

「戙」字通假爲「側」。見於郭店楚簡〈語叢四〉者，如：

賢人不才（在）戙（側）（12）

「戙」、「側」同爲「阻力切」，上古音屬「職」部「莊」紐，雙聲疊韻。

（七）戠：職

「戠」字通假爲「職」。見於郭店楚簡〈尊德義〉者，如：

夫生而又（有）戠（職）事只者也（18）

見於〈六德〉者，如：

此六戠（職）也（9）

六戠（職）既分（10）

行其戠（職）（24，36）

「戠」、「職」同爲「之翼切」，上古音屬「職」部「照」紐，雙聲疊韻。通假現象亦見於古籍與璽印，如：《周禮・天官・冢宰》有「職歲」一詞，其職務爲「掌邦之賦出」，〔註44〕《古璽彙編》亦收有一枚璽印作「戠歲之璽」（0205），〔註45〕「戠歲」、「職歲」二者應相同，「戠」、「職」通假。

（八）杙：弋

「杙」字多通假爲「弋」。見於曾侯乙墓竹簡者，如：

長腸人與杙（弋）人之馬（164）

杙（弋）人之駟＝（169）

杙（弋）爲人（214）

「杙」字據曾侯乙墓整理小組考證，以爲當讀爲弋獵之「弋」，其職相類於《漢

〔註44〕 （漢）鄭玄注、（唐）賈公彥疏：《周禮》（十三經注疏本）（臺北：藝文印書館，1993 年），頁 106。

〔註45〕 羅福頤：《古璽彙編》（北京：文物出版社，1994 年），頁 35。

書‧百官公卿表》少府屬官之「左弋」，掌理弋射之職。〔註46〕今從其言。「杙」、「弋」同為「與職切」，上古音屬「職」部「喻」紐，雙聲疊韻。通假現象亦見於古籍，如：《周禮‧考工記‧匠人》云：「置槷以縣」，鄭玄《注》：「故書槷或作弋。杜子春云：『槷當為弋，讀為杙。』」〔註47〕

（九）祂：翼

「祂」字僅見於楚帛書，通假為「翼」，如：

下民之祂（翼）（乙 11.2）

曾憲通以為「祂」、「翼」、「異」三字互通，再者，帛書乙篇「祂」、「惻」等字協韻，故此字宜讀為「翼」。〔註48〕今從其言。上例所見的「祂」字，從楚帛書的圖片觀察，寫作從示從戈。古文字「戈」、「弋」形體相近，時常出現替換的現象，可知此應是從示弋聲。「弋」、「翼」同為「與職切」，上古音屬「職」部「喻」紐，雙聲疊韻。

三、蒸　部

（一）倗：朋

「倗」字通假為「朋」。見於郭店楚簡〈緇衣〉者，如：

倗（朋）友卣（攸）巺（攝）（45）

見於〈六德〉者，如：

為倗（朋）友亦狀（然）（28）

倗（朋）友（30）

「倗」、「朋」同為「步崩切」，上古音屬「蒸」部「並」紐，雙聲疊韻。〈六德〉的「倗」字，據簡文觀察，應從偏旁「尸」。楚簡帛文字，「人」與「尸」字形體雖然有別，卻十分相近，作為形旁使用時，可因形近而通用。再者，從辭例言，〈六德〉與〈緇衣〉所見皆為「朋友」，於此應可視為「倗」字。通假現象

〔註46〕裘錫圭、李家浩：《曾侯乙墓‧曾侯乙墓竹簡釋文與考釋》（北京：文物出版社，1989 年），頁 527。

〔註47〕《周禮》（十三經注疏本），頁 642。

〔註48〕《楚帛書‧楚帛書文字編》，頁 250。

亦見於金文，如：「用鄉（饗）倗（朋）友」〈七年趙曹鼎〉。〔註49〕

（二）塱：朋

「塱」字通假爲「朋」。見於郭店楚簡〈語叢四〉者，如：

　必先與之以爲塱（朋）（14）

「朋」、「塱」同爲「步崩切」，上古音屬「蒸」部「並」紐，雙聲疊韻。關於「朋」、「塱」通假現象，《說文解字》「塱」字引經云：「〈虞書〉曰：『塱淫于家』」，段玉裁云：「此稱〈皋陶謨〉說假借也。謂假『塱』爲『朋』，其義本不同而形亦如是作也。『塱淫于家』即『朋淫于家』，故孔安國以今文字讀之，定爲『朋』字。」〔註50〕

（三）爯：稱

「爯」字通假爲「稱」。見於郭店楚簡〈魯穆公問子思〉者，如：

　爯（稱）其君之亞（惡）者（2）

　爯（稱）其君之亞（惡）者可謂忠臣矣（3）

　爯（稱）其君之亞（惡）者未之又（有）也（5）

「爯」、「稱」同爲「處陵切」，上古音屬「蒸」部「穿」紐，雙聲疊韻。段玉裁於「爯」字下云：「凡手舉字當作『爯』，凡偁揚當作『偁』，凡銓衡當作『稱』，今字通用『稱』。」〔註51〕

（二）笠、弦、弓：鞃

「笠」、「弦」與「弓」字通假爲「鞃」。見於曾侯乙墓竹簡者，如：

　貂定之笠籏（鞃）（10）

　紫弓（鞃），彔（綠）裏（45）

　革弦（鞃）（48）

　反彔（綠）之弦（鞃）（53）

　革弓（鞃）（54）

〔註49〕《殷周金文集成》第5冊，頁175。

〔註50〕《說文解字注》，頁699。

〔註51〕《說文解字注》，頁160。

從上列的辭例可以知道「筎」、「弦」與「弓」應是同指一種器物，亦即「輒」。「輒」有「車軾」之義，據曾侯乙墓竹簡所載資料顯示，這些物品皆爲車上的配備，所以「革弦」、「革弓」等詞應與《詩經》所言的「鞹輒」相似，〔註52〕爲車器之一。「筎」字從竹厷聲，「厷」爲「古薨切」；「弓」爲「居戎切」；「弦」字從弓厷聲，或從厷弓聲，「厷」爲「古薨切」，「弓」爲「居戎切」；「輒」爲「古肱切」。上古音同屬「蒸」部「見」紐，雙聲疊韻。

四、幽　部

（一）冒：帽

「冒」字通假爲「帽」。見於郭店楚簡〈窮達以時〉者，如：

邵繇衣胎蓋冒（帽）（3）

「冒」、「帽」同爲「莫報切」，上古音屬「幽」部「明」紐，雙聲疊韻。

（二）戊：牡

「戊」字通假爲「牡」。見於郭店楚簡《老子》甲本者，如：

未智（知）牝戊（牡）（34）

今本《老子》第五十五章與馬王堆漢墓帛書《老子》乙本皆作「未知牝牡」。「戊」爲「莫候切」，「牡」爲「莫厚切」，上古音同屬「幽」部「明」紐，雙聲疊韻。

（三）茆：茅

「茆」字通假爲「茅」。見於郭店楚簡〈六德〉者，如：

雖在艸茆（茅）之中（12）

「茆」爲「莫飽切」，「茅」爲「莫交切」，上古音同屬「幽」部「明」紐，雙聲疊韻。通假現象亦見於古籍，如《韓非子・外儲說右上》云：「荆莊王有茅門之法」，孫詒讓云：「茅門下作茆門」，〔註53〕該文後段「茅門」即作「茆門」。

（四）匋：陶

「匋」字僅見於郭店楚簡，通假爲「陶」。見於〈窮達以時〉者，如：

〔註52〕「鞹輒」一詞見於《詩經・大雅・韓奕》，毛《傳》云：「鞹，革也；輒，軾中也。」頁680。從文字上解釋，「鞹輒」爲皮革的軾中，正與曾侯乙墓竹簡所見之詞相近。

〔註53〕《韓非子集解》，頁505。

匋（陶）畓（拍）於河匼（3）

「匋」、「陶」同爲「徒刀切」，上古音屬「幽」部「定」紐，雙聲疊韻。據段玉裁的意見，古本僅有「匋」字，後來另造「陶」字，「匋」字日漸被「陶」字取代而消失。〔註54〕從楚簡的文字資料顯示，段氏所言應可採信。

（五）裯：綢

「裯」字僅見於曾侯乙墓竹簡，通假爲「綢」，如：

一氏（祇）裯（綢）（123，137）

「裯」字從衣匋聲，「匋」爲「徒刀切」，「綢」爲「直由切」，上古音同屬「幽」部「定」紐，雙聲疊韻。

（六）道：導

「道」字通假爲「導」。見於郭店楚簡〈成之聞之〉者，如：

是以民可敬道（導）也（15）

「道」爲「徒皓切」，「導」爲「徒到切」，上古音同屬「幽」部「定」紐，雙聲疊韻。通假現象亦見於古籍與漢簡，如：《尚書·禹貢》云：「導荷澤」，〔註55〕《史記·夏本紀》云：「道荷澤」；〔註56〕銀雀山漢簡《晏子》云：「其教不可以道（導）眾，……非所以道（導）國先民也。」〔註57〕

（七）獸：守

「獸」字通假爲「守」。通假現象多見於郭店楚簡，由於辭例甚眾，僅以《老子》甲本爲例，如：

侯王女（如）能獸（守）之（18）

獸（守）中（24）

莫能獸（守）之（38）

〔註54〕段玉裁在《說文解字注》「匋」字下云：「今字作陶，陶行而匋廢矣。」頁227。

〔註55〕《尚書》（十三經注疏本），頁85。

〔註56〕《史記會注考證》，頁40。

〔註57〕銀雀山漢墓竹簡整理小組編：《銀雀山漢墓竹簡·晏子釋文·註釋》（壹）（北京：文物出版社，1985年），頁103。

以（18）為例，今本《老子》第三十二章、馬王堆漢墓帛書《老子》乙本皆作「侯王若能守之」，帛書甲本作「侯王若守之」，文句雖有些微的不同，「獸」字皆作「守」。「獸」為「舒救切」，「守」為「書九切」，上古音同屬「幽」部「審」紐，雙聲疊韻。

（八）受：授

「受」字通假為「授」。見於郭店楚簡〈唐虞之道〉者，如：

天下而受（授）之（24）

天下而受（授）賢（26）

「受」為「殖酉切」，「授」為「承咒切」，上古音同屬「幽」部「禪」紐，雙聲疊韻。通假現象亦見於漢簡，如：銀雀山漢簡〈市法〉云：「下化（貨）賤者受（授）肆毋過七尺」。〔註58〕「受」、「授」通假現象於先秦、秦、漢之際即可見。

（九）咎：晷

「咎」字習見於楚簡、帛書，可通假為「晷」。見於楚帛書者，如：

咎（晷）天（甲 2.33）

饒宗頤以為「咎」應讀為「晷」，「咎天」亦即「規天」。〔註59〕《說文解字》「晷」字云：「日景也」，段玉裁云：「此謂以表度日」。〔註60〕據段氏之言，將「晷天」釋為「規測天體運行」，置於此處亦能通讀，故從饒氏之說。「咎」為「其九切」，又音「古勞切」，上古音屬「幽」部「群」紐（或「見」紐），「晷」為「居洧切」，就「咎」字的又音而言，二者上古音同屬「幽」部「見」紐，雙聲疊韻。

（十）攷：巧

「攷」字通假為「巧」。見於郭店楚簡《老子》乙本者，如：

大攷（巧）若仳（拙）（14）

今本《老子》第四十五章作「大巧若拙」，馬王堆漢墓帛書《老子》甲本作「大巧如拙」。「攷」為「苦浩切」，「巧」為「苦絞切」上古音同屬「幽」部「溪」

〔註58〕《銀雀山漢墓竹簡・守法守令等釋文・註釋》（壹），頁 141。

〔註59〕《楚帛書・楚帛書文字編》，頁 257。

〔註60〕《說文解字注》，頁 308。

紐，雙聲疊韻。

（十一）幽：幼

「幽」字通假爲長幼之「幼」。見於九店竹簡者，如：

　倀（長）子吉，幽（幼）子不吉（56.36）

「幽」爲「於虯切」，「幼」爲「伊謬切」，上古音同屬「幽」部「影」紐，雙聲疊韻。通假現象亦見於古籍與漢帛書，如：今本《老子》第二十一章云：「窈兮冥兮」，〔註61〕馬王堆漢墓帛書《老子》乙本云：「幼呵冥呵」，〔註62〕傅毅本「幼」作「幽」。〔註63〕

（十二）惪：憂

「惪」字通假爲「憂」。見於郭店楚簡《老子》乙本者，如：

　幽（絕）學亡惪（憂）（4）

見於〈五行〉者，如：

　君子亡中心之惪（憂）（5）

　惪（憂）心不能忡（忡）忡（忡）（12）

今本《老子》第二十章作「絕學無憂」，馬王堆漢墓帛書《老子》乙本作「絕學无憂」。關於惪、憂二字通假現象，段玉裁於「惪」字下云：「又引《詩》『布政憂憂』，於此知許所據。《詩》惟此作『憂』，其他訓『愁』者，皆作『惪』。自假『憂』代『惪』，則不得不假『優』代『憂』。」〔註64〕「惪」、「憂」同爲「於求切」，上古音屬「幽」部「影」紐，雙聲疊韻。

（十三）卣：攸

「卣」字通假爲「攸」。見於郭店楚簡〈緇衣〉者，如：

　倗（朋）友卣（攸）巽（攝）（45）

「卣」爲「與之切」，「攸」爲「以周切」，上古音同屬「幽」部「影」紐，雙聲

〔註61〕《老子》上篇，頁12。

〔註62〕《馬王堆漢墓帛書‧老子乙本道經》（壹），頁97。

〔註63〕嚴靈峰編：《馬王堆帛書老子試探》（臺北：國立編譯館，1983年），頁294。

〔註64〕《說文解字注》，頁518。

疊韻。通假現象亦見於古籍，如：《詩經・大雅・江漢》云：「秬鬯一卣」，[註65]
《經典釋文・毛傳音義》云：「『一卣』，音酉，又音由，中尊也，本或作攸。」
[註66]

五、覺　部

（一）竺：築

「竺」字通假為「築」。見於九店竹簡者，如：

　不竺（築）東北之遇（寓）（56.57）

「竺」、「築」同為「張六切」，上古音屬「覺」部「端」紐，雙聲疊韻。

（二）簹：築

「簹」字通假為「築」。見於郭店楚簡〈窮達以時〉者，如：

　板簹（築）而差（佐）天子（4）

「簹」字據段玉裁云：「簹、篤亦古今字，……今字篤行而簹廢矣。」[註67]
「簹」為「多毒切」、「築」為「張六切」，上古音同屬「覺」部「端」紐，雙
聲疊韻。

六、宵　部

（一）𣬈：旄

「𣬈」字通假為旌旄之「旄」。見於曾侯乙墓竹簡者，如：

　白𣬈（旄）之首（9，68）

曾侯乙墓竹簡所見記有「×毛之首」的旄，除上列二例，尚有「墨毛之首」、
「朱毛之首」，「毛」字皆不從攵，從辭例觀察，除了用字的不同，並無任何
的差異，故知二字無別。《詩經・鄘風・干旄》云：「孑孑干旄」，《注》：「旄
於干首」，[註68] 又《尚書・牧誓》云：「右秉白旄以麾」，《注》：「白旄，旄牛

〔註65〕　（漢）毛亨傳、（漢）鄭玄箋、（唐）孔穎達疏：《詩經》（十三經注疏本）（臺北：
　　　　　藝文印書館，1993 年），頁 687。

〔註66〕　《經典釋文》，頁 100。

〔註67〕　《說文解字注》，頁 232。

〔註68〕　《詩經》（十三經注疏本），頁 123。

尾」，〔註69〕可知古代旗杆之首或繫以旄牛尾，而曾侯乙墓竹簡所言之「白毣（旄）之首」，亦即指用白色的旄牛尾繫於旗杆之首。

「毣」字從攵毛聲，「毛」、「旄」同爲「莫袍切」，上古音屬「宵」部「明」紐，雙聲疊韻。

（二）逃：盜

「逃」字偶見於楚簡、帛書，可通假爲「盜」。見於九店竹簡者，如：

遇寇逃（盜）（56.32）

「逃」爲「徒刀切」，「盜」爲「徒到切」，上古音同屬「宵」部「定」紐，雙聲疊韻。

（三）召：韶

「召」字僅見於郭店楚簡，通假爲「韶」。見於〈性自命出〉者，如：

召（韶）夏樂情（28）

「召」、「韶」同爲「市招切」，上古音屬「宵」部「禪」紐，雙聲疊韻。

（四）邵：韶

「邵」字通假爲「韶」。見於郭店楚簡〈性自命出〉者，如：

觀邵（韶）夏（25）

「邵」爲「寔照切」，「韶」爲「市昭切」，上古音同屬「宵」部「禪」紐，雙聲疊韻。

七、沃 部

（一）雀：爵

「雀」字多通假爲爵位之「爵」。由於辭例甚多，不勝枚舉，僅以包山楚簡與望山楚簡爲例。見於望山楚簡者，如：

以其未又簧（爵）立（位）（1.22）

未有簧（爵）立（位）（1.23）

見於包山楚簡者，如：

〔註69〕《尚書》（十三經注疏本），頁158。

　　戲雀（爵）立（位）迡（遲）遬（202）

　　至九月憙（喜）雀（爵）立（位）（204）

望山楚簡的「雀」字從竹從雀，就辭例言，與包山楚簡相似，知「雀」字之上
所添加的偏旁「竹」，應屬無義偏旁。「雀」、「爵」同為「即略切」，上古音屬「沃」
部「精」紐，雙聲疊韻。通假現象亦見於古籍，如：《禮記・三年問》云：「小
者至於燕雀」，〔註70〕《荀子・禮論》云：「小者是燕爵」。〔註71〕

（二）瘧：虐

　　「瘧」字僅見於郭店楚簡，通假為「虐」。見於〈緇衣〉者，如：

　　佳（惟）乍（作）五瘧（虐）之型（刑）曰法（27）

《禮記・緇衣》云：「惟作五虐之形曰法」，除用字上的不同，並無任何的差異。
所謂「五虐之刑」，據孔穎達〈疏〉以為應是作「蚩尤的五種虐刑」。〔註72〕「瘧」、
「虐」同為「魚約切」，上古音屬「沃」部「疑」紐，雙聲疊韻。「瘧」、「虐」
通假之例亦見於馬王堆帛書，如：《十六經・觀》云：「逆順無紀，德瘧（虐）
無刑。」〔註73〕從辭例觀察，亦與〈緇衣〉簡的「瘧」字相同，應可視為「虐」
字的通假。

（三）溺：弱

　　「溺」字通假為「弱」。見於郭店楚簡《老子》甲本者，如：

　　骨溺（弱）堇（筋）秾（柔）（33）

　　溺（弱）也者（37）

見於〈太一生水〉者，如：

　　天道貴溺（弱）（9）

「溺」為「奴歷切」，又音「而灼切」，上古音屬「沃」部「泥」紐（或「日」
紐），「弱」為「而灼切」，就「溺」字的又音言，二者上古音同屬「沃」部「日」
紐，雙聲疊韻。通假現象亦見於古籍，如：《荀子・禮論》云：「堅白同異之察，

〔註70〕　《禮記》（十三經注疏本），頁961。

〔註71〕　（周）荀卿撰、（清）王先謙集解：《荀子集解》，頁618。

〔註72〕　《禮記》（十三經注疏本），頁928。

〔註73〕　《馬王堆漢墓帛書・老子乙本卷前古佚書・十六經・觀》（壹），頁62。

入焉而溺。」〔註74〕《史記・禮書》云：「堅白同異之察，入焉而弱。」〔註75〕

八、侯　部

（一）取：娶

「取」字通假爲娶嫁之「娶」。見於包山楚簡者，如：

胃（謂）取（娶）其妾婭（89）

見於楚帛書者，如：

乃取（娶）虔囗囗子之子曰女皇（甲1.36）

余取（娶）女（丙4.1）

取（娶）女（丙4.2）

見於九店竹簡者，如：

利以取（娶）妻（56.13下，56.17下，56.41）

取妻（娶）（56.21下）

利以爲室、家祭、取（娶）妻、家（嫁）女（56.29）

「取」爲「七庾切」，「娶」爲「七句切」，上古音同屬「侯」部「清」紐，雙聲疊韻。通假現象亦見於古籍，如：《周易・蒙》云：「勿用取女」，〔註76〕《經典釋文・周易音義》云：「『用取』七住反，本又作娶。」〔註77〕《禮記・曲禮上》云：「取妻不取同姓」，鄭玄《注》：「取，七住反，本亦作娶。」〔註78〕

（二）句：苟

「句」字通假爲「苟」。見於郭店楚簡〈性自命出〉者，如：

句（苟）又（有）其青（情）（51）

句（苟）無大害（61）

「句」爲「古侯切」，又音「九遇切」、「其俱切」，「苟」爲「古厚切」，上古音

〔註74〕《荀子集解》，頁596。

〔註75〕《史記會注考證》，頁415。

〔註76〕《周易》（十三經注疏本），頁24。

〔註77〕《經典釋文》，頁20。

〔註78〕《禮記》（十三經注疏本），頁37。

同屬「侯」部「見」紐，雙聲疊韻。通假現象亦見於古籍與漢帛書，如：《戰國策·燕策·蘇代自齊獻書於燕王》云：「臣苟得見，則盈願。」〔註79〕馬王堆漢墓帛書〈戰國縱橫家書·蘇秦自齊獻書於燕王〉云：「臣句（苟）得時見，盈願矣。」〔註80〕

（三）句：拘

「句」字偶見於楚簡，可通假為「拘」。見於包山楚簡者，如：

　解句（拘）（120）

「句」為「九遇切」，「拘」為「舉朱切」，上古音同屬「侯」部「見」紐，雙聲疊韻。通假現象亦見於古籍，如：《山海經·海外北經》云：「拘纓之國在其東」，〔註81〕《淮南子·墜形》云：「句嬰民」。〔註82〕

（四）筍：拘

「筍」字通假為「拘」。見於郭店楚簡〈窮達以時〉者，如：

　完（管）寺（夷）虗（吾）筍（拘）縣弃縛（6）

「筍」字從宀句聲，「句」為「九遇切」，「拘」為「舉朱切」，上古音同屬「侯」部「見」紐，雙聲疊韻。

（五）狗：苟

「狗」字通假為「苟」。見於郭店楚簡〈語叢四〉者，如：

　言而狗（苟）（2）

「狗」、「苟」同為「古厚切」，上古音屬「侯」部「見」紐，雙聲疊韻。通假現象亦見於古籍，如：《左傳·襄公十五年》云：「鄭人奪堵狗之妻」，〔註83〕《經典釋文·春秋左氏音義》云：「『苟』本或作狗」。〔註84〕

〔註79〕《戰國策》，頁1096。

〔註80〕馬王堆漢墓帛書整理小組編：《馬王堆漢墓帛書·戰國縱橫家書釋文·註釋》（參）（北京：文物出版社，1983年），頁29。

〔註81〕袁珂注：《山海經校注》（臺北：里仁書局，1982年），頁241。

〔註82〕《淮南子》，頁115。

〔註83〕《春秋左傳注》，頁1024。

〔註84〕《經典釋文》，頁260。

（六）遇：寓

「遇」字多通假爲「寓」。見於九店竹簡者，如：

作邑之遇（寓），盍西南之遇（寓），……盍東南之遇（寓）（56.45）

盍西北之遇（寓）（56.46）

盍東南之遇（寓）（56.56）

不竺（築）東北之遇（寓）（56.57）

「遇」、「寓」同爲「牛具切」，上古音屬「侯」部「疑」紐，雙聲疊韻。通假現象亦見於侯馬盟書委質類「寙（遇）之行道弗殺」（156.20）。〔註85〕「寙」字亦作「偶」、「禺」，古文字從「彳」與從「辵」者，由於意義相近，作爲形旁時可因義近而通用，故知從彳之字應爲「遇」；再者，從「穴」與從「宀」相同，故知「寙」字應爲「寓」。

（七）禺：隅

「禺」字通假爲「隅」。見於郭店楚簡《老子》乙本者，如：

大方亡禺（隅）（12）

今本《老子》第四十一章作「大方無隅」，馬王堆漢墓帛書《老子》乙本作「大方无禺」。「禺」、「隅」同爲「遇俱切」，上古音屬「侯」部「疑」紐，雙聲疊韻。

（八）堣：遇

「堣」字通假爲「遇」。見於郭店楚簡〈窮達以時〉者，如：

堣（遇）堯也（3）

堣（遇）武丁也（4）

堣（遇）周文也（5）

堣（遇）齊逗（桓）也（6）

堣（遇）秦穆（7）

堣（遇）楚臧（莊）也（8）

「堣」爲「遇俱切」，「遇」爲「牛具切」，上古音同屬「侯」部「疑」紐，雙聲

〔註85〕山西省文物工作委員會編：《侯馬盟書》（北京：文物出版社，1976年），頁267。

疊韻。

（九）婁：屢

「婁」字通假爲「屢」。見於郭店楚簡〈成之聞之〉者，如：

型（形）罰之婁（屢）行也（5）

「婁」爲「落侯切」，「屢」爲「良遇切」，上古音同屬「侯」部「來」紐，雙聲疊韻。通假現象亦見於馬王堆漢墓帛書，如：〈五十二病方〉云：「冶黃黔（芩）而婁（屢）傅之」，又〈五十二病方〉云：「以□脂若豹膏□而炙之，□□□而不通，婁（屢）復□。」〔註86〕

九、屋 部

（一）僕：樸

「僕」字通假爲樸質之「樸」。見於郭店楚簡《老子》甲本者，如：

視索（素）保僕（樸）（2）

僕（樸）唯（雖）妻（微）（18）

「僕」、「樸」同爲「蒲木切」，上古音屬「屋」部「並」紐，雙聲疊韻。通假現象亦見於古籍，如：《爾雅·釋木》云：「樸抱者」，〔註87〕《經典釋文·爾雅音義》云：「樸音卜，字又作僕。」〔註88〕

（二）彔：祿

「彔」字通假爲「祿」。見於郭店楚簡〈魯穆公問子思〉者，如：

交彔（祿）雀（爵）者也（6）

□□□之亞（惡）□□彔（祿）雀（爵）者□□義而遠彔（祿）雀（爵）（7）

「彔」字之義爲「刻木彔彔」，於此難以通讀，應爲「祿」字通假。「彔」、「祿」

〔註86〕馬王堆漢墓帛書整理小組編：《馬王堆漢墓帛書·五十二病方釋文·註釋》（肆）（北京：文物出版社，1985年），頁56，頁64。

〔註87〕（晉）郭璞注、（宋）邢昺疏：《爾雅》（十三經注疏本）（臺北：藝文印書館，1993年），頁159。

〔註88〕《經典釋文》，頁429。

同爲「盧谷切」，上古音屬「屋」部「來」紐，雙聲疊韻。通假現象亦見於金文，如：「用禖壽匃永令，韽（綽）箈（綰）猶（髮）彔（祿）屯（純）」〈癲鐘〉；〔註89〕「不（彔）祿益子」〈作冊益卣〉，〔註90〕「褱（懷）猶（髮）彔（祿）」〈史墻盤〉，〔註91〕「彔」皆爲「福祿」之「祿」。

十、東　部

（一）童：重

「童」字通假爲「重」。見於郭店楚簡〈語叢四〉者，如：

　　是胃（謂）童（重）基（恭）（14）

「童」爲「徒紅切」，「重」爲「柱用切」，又音「直容切」、「直隴切」，上古音同屬「東」部「定」紐，雙聲疊韻。通假現象亦見於古籍與漢帛書，如：《禮記・檀弓下》云：「與其鄰重汪踦往」，鄭玄《注》：「重皆當讀爲童」；〔註92〕馬王堆漢墓帛書〈春秋事語・宋荊戰泓水之上〉云：「君子不擊不成之列，不童（重）傷，不禽（擒）二毛。」〔註93〕《左傳・僖公二十二年》云：「君子不重傷，不禽二毛。」〔註94〕

（二）童：動

「童」字通假爲「動」。見於楚帛書者，如：

　　母（毋）童（動）群民（乙8.20）

「童」爲「徒紅切」，「動」爲「徒總切」，上古音同屬「東」部「定」紐，雙聲疊韻。通假現象亦見於金文與漢簡，如：「虩許上下若否，雺四方母（毋）童（動）」

〔註89〕中國社會科學院考古研究所編：《殷周金文集成》第 1 冊（北京：中華書局，1984年），頁 274～283。

〔註90〕中國社會科學院考古研究所編：《殷周金文集成》第 10 冊（北京：中華書局，1990年），頁 350。

〔註91〕中國社會科學院考古研究所編：《殷周金文集成》第 16 冊（北京：中華書局，1994年），頁 181。

〔註92〕《禮記》（十三經注疏本），頁 189。

〔註93〕《馬王堆漢墓帛書・春秋事語釋文・註釋》（參），頁 17。

〔註94〕《春秋左傳注》，頁 397。

〈毛公鼎〉；〔註95〕銀雀山漢墓竹簡《尉繚子》云：「將吏士卒，童（動）靜如身，……發童（動）必蚤（早）。」〔註96〕

（三）潼：動

「潼」字可通假為「動」。見於楚帛書者，如：

复天旁潼（動）（甲 5.20）

「潼」字從辵童聲，「童」為「徒紅切」，「動」為「徒總切」，上古音同屬「東」部「定」紐，雙聲疊韻。

（四）僮：動

「僮」字通假為「動」。見於郭店楚簡《老子》甲本者，如：

反也者，道僮（動）也（37）

今本《老子》第四十章作「反者，道之動。」馬王堆漢墓帛書《老子》甲本作「道之動也」，乙本作「道之童也」，亦見從「童」得聲之字與「動」字通假。「僮」為「徒紅切」，「動」為「徒總切」，上古音同屬「東」部「定」紐，雙聲疊韻。

（五）敱：動

「敱」字通假為「動」。見於郭店楚簡〈性自命出〉者，如：

凡敱童（動）眚（性）者（11）

哭之敱童（動）心也，……樂之敱童（動）心也（30）

「敱」字從攵童聲，「童」為「徒紅切」，「動」為「徒總切」，上古音同屬「東」部「定」紐，雙聲疊韻。

（六）迥：同

「迥」字僅見於郭店楚簡，通假為「同」。見於《老子》甲本者，如：

迥（同）其塹（塵）（27）

見於〈六德〉者，如：

參者迥（同），言行皆迥（同）。參者不迥（同），非言行也（45）

〔註95〕《殷周金文集成》第 5 冊，頁 261～268。

〔註96〕《銀雀山漢墓竹簡・尉繚子釋文・註釋》（壹），頁 8。

參者皆迵（同），然句（後）是也（46）

郭店楚簡《老子》甲本的文句，相較於今本《老子》第五十六章、馬王堆漢墓帛書《老子》乙本，後二者皆作「同其塵」，其間的差異僅於文字使用的不同，故知「迵」爲「同」的通假。「迵」爲「徒弄切」，「同」爲「徒紅切」，上古音同屬「東」部「定」紐，雙聲疊韻。「迵」、「同」通假現象，亦見於馬王堆漢墓帛書，如：〈十六經・五正〉云：「男女畢迵（同），何患於國。」〔註97〕從辭例觀察，與上列郭店楚簡的「迵」字相同，皆應釋爲「同」字。

（七）從：縱

「從」字僅見於郭店楚簡，通假爲「縱」。見於〈唐虞之道〉者，如：

從（縱）仁、聖可與（15）

「從」爲「即容切」，「縱」爲「子用切」，上古音同屬「東」部「精」紐，雙聲疊韻。通假現象亦見於古籍，如：《禮記・三年問》云：「然而從之」，〔註98〕《荀子・禮論》云：「然而縱之」；〔註99〕《莊子・讓王》云：「不能自勝則從」，〔註100〕《呂氏春秋・審爲》云：「不能自勝則縱」。〔註101〕

（八）攻：功

「攻」字通假爲「功」。見於郭店楚簡《老子》甲本者，如：

攻（功）述（遂）（39）

「攻」、「功」同爲「古紅切」，上古音屬「東」部「見」紐，雙聲疊韻。通假現象亦見於古籍與漢帛書，如：《荀子・議兵》云：「械用兵革攻完便利者強」，《注》：「攻當爲功」；〔註102〕馬王堆漢墓帛書〈戰國縱橫家書・蘇秦自齊獻書於燕王〉云：「天下不功（攻）齊」，〔註103〕《戰國策・燕策・蘇代自齊獻書於燕王》云：

〔註97〕《馬王堆漢墓帛書・老子乙本卷前古佚書・十六經・五正》（壹），頁65。
〔註98〕《禮記》（十三經注疏本），頁961。
〔註99〕《荀子集解》，頁619。
〔註100〕（周）莊周撰、（晉）郭象注：《莊子》第9卷（臺北：中華書局，1993年），頁14。
〔註101〕（周）呂不韋撰、（漢）高誘註：《呂氏春秋》，頁624。
〔註102〕《荀子集解》，頁477。
〔註103〕《馬王堆漢墓帛書・戰國縱橫家書釋文・註釋》（參），頁28。

「天下不攻齊」。〔註104〕「攻」、「功」通假是先秦至漢代習見的現象。

（九）攻：工

「攻」字習見於楚簡、帛書，可通假爲「工」。見於楚帛書者，如：

共攻（工）（甲7.6）

「攻」、「工」同爲「古紅切」，上古音屬「東」部「見」紐，雙聲疊韻。通假現象亦見於古籍與漢帛書，如：馬王堆漢墓帛書〈須賈說穰侯〉云：「非計慮之功（工）也」，〔註105〕《戰國策·魏策·秦敗魏於華走芒卯而圍大梁》云：「非計之工也」。〔註106〕

（十）共：恭

「共」字通假爲「恭」。見於郭店楚簡〈緇衣〉者，如：

共（恭）以位（涖）之（25）

見於〈五行〉者，如：

不尊不共（恭），不共（恭）亡（豐）禮（22）

共（恭）也，共（恭）而專交（37）

聞道而共（恭）者（50）

「共」、「恭」同爲「俱容切」，上古音屬「東」部「見」紐，雙聲疊韻。通假現象亦見於古籍與漢簡，《詩經·小雅·巧言》云：「匪其止共」，〔註107〕《經典釋文·毛詩音義》云：「『止共』，音恭，本又作恭。」〔註108〕銀雀山漢簡〈王兵〉云：「使百兵共（恭）敬悉畏」。〔註109〕

（十一）甬：用

「甬」字多通假爲「用」。由於相關辭例甚多，於此僅以郭店楚簡《老子》甲本與楚帛書爲例。見於郭店楚簡《老子》甲本者，如：

〔註104〕《戰國策》，頁1095。

〔註105〕《馬王堆漢墓帛書·戰國縱橫家書釋文·註釋》（參），頁49。

〔註106〕《戰國策》，頁856。

〔註107〕《詩經》（十三經注疏本），頁424。

〔註108〕《經典釋文》，頁82。

〔註109〕《銀雀山漢墓竹簡·守法守令等釋文·註釋》（壹），頁136。

以 𢼋（奇）甬（用）兵（29）

道之甬（用）也（37）

見於楚帛書者，如：

民勿甬（用）（乙 11.10）

「甬」為「余隴切」，「用」為「余頌切」，上古音屬「東」部「喻」紐，雙聲疊韻。通假現象亦見於金文，如：「甬（用）乍（作）宗彝尊壺」〈曾姬無卹壺〉。〔註110〕

（十二）佣：俑

「佣」字通假為「俑」。見於曾侯乙墓竹簡者，如：

佣所□□六夫，□撰（癸）六夫，……柏撰（癸）二夫，𨛂二夫，

桐撰（癸）一夫（212）

殉葬制度起源已久，殷商時代多以活人為殉葬，隨著社會、文化的進步，以及對人力的重視與需求，日漸以木材、玉石，甚或陶土製作人俑，取代活人作為陪葬之需。本簡為陪葬俑的記載，從「柏」、「桐」二字可知，此應是製作俑人的材質。何謂「俑」？《孟子·梁惠王上》云：「始作俑者，其無後乎。」趙岐《注》：「俑，偶人也，用之送死。」〔註111〕故知「俑」為陪葬之物。「佣」字從人用聲，「用」為「余頌切」，「俑」為「余隴切」，上古音同屬「東」部「喻」紐，雙聲疊韻。

十一、魚　部

（一）荼：涂

「荼」字通假為「涂」。見於楚帛書者，如：

荼（涂）司备（丙 12.1）

《爾雅·釋天》云：「十二月為涂」，〔註112〕郝懿行云：「涂者，古本作荼。……馬瑞辰曰：《廣韻》涂與除同音，除謂歲將除也。〈小明〉詩：『日月方除』，毛

〔註110〕中國社會科學院考古研究所編：《殷周金文集成》第 15 冊（北京：中華書局，1993年），頁 252～253。

〔註111〕（漢）趙岐注、（宋）孫奭疏：《孟子》（十三經注疏本）（臺北：藝文印書館，1993年），頁 14。

〔註112〕《爾雅》（十三經注疏本），頁 96。

《傳》：『除，除陳生新也。』蓋指十二月爲除言之。」〔註113〕「荼」、「涂」同爲「同都切」，上古音屬「魚」部「定」紐，雙聲疊韻。

（二）且：祖

「且」字通假爲「祖」。見於郭店楚簡〈唐虞之道〉者，如：

新（親）事且（祖）廟（7）

「且」爲「子魚切」，「祖」爲「則古切」，上古音同屬「魚」部「精」紐，雙聲疊韻。通假之例亦見於金文，如：「不（丕）顯且（祖）考先王」〈䵼鐘〉。〔註114〕

（三）綻：疏

「綻」字通假爲「疏」。見於郭店楚簡〈六德〉者，如：

綻（疏）斬布實丈（27）

「綻」、「疏」同爲「所葅切」，上古音屬「魚」部「山」紐，雙聲疊韻。

（四）者：諸

「者」字通假爲諸侯之「諸」。由於辭例甚多，僅以郭店楚簡〈窮達以時〉與楚帛書爲例。見於楚帛書者，如：

會者（諸）侯（丙11.3）

見於郭店楚簡〈窮達以時〉者，如：

而爲者（諸）侯相（6）

「者」爲「章也切」，「諸」爲「章魚切」，上古音同屬「魚」部「照」紐，雙聲疊韻。通假之例亦見於金文，如：「用匽（晏）以喜，用樂父兄（兄）者（諸）士。」〈子璋鐘〉；〔註115〕「有事者（諸）官圖之」〈兆域圖銅版〉。〔註116〕

（五）寡：顧

「寡」字通假爲「顧」。見於郭店楚簡〈緇衣〉者，如：

之寡（顧）命（22）

〔註113〕（清）郝懿行：《爾雅義疏》（臺北：藝文印書館，1987年），頁763。

〔註114〕《殷周金文集成》第1冊，頁284～285。

〔註115〕《殷周金文集成》第1冊，頁103～117。

〔註116〕《殷周金文集成》第16冊，頁324。

「寡」爲「古瓦切」，「顧」爲「古暮切」，上古音同屬「魚」部「見」紐，雙聲疊韻。

（六）古：故

「古」字多通假爲「故」。由於相關的辭例甚眾，於此無法一一條列，僅以包山楚簡爲例，如：

登臧（臧）而無古（故）（15）

不謹墜（陳）宝雁之剔之古（故）（22）

以其不分田之古（故）（82）

以受鄴易之樐官陞邊逃之古（故）（87）

於新大厰（廄）之古（故）（99）

與篅臭之古（故）（100）

以其古（故）敔之（198，200，202，210，213，217，222，227，229，233，237，243，246，248，249）

以其古（故）縈之（207，218，231，240）

「古」爲「公戶切」，「故」爲「古暮切」，上古音同屬「魚」部「見」紐，雙聲疊韻。通假現象見於古籍，如：《戰國策・燕策・蘇代自齊使人謂燕昭王》云：「欲以復振古埊也」，鮑本「古」作「故」。〔註117〕

（七）故：古

「故」字通假爲古老之「古」。見於楚帛書者，如：

曰古（故）（甲 1.2）

通假現象請參見「古－故」項下論述。

（八）古：固

「古」字通假爲「固」。見於郭店楚簡〈尊德義〉者，如：

因恆則古（固）（17）

「古」爲「公戶切」，「固」爲「古暮切」，上古音同屬「魚」部「見」紐，雙聲

〔註117〕《戰國策》，頁 1093。

疊韻。通假現象亦見於馬王堆漢墓帛書，如：《老子》甲本云：「將欲拾之，必古張之。」《老子》乙本云：「將欲擒之，必古張之。」〔註118〕今本《老子》云：「將欲歙之，必固張之。」〔註119〕

（九）家：嫁

「家」字通假爲取嫁之「嫁」。見於楚帛書者，如：

可以家（嫁）女（丙 2.3）

見於九店竹簡者，如：

取（娶）妻、家（嫁）子（56.21 下）

利以家（嫁）女（56.24 下）

利以爲室、家祭、取（娶）妻、家（嫁）女（56.29）

利以取（娶）妻、家（嫁）女（56.41 下）

「家」爲「古牙切」，「嫁」爲「古訝切」，上古音同屬「魚」部「見」紐，雙聲疊韻。通假現象亦見於古籍，如：《戰國策·魏策·張儀走之魏》云：「重家而已」，姚本一本作「嫁」，鮑本「家」作「嫁」。〔註120〕

（十）姑：辜

「姑」字偶見於楚簡、帛書，可通假爲「辜」。見於楚帛書者，如：

姑（辜）分長（丙 11.1）

曰姑（辜）（丙 11.2）

「姑」、「辜」同爲「古胡切」，上古音屬「魚」部「見」紐，雙聲疊韻。通假之例尚未見，從楚帛書的行文方式觀察，邊文皆取三字爲名，第一字爲月名，故「姑」字應爲《爾雅·釋天》所言之「十一月爲辜」之「辜」。〔註121〕

（十一）吳：虞

〔註118〕《馬王堆漢墓帛書·老子甲本道經》（壹），頁 13；《馬王堆漢墓帛書·老子乙本道經》（壹），頁 98。

〔註119〕《老子》上篇，頁 20。

〔註120〕《戰國策》，頁 804。

〔註121〕《爾雅》（十三經注疏本），頁 96。

「吳」字通假爲唐虞之「虞」。見於郭店楚簡〈唐虞之道〉者，如：

湯（唐）吳（虞）之道（1，3）

古者吳（虞）舜（9）

吳（虞）舜其人也（10）

「吳」爲「五乎切」，「虞」爲「遇俱切」，上古音同屬「魚」部「疑」紐，雙聲疊韻。通假現象亦見於古籍，如：《史記・孝武本紀》云：「不虞不驚」，司馬貞〈索隱〉云：「此作虞者，與吳聲相近，故假借也。」〔註122〕

（十二）語：禦

「語」字僅見於郭店楚簡，通假爲「禦」。見於〈五行〉者，如：

不畏強語（禦）（34）

「語」、「禦」同爲「魚巨切」，上古音屬「魚」部「疑」紐，雙聲疊韻。通假現象亦見於古籍，如：《左傳・桓公十四年經》云：「鄭伯使其弟語來盟」，楊伯峻云：「『語』，《穀梁傳》作『禦』，語禦同音通假。」〔註123〕

（十三）鄦：許

「鄦」字通假爲「許」。見於包山楚簡者，如：

鄦（許）昜（87）

「鄦」、「許」二字同爲「虛呂切」，上古音屬「魚」部「曉」紐，雙聲疊韻。通假現象亦見於古籍，如：《史記・鄭世家》云：「鄦公惡鄭於楚」，裴駰〈集解〉云：「徐廣曰：鄦音許；許公，靈公也。」瀧川龜太郎〈考證〉云：「《左傳》鄦作許」。〔註124〕《說文解字》「鄦」字下十分清楚的記載：「炎帝大嶽之胤，甫侯所封，在潁川，從邑無聲，讀若許。」〔註125〕「鄦」字應爲一般所謂的「許」字。

（十四）𧥝：許

「𧥝」字通假爲「許」。由於辭例甚眾，僅以望山楚簡爲例，如：

〔註122〕《史記會注考證》，頁209。

〔註123〕《春秋左傳注》，頁139。

〔註124〕《史記會注考證》，頁665。

〔註125〕《說文解字注》，頁293。

䚘（許）陀（1.18，1.93）

「䚘」、「許」二字同爲「虛呂切」，上古音屬「魚」部「曉」紐，雙聲疊韻。「䚘」字從日無聲，於此作爲姓氏使用，其用法與讀音皆應與「鄦」字相同，據整理人員指出當讀爲「鄦（許）」，〔註126〕其言應可信。通假現象請見「鄦－許」項下論述。

（十五）翠：羽

「翠」字通假爲羽毛之「羽」。見於曾侯乙墓竹簡者，如：

紫翠（羽）之常（6）

屯𣫭翠（羽）之𦥑（42）

屯戠窐（𣫭）翠（羽）（44）

屯𤢡翠（羽）𦥑（61）

玄翠（羽）之首（79）

驚＝翼白翠（羽）（81）

彔（綠）翠（羽）之鈝賠（106）

「翠」爲「羽俱切」，「羽」爲「王矩切」，上古音同屬「魚」部「匣」紐，雙聲疊韻。

（十六）余：餘

「余」字通假爲「餘」。見於郭店楚簡〈太一生水〉者，如：

又（有）余（餘）於下：不足於下者，又（有）余（餘）於上（14）

「余」、「餘」同爲「以諸切」，上古音屬「魚」部「喻」紐，雙聲疊韻。通假現象亦見於古籍，如：今本《老子》第二十章云：「眾人皆有餘」，〔註127〕馬王堆漢墓帛書《老子》乙本云：「眾人皆又（有）余（餘）」。〔註128〕

（十七）遞：魯

〔註126〕湖北省文物考古研究所、北京大學中文系編：《望山楚簡》（北京：中華書局，1995年），頁92。

〔註127〕《老子》上篇，頁11。

〔註128〕《馬王堆漢墓帛書・老子乙本道經》（壹），頁96。

「遮」字通假爲「魯」。見於曾侯乙墓竹簡者，如：

　　遮（魯）公三鑋（乘）迳（路）車（119）

　　遮（魯）㿻（陽）公之迳（路）車三鑋（乘）（195）

見於包山楚簡者，如：

　　遮（魯）易（陽）公以楚帀（師）後輕奠之戠（歲）（4）

「遮」字從辵旅聲，「旅」爲「力舉切」，「魯」爲「郎古切」，上古音同屬「魚」部「來」紐，雙聲疊韻。此外，包山楚簡（1）的辭例作「魯易（陽）公」亦與之相同，不同者僅將「旅」字改作「魯」，可知「魯易（陽）公」應爲「旅易（陽）公」。

十二、鐸　部

（一）亞：惡

「亞」字通假爲「惡」。通假現象多見於郭店楚簡，由於辭例甚多，僅以《老子》甲本爲例，如：

　　亞（惡）已（15）

今本《老子》第二章作「斯惡已」，馬王堆漢墓帛書《老子》甲本作「惡已」，乙本作「亞已」。「亞」爲「衣嫁切」，上古音屬「鐸」部「影」紐，「惡」爲「烏各切」，又音「烏故切」，上古音屬「鐸」部「影」紐，雙聲疊韻。通假現象亦見於漢簡，如：銀雀山漢簡《六韜》云：「樂生而亞（惡）死，亞（惡）危而歸利。」〔註129〕

（二）霑：露

「霑」字通假爲「露」。見於郭店楚簡《老子》甲本者，如：

　　以逾甘霑（露）（19）

今本《老子》作「以降甘露」。「霑」字本義爲「雨霑」，段玉裁云：「此下雨本字，今則『落』行而『霑』廢矣。」〔註130〕若以「霑」字釋讀，則難以通讀該文句，可知「霑」、「露」通假。「霑」爲「盧各切」，「露」爲「洛故切」，上古

〔註129〕《銀雀山漢墓竹簡・六韜釋文・註釋》（壹），頁107。

〔註130〕《說文解字注》，頁578。

音同屬「鐸」部「來」紐，雙聲疊韻。

十三、陽　部

（一）方：鈁

「方」字通假爲「鈁」。見於信陽楚簡者，如：

二青方（鈁），二方監（鑑）（2.1）

以「青方（鈁）」、「方監（鑑）」並舉，「監（鑑）」爲器皿，故知「方」字於此亦應爲器皿名稱，應作爲「鈁」的通假字，「鈁」字之義爲「鑊屬」，正與後面的器皿「鑑」可以配合。「方」、「鈁」同爲「府良切」，上古音屬「陽」部「幫」紐，雙聲疊韻。

（二）秉：痛

「秉」字通假爲「痛」。見於楚帛書者，如：

秉（痛）司春（丙3.1）

《爾雅・釋天》云：「三月爲痛」。〔註131〕「秉」爲「兵永切」，「痛」爲「陂病切」，上古音同屬「陽」部「幫」紐，雙聲疊韻。

（三）亡：忘

「亡」字通假爲「忘」。見於郭店楚簡〈五行〉者，如：

得則不亡（忘），不亡（忘）則明（14）

型（形）則不亡（忘），不亡（忘）則聰（15）

「亡」爲「武方切」，「忘」爲「巫放切」，又音「武方切」，上古音屬「陽」部「明」紐，雙聲疊韻。通假現象亦見於古籍，如：《戰國策・齊策・齊閔王之遇殺》云：「老婦已亡矣」，鮑本「亡」作「忘」。〔註132〕

（四）芒：亡

「芒」字多通假爲「亡」。見於郭店楚簡〈緇衣〉者，如：

君以民芒（亡）（9）

〔註131〕《爾雅》（十三經注疏本），頁96。

〔註132〕《戰國策》，頁473。

見於九店竹簡者，如：

　　芒（亡）倀（長）子（56.46）

「芒」爲「莫郎切」，「亡」爲「武方切」，上古音屬「陽」部「明」紐，雙聲疊韻。

（五）倉：滄

「倉」字通假爲「滄」。見於郭店楚簡〈太一生水〉者，如：

　　是以成倉（滄）然（熱），倉（滄）然（熱）復相楠（輔）也（3）

　　倉（滄）然（熱）之所生也。倉（滄）然（熱）者（4）

「倉」字之義爲「穀藏」，「滄」字之義爲「寒」，從辭例言，應是寒與熱的對舉，應作爲「滄」字解釋，方能通讀該文句。「倉」、「滄」同爲「七岡切」，上古音屬「陽」部「清」紐，雙聲疊韻。

（六）蒼：滄

「蒼」字僅見於郭店楚簡，通假爲「滄」。見於《老子》乙本者，如：

　　杲（躁）勨（勝）蒼（滄）（15）

今本《老子》第四十五章作「躁勝寒」，馬王堆漢墓帛書《老子》甲、乙本作「趮勝寒」。「蒼」字之義爲「艸色」，「滄」字之義爲「寒」，就辭例所表現的意思，以及今本、帛書《老子》的記載而言，應作爲「滄」字解釋。「蒼」、「滄」同爲「七岡切」，上古音屬「陽」部「清」紐，雙聲疊韻。

（七）相：箱

「相」字通假爲「箱」。見於包山楚簡者，如：

　　相（箱）尾之器所以行（259）

「相」、「箱」二字同爲「息良切」，上古音屬「陽」部「心」紐，雙聲疊韻。通假之例於他處未見。據包山楚簡整理小組對於「相尾」的解釋，它應是槨室內的腳箱，亦即槨內的西室。〔註133〕

（八）像：象

「像」字僅見於楚帛書，通假爲「象」，如：

〔註133〕《包山楚墓・包山二號楚墓簡牘釋文與考釋》，頁393。

天像（象）是惻（乙 10.26）

「像」、「象」同爲「徐兩切」，上古音同屬「陽」部「邪」紐，雙聲疊韻。通假現象亦見於古籍，如：《國語‧楚語》云：「如是而又使以象夢旁求四方之賢」；〔註134〕《潛夫論‧五德志》云：「乃使以夢像求之四方側陋。」〔註135〕

（九）妝：莊

「妝」字通假爲「莊」。見於郭店楚簡〈緇衣〉者，如：

毋以卑（嬖）御息（塞）妝（莊）句（后）（23）

《禮記‧緇衣》作「毋以嬖御人疾莊后」。「妝」、「莊」同爲「側羊切」，上古音屬「陽」部「莊」紐，雙聲疊韻。

（十）章：彰

「章」字通假爲「彰」。見於郭店楚簡《老子》甲本者，如：

法勿（物）慈（滋）章（彰）（31）

今本《老子》第五十七章作「法令滋彰」。「章」、「彰」同爲「諸良切」，上古音屬「陽」部「照」紐，雙聲疊韻。通假現象亦見於古籍，如：《尚書‧皋陶謨》云：「彰厥有常」，〔註136〕《史記‧夏本紀》云：「章其有常」。〔註137〕

（十一）昌：倡

「昌」字通假爲「倡」。見於郭店楚簡〈緇衣〉者，如：

古（故）大人不昌（倡）流（30）

「昌」、「倡」同爲「尺良切」，上古音屬「陽」部「穿」紐，雙聲疊韻。通假現象亦見於古籍，如：《周禮‧春官‧樂師》云：「凡軍大獻教愷歌遂倡之」，鄭玄《注》：「故書倡爲昌。鄭司農云：『樂師主倡也，昌當爲倡，書亦或爲倡。』」〔註138〕

〔註134〕 《國語》，頁 554。

〔註135〕 （漢）王符撰、（清）汪繼培箋：《潛夫論箋》（臺北：世界書局，1955 年），頁 168。

〔註136〕 《尚書》（十三經注疏本），頁 61。

〔註137〕 《史記會注考證》，頁 44。

〔註138〕 《周禮》（十三經注疏本），頁 352。

（十二）尚：常

「尚」字通假為「常」。見於楚帛書者，如：

又口尚（常）（乙 1.20）

卉木亡尚（常）（乙 2.1）

四淺（踐）之尚（常）（乙 6.1）

亡又尚（常）恆（乙 8.9）

以口天尚（常）（乙 8.34）

「尚」為「市羊切」，又音「時仗切」，「常」為「市羊切」，上古音同屬「陽」部「禪」紐，雙聲疊韻。通假現象亦見於古籍與金文，如：《史記‧萬石張叔列傳》云：「劍尚盛，未嘗服也。」〔註139〕《漢書‧衛綰傳》云：「劍常盛，未嘗服也。」〔註140〕又「可瀍（法）可尚（常）」〈中山王䵼方壺〉。〔註141〕

（十三）尚：嘗

「尚」字通假為「嘗」。見於郭店楚簡〈五行〉者，如：

未尚（嘗）聞君子道（22）

未尚（嘗）見賢人（23）

「尚」為「市羊切」，又音「時仗切」，「嘗」為「市羊切」，上古音同屬「陽」部「禪」紐，雙聲疊韻。

（十四）䇦：尚

「䇦」字僅見於郭店楚簡，通假為「尚」。見於《老子》甲本者，如：

不谷（欲）䇦（尚）呈（盈）（10）

「䇦」字從立尚聲，「尚」為「市羊切」，又音「時仗切」，上古音同屬「陽」部「禪」紐，雙聲疊韻。

（十五）慶：卿

「慶」字通假為卿士之「卿」。見於曾侯乙墓竹簡者，如：

〔註139〕《史記會注考證》，頁 1105。

〔註140〕《漢書補注》，頁 1055。

〔註141〕《殷周金文集成》第 15 冊，頁 290～297。

馭**ㄓ**慶（卿）事（士）之肇＝（62）

莆之口爲左驂，慶（卿）事（士）之馴爲左騎（服）（142）

「慶」爲「丘敬切」，「卿」爲「去京切」，上古音同屬「陽」部「溪」紐，雙聲疊韻。通假現象亦見於古籍，如：《史記・項羽本紀》云：「號爲卿子冠軍」，裴駰〈集解〉云：「徐廣曰卿一作慶」。〔註142〕「卿士」一詞又見於《左傳・隱公三年》：「鄭武公、莊公爲平王卿士」，楊伯峻云：「卿士似泛指在朝之卿大夫」，〔註143〕故知卿士應指卿大夫一類的官員。

（十六）紻：鞅

「紻」字通假爲商鞅之「鞅」。見於天星觀竹簡者，如：

公孫紻（鞅）（卜筮）

《史記・商君列傳》云：「商君者，衛之諸庶孽子也。名鞅，姓公孫氏。其祖本姬姓也。」〔註144〕「紻」應爲「鞅」的通假。「紻」、「鞅」同爲「於兩切」，上古音同屬「陽」部「影」紐，雙聲疊韻。

（十七）向：鄉

「向」字僅見於郭店楚簡，通假爲「鄉」。由於辭例甚衆，僅以《老子》乙本爲例，如：

攸（修）之向（鄉）（16）

以向（鄉）觀向（鄉）（18）

今本《老子》第五十四章作「修之於鄉……以鄉觀鄉」。「向」爲「許亮切」，「鄉」爲「許良切」，上古音同屬「陽」部「曉」紐，雙聲疊韻。通假現象亦見於古籍，如：《莊子・應帝王》云：「鄉吾示之以地文」，〔註145〕《列子・黃帝》云：「向吾示之以地文」。〔註146〕

（十八）易：陽

〔註142〕《史記會注考證》，頁138。

〔註143〕《春秋左傳注》，頁26。

〔註144〕《史記會注考證》，頁868。

〔註145〕《莊子》第3卷，頁17。

〔註146〕《列子》，頁81。

「易」字通假爲「陽」。由於辭例甚多，僅以楚帛書爲例，如：

　　易（陽）囗兼（丙 10.1）

　　日易（陽）（丙 10.2）

《爾雅・釋天》云：「十月爲陽」。〔註 147〕「易」、「陽」同爲「與章切」，上古音屬「陽」部「喻」紐，雙聲疊韻。通假現象亦見於古籍，如：《戰國策・趙策・秦攻趙藺離石祁拔》有「胡易」〔註 148〕一名，《史記・穰侯列傳》作「胡陽」。〔註 149〕

十四、支　部

（一）智：知

「智」字多通假爲知曉之「知」。由於相關的辭例甚眾，於此無法一一條列，僅以包山楚簡爲例，如：

　　連利皆智（知）其殺之（135）

　　信謹訊智（知）拿慶之殺恆卯，迶、旌與慶皆謹訊智（知）苛冒、恆卯

　　不殺拿昒（137）

「智」爲「知義切」，「知」爲「陟離切」，上古音同屬「支」部「端」紐，雙聲疊韻。通假之例於金文、古籍亦可見，如：「今余（余）方壯，智（知）天若否」〈中山王舋鼎〉；〔註 150〕《國語・魯語》云：「智雖弗及，必將至焉。」〔註 151〕宋庠本智作知；《孟子・離婁》云：「治人不治反其智」，〔註 152〕《穀梁傳・僖公二十二年》云：「治人而不治則反其知」。〔註 153〕

（二）氏：是

「氏」字通假爲「是」。見於郭店楚簡〈緇衣〉者，如：

〔註 147〕《爾雅》（十三經注疏本），頁 96。

〔註 148〕《戰國策》，頁 684。

〔註 149〕《史記會注考證》，頁 912。

〔註 150〕《殷周金文集成》第 5 冊，頁 249～260。

〔註 151〕《國語》，頁 151。

〔註 152〕《孟子》（十三經注疏本），頁 126。

〔註 153〕（晉）范甯集解、（唐）楊士勛疏：《穀梁傳》（十三經注疏本）（臺北：藝文印書館，1993 年），頁 89。

好氏（是）貞（正）植（直）（3）

見於〈忠信之道〉者，如：

氏（是）古（故）古之所以行乎（9）

「氏」爲「章疑切」，又音「子盈切」、「承紙切」，「是」爲「承紙切」，就「氏」字的又音而言，二者上古音同屬「支」部「禪」紐，雙聲疊韻。通假現象亦見於古籍，如：《儀禮・覲禮》云：「大史是右」，鄭玄《注》：「古文是爲氏」；〔註154〕《禮記・曲禮》云：「五官之長曰伯是職方」，鄭玄《注》：「是或爲氏」。〔註155〕

（三）摤：奚

「摤」字僅見於曾侯乙墓竹簡，通假爲「奚」，如：

佣所□□六夫，□摤（奚）六夫，……柏摤（奚）二夫，**郟**二夫，

桐摤（奚）一夫（212）

「摤」字據曾侯乙墓竹簡照片觀察，原文應作「摤」，從手從系。所從之「系」，據《金文編》所載亦見於〈嫊仲簠〉，〔註156〕該字從偏旁分析應爲從女從系，與簡文所見的偏旁相近。又《集韻》「霽」韻下「摤」字或體做「搎」，「褉」字或體作「褖」、「縰」。〔註157〕由此可知，曾侯乙墓竹簡所見的「摤」字應爲「摤」字。「摤」爲「胡計切」，「奚」爲「胡雞切」，上古音同屬「支」部「匣」紐，雙聲疊韻。

十五、錫　部

（一）隘：益

「隘」字通假爲「益」。見於郭店楚簡《老子》甲本者，如：

隘（益）生曰羕（祥）（35）

今本《老子》第五十五章與馬王堆漢墓帛書《老子》甲本皆作「益生曰祥」。「隘」爲「烏懈切」，「益」爲「伊昔切」，上古音同屬「錫」部「影」紐，雙聲疊韻。

〔註154〕（漢）鄭玄注、（唐）賈公彥疏：《儀禮》（十三經注疏本）（臺北：藝文印書館，1993年），頁327。

〔註155〕《禮記》（十三經注疏本），頁89。

〔註156〕容庚：《金文編》卷12（北京：中華書局，1992年），頁810。

〔註157〕（宋）丁度等編：《集韻》（臺北：學海出版社，1986年），頁214。

魯地出土的圓幣上有「賹化」、「賹四化」、「賹六化」等字，〔註158〕王輝指出劉心源所謂「賹」爲「齊地」之說，以及王毓銓所謂「賹」爲「北海郡屬縣益」的說法，與 1960 年於山東濟南五里牌坊發現的古幣相合，「賹」應爲「益」。〔註159〕「賹」通假爲「益」應無疑議。

（二）鬲：歷

「鬲」字僅見於郭店楚簡，通假爲「歷」。見於〈窮達以時〉者，如：

舜 _耕 於鬲（歷）山（2）

「鬲」、「歷」同爲「郎擊切」，上古音屬「錫」部「來」紐，雙聲疊韻。通假現象亦見於古籍，如：《荀子・解蔽》云：「桀死於亭山」，《注》：「亭山，南巢之山，或本作鬲山。」〔註160〕《淮南子・脩務》云：「以其過放之歷山」。〔註161〕

十六、耕　部

（一）坪：平

「坪」字通假爲平定之「平」。見於郭店楚簡〈尊德義〉者，如：

不川（順）不坪（平）（12）

均不足以坪（平）正（政）（34）

「坪」字從土，其義應與土地有關，《說文解字》作「地平也」，〔註162〕與上面辭例意思不符，故應作平順之「平」解。「坪」爲「皮命切」，「平」爲「符兵切」，上古音同屬「耕」部「並」紐，雙聲疊韻。

（二）宬：寧

「宬」字通假爲「寧」。見於郭店楚簡〈緇衣〉者，如：

邦家之不宬（寧）（20）

《禮記・緇衣》作「百姓不寧」。「宬」、「寧」同爲「奴丁切」，上古音屬「耕」

〔註158〕張頷：《古幣文編》（北京：中華書局，1986 年），頁 231～232。

〔註159〕《古文字通假釋例》，頁 283。

〔註160〕《荀子集解》，頁 640。

〔註161〕《淮南子》，頁 575。

〔註162〕《說文解字注》，頁 689。

部「泥」紐，雙聲疊韻。通假現象亦見於金文，如：「不能窏（寧）處」〈奻盉壺〉。
〔註163〕

（三）青：清

「青」字通假爲「清」。通假現象多見於郭店楚簡，由於辭例甚眾，僅以《老子》乙本爲例，如：

青（清）勅（勝）然（熱）（15）

「青」爲「倉經切」，「清」爲「七情切」，上古音同屬「耕」部「清」紐，雙聲疊韻。通假現象亦見於古籍，如：《國語・晉語》「青陽」〔註164〕一詞，《漢書・律曆志》作「清陽」。〔註165〕

（四）青：請

「青」字通假作「請」。見於郭店楚簡〈太一生水〉者，如：

青（請）昏（問）其名（10）

「青」爲「倉經切」，「請」爲「七靜切」，上古音同屬「耕」部「清」紐，雙聲疊韻。

（五）情：靖

「情」字僅見於郭店楚簡，通假爲「靖」。見於〈緇衣〉者，如：

情（靖）共爾立（位）（3）

《禮記・緇衣》作「靖共爾位」。「情」爲「疾盈切」、「靖」爲「疾郢切」，上古音同屬「耕」部「從」紐，雙聲疊韻。

（六）正：政

「正」字通假爲「政」。由於辭例甚多，僅以郭店楚簡〈緇衣〉與〈唐虞之道〉爲例。見於〈緇衣〉者，如：

教之以正（政）（24）

正（政）之不行（27）

〔註163〕《殷周金文集成》第 15 冊，頁 285～289。

〔註164〕《國語》，頁 356。

〔註165〕《漢書補注》，頁 440。

見於〈唐虞之道〉者，如：

　　　辛＝而至（致）正（政）（26）

以〈緇衣〉（27）爲例，《禮記・緇衣》作「政之不行也」。「政」、「正」同爲「之盛切」，上古音屬「耕」部「照」紐，雙聲疊韻。通假現象亦見於古籍與漢簡，如：《詩經・小雅・節南山》云：「不自爲政」，〔註166〕《禮記・緇衣》云：「不自爲正」；〔註167〕銀雀山漢簡《孫臏兵法・強兵》云：「教寡人以正（政）教者」。〔註168〕

（七）政：正

「政」字偶見於楚簡，可通假爲「正」。見於包山楚簡者，如：

　　　以其政（正）其田（81）

通假現象請參見「正－政」項下論述。

（八）聖：聲

「聖」字通假爲聲音之「聲」。通假現象多見於郭店楚簡，由於辭例甚眾，僅以《老子》甲本爲例，如：

　　　音聖（聲）之相和也（16）

「聖」爲「式正切」，「聲」爲「書盈切」，上古音同屬「耕」部「審」紐，雙聲疊韻。通假現象亦見於古籍，如：《左傳・文公十七年》云：「夏四月癸亥，葬聲姜。」楊伯峻云：「『聲姜』，《公羊》作『聖姜』。聲與聖音近得通假。」〔註169〕「聲」、「聖」二字雙聲疊韻，上古同音，不應只是音近的關係，故楊氏所謂「音近」二字應可更正。

（九）成：城

「成」字通假爲城堡之「城」。見於楚帛書者，如：

　　　可以攻成（城）（丙11.2）

見於郭店楚簡〈語叢四〉者，如：

〔註166〕《詩經》（十三經注疏本），頁396。

〔註167〕《禮記》（十三經注疏本），頁933。

〔註168〕《銀雀山漢墓竹簡・孫臏兵法釋文・註釋》（壹），頁72。

〔註169〕《春秋左傳注》，頁623～624。。

　　成（城）無篴則坨（22）

「成」、「城」同爲「是征切」，上古音屬「耕」部「禪」紐，雙聲疊韻。通假現象亦見於古籍，如：《史記・建元已來王子侯者年表》有「安成」、「成平」二詞，〔註170〕《漢書・王子侯表》則作「安城」、「平城」；〔註171〕《韓非子・外儲說左下》云：「臣不如公子成父」，〔註172〕《呂氏春秋・勿躬》云：「王子城父」；〔註173〕《史記・汲鄭列傳》云：「守城深堅」，〔註174〕《漢書・汲黯傳》云：「然至其輔少主守成」。〔註175〕

（十）城：成

「城」字通假爲成功之「成」。見於九店竹簡者，如：

　　城（成）言（56.21下）

　　百事順城（成），邦君得年，少（小）夫四城（成）（56.26）

　　辛城（成）日（56.37上）

　　癸城（成）日（56.38上）

　　乙城（成）日（56.39上）

　　丁城（成）日（56.40上）

　　凡五子，不可以作大事，不城（成），必毀其壬（56.37下）

　　凡城日，利以取（娶）妻，家（嫁）女，冠，利以城（成）事（56.41）

通假現象請參見「成－城」項下論述。

（十一）生：牲

「生」字通假爲牲畜之「牲」。見於楚帛書者，如：

　　畜生（牲）（丙3.3）

〔註170〕《史記會注考證》，頁385，頁389。

〔註171〕《漢書補注》，頁175，頁182。

〔註172〕《韓非子集解》，頁471。

〔註173〕《呂氏春秋》，頁466。

〔註174〕《史記會注考證》，頁1249。

〔註175〕《漢書補注》，頁1099。

「生」、「牲」同爲「所庚切」，上古音屬「耕」部「山」紐，雙聲疊韻。通假現象雖然尚未見於古籍，卻見於漢簡，如：銀雀山漢簡《晏子》云：「今無欲具圭璧犧生（牲）」。〔註176〕從楚帛書與漢簡的通假情形觀察，「生」、「牲」通假，應是先秦至漢之際偶然通用的現象。

（十二）型：形

「型」字通假爲「形」。通假現象多見於郭店楚簡，由於辭例甚眾，僅以《老子》甲本爲例，如：

　　長耑（短）之相型（形）也（16）

今本《老子》第二章作「長短相較」，馬王堆漢墓帛書《老子》乙本作「長短之相刑也」。以今本《老子》爲例：「有無相生，難易相成，長短相較，高下相傾，音聲相和，前後相隨。」此段落爲韻文，「生」、「成」、「傾」爲耕部字，「和」、「隨」爲歌部字，其中的「長短相×」的「×」字應爲歌部或是耕部字，於此作「較」字則與其他幾句的韻腳，無法配合，若作爲「形」字不僅可以通讀此文句，也可以達到原本押韻的效果。「型」、「形」同爲「戶經切」，上古音屬「耕」部「匣」紐，雙聲疊韻。

（十三）型：刑

「型」字通假爲刑法之「刑」。通假現象見於郭店楚簡，由於辭例甚眾，僅以〈緇衣〉爲例，如：

　　惥（儀）型（刑）文王（2）

　　〈（呂）型（刑）〉員（云）（13，26，29）

　　齊之以型（刑）（24）

　　折（制）以型（刑）（26）

　　五瘧（虐）之型（刑）曰法。……則型（刑）罰不足恥（27）

　　古（故）上不可以埶（褻）型（刑）而𨤲（輕）爵（爵）（28）

　　播型（刑）之迪（29）

以（2）爲例，《禮記・緇衣》作「儀刑文王」，「型」爲「鑄器之法」，若以「型」

〔註176〕《銀雀山漢墓竹簡・晏子釋文・註釋》（壹），頁93。

字釋讀該文句，則難以通讀，故從郭店楚簡整理小組之言，作爲「刑」字解釋。「型」、「刑」同爲「戶經切」，上古音屬「耕」部「匣」紐，雙聲疊韻。通假現象亦見於金文，如：「大去型（刑）罰」〈姧蚉壺〉，[註177]「型罰」即爲「刑罰」。

（十四）茎：形

「茎」字通假爲「形」。通假現象見於郭店楚簡《老子》乙本者，如：

天象亡茎（形）（12）

今本《老子》第四十一章作「大象無形」，馬王堆漢墓帛書《老子》乙本作「天象無刑」，「刑」字之義爲「罰辠」，若以「刑」字釋讀該文句，則難以通讀，故從郭店楚簡整理小組之言，作爲「形」字。「茎」、「形」同爲「戶經切」，上古音屬「耕」部「匣」紐，雙聲疊韻。

（十五）茎：刑

「茎」字通假爲「刑」。通假現象見於郭店楚簡〈尊德義〉者，如：

茎（刑）不隸於君子（31）

「茎」、「刑」同爲「戶經切」，上古音屬「耕」部「匣」紐，雙聲疊韻。

十七、歌 部

（一）沱：池

「沱」字通假爲「池」。見於郭店楚簡〈五行〉者，如：

能遍沱（池）其雯（羽）（17）

「沱」爲「徒河切」，「池」爲「直離切」，上古音同屬「歌」部「定」紐，雙聲疊韻。

（二）宜：義

「宜」字通假爲「義」。通假現象見於郭店楚簡，由於辭例甚眾，僅以〈性自命出〉爲例，如：

體其宜（義）而即虞之（17）

其先後之舍則宜（義）道也（19）

[註177]《殷周金文集成》第 15 冊，頁 285～289。

宜（義）之方也（38）

宜（義），敬之方也（39）

唯宜（義）道爲近忠，……唯亞（惡）不仁爲近宜（義）（41）

「宜」爲「魚羈切」，「義」爲「宜寄切」，上古音同屬「歌」部「疑」紐，雙聲疊韻。通假現象亦見於古籍與金文，如：《周易・旅》云：「以旅在上，其義焚也。」〔註178〕《經典釋文・周易音義》云：「其義焚也，馬云：『義，宜也。』一本作『宜其焚也』」；〔註179〕「以征不宜（義）之邦」〈中山王𧫌鼎〉。〔註180〕

（三）義：儀

「義」字僅見於郭店楚簡，通假爲「儀」。由於辭例甚多，僅以〈緇衣〉爲例，如：

其義（儀）不弋（忒）（4）

不侃于義（儀）（32）

其義（儀）一也（39）

巽（攝）以愄（畏）義（儀）（45）

上列文句的「義」字於《禮記・緇衣》皆作「儀」。「儀」爲「魚羈切」，「義」爲「宜寄切」，上古音同屬「歌」部「疑」紐，雙聲疊韻。通假現象亦見於馬王堆漢墓帛書，如：〈胎產書〉云：「當是之時，未有定義（儀）。」〔註181〕

（四）我：義

「我」字僅見於郭店楚簡，通假爲「義」。見於〈唐虞之道〉者，如：

我（義）而未仁也（9）

見於〈語叢一〉者，如：

我（義）生於道（22）

見於〈語叢三〉者，如：

〔註178〕《周易》（十三經注疏本），頁128。

〔註179〕《經典釋文》，頁29。

〔註180〕《殷周金文集成》第5冊，頁249～260。

〔註181〕《馬王堆漢墓帛書・胎產書釋文・註釋》（肆），頁136。

不我（義）而加者（諸）己（5）

「我」爲「五可切」，「義」爲「宜寄切」，上古音同屬「歌」部「疑」紐，雙聲疊韻。

（五）愄：儀

「愄」字僅見於郭店楚簡，通假爲「儀」。見於〈緇衣〉者，如：

愄（儀）型（刑）文王（2）

《禮記・緇衣》作「儀刑文王」。「愄」字從心我聲，「我」爲「五可切」，「儀」爲「魚羈切」，上古音同屬「歌」部「疑」紐，雙聲疊韻。

（六）愄：義

「愄」字僅見於郭店楚簡，通假爲「義」。見於〈語叢三〉者，如：

牙（與）爲愄（義）者遊（9）

愄（義）（24，25）

愄（義），宜也（35）

「愄」字從心我聲，「我」爲「五可切」，「義」爲「宜寄切」，上古音同屬「歌」部「疑」紐，雙聲疊韻。

十八、月　部

（一）市：紱

「市」字僅見於曾侯乙墓竹簡，多通假爲「紱」，如：

一吳甲，紫市（紱）之縢（125，129，133）

三眞楚甲，紫市（紱）之縢（127）

碼＝索（素）甲，紫市（紱）之縢，……一索（素）楚甲，紫市（紱）之縢；冑，軛賠。一楚甲，紫市（紱）之縢（130）

玄市（紱）之縢（131）

一吳甲，紫市（紱）之縢，……一楚甲，紫市（紱）之縢，……三眞楚甲，紫市（紱）之縢（136）

據《說文解字》所載，「市」字爲古文，收有一重文「韍」爲篆文，段玉裁云：

「或作紱，如今《周易‧乾鑿度》『朱紱』、『赤紱』是也。」〔註182〕「市」、「紱」同為「分勿切」，上古音屬「月」部「幫」紐，雙聲疊韻。

（二）斂：奪

「斂」字通假為「奪」。見於九店竹簡者，如：

斂（奪）之室（56.28）

見於郭店楚簡〈緇衣〉者，如：

此生不可斂（奪）志，死不可斂（奪）名。（38）

「斂」、「奪」同為「徒活切」，上古音同屬「月」部「定」紐，雙聲疊韻。通假現象亦見於古籍，如：《尚書‧呂刑》云：「奪攘矯虔」，〔註183〕《說文解字》「斂」字引經云：「《周書》曰：斂攘矯虔。」〔註184〕

（三）𣤌：脆

「𣤌」字僅見於郭店楚簡，通假為「脆」。見於《老子》甲本者，如：

其𣤌（脆）也（25）

今本《老子》第六十四章作「其脆易判」。「𣤌」字未見於字書，郭店楚簡整理小組以為當是從雨毳聲之字，亦即為毳字之省，而改從二「毛」。〔註185〕「𣤌」字從雨「毳」聲，「毳」、「脆」同為「此芮切」，上古音屬「月」部「清」紐，雙聲疊韻。

（四）害：曷

「害」字僅見於郭店楚簡，通假為「曷」。見於〈成之聞之〉者，如：

害（曷）？（22，29，37，39）

「害」為「胡蓋切」，「曷」為「胡葛切」，上古音同屬「月」部「匣」紐，雙聲疊韻。通假現象亦見於古籍與金文，如：《尚書‧湯誓》云：「時日曷喪」，〔註186〕

〔註182〕《說文解字注》，頁366。

〔註183〕《尚書》（十三經注疏本），頁296。

〔註184〕《說文解字注》，頁125。

〔註185〕荊門市博物館編：《郭店楚墓竹簡‧老子甲本釋文‧注釋》（北京：文物出版社，1998年），頁116。

〔註186〕《尚書》（十三經注疏本），頁108。

《孟子‧梁惠王上》云：「時日害喪」；〔註 187〕「邦將害吉」〈毛公鼎〉，〔註 188〕《金文編》「害」字下云：「又通曷」。〔註 189〕

十九、元　部

（一）反：返

「反」字通假爲「返」。通假現象多見於郭店楚簡，由於辭例甚眾，僅以《老子》甲本爲例，如：

　　　日反（返）（22）

「反」、「返」同爲「府遠切」，上古音屬「元」部「幫」紐，雙聲疊韻。「反」、「返」通假現象亦見於古籍與漢簡，如：《尚書‧西伯戡黎》云：「祖尹反」，〔註 190〕《說文解字》「返」字下引經云：「商書曰：祖尹返」；〔註 191〕銀雀山漢簡《孫子兵法‧行軍》云：「不反（返）其舍者，窮寇也。」〔註 192〕據其辭例應與郭店楚簡的情形相同，「反」、「返」二字通假。

（二）卞：辯

「卞」字僅見於郭店楚簡，多通假爲辯解之「辯」。見於《老子》甲本者，如：

　　　𢇍（絕）智（知）弃卞（辯）（1）

「卞」爲「皮變切」，「辯」爲「符蹇切」，上古音同屬「元」部「並」紐，雙聲疊韻。

（三）免：冕

「免」字僅見於郭店楚簡，通假爲「冕」。見於〈唐虞之道〉者，如：

　　　仁之免（冕）也（7）

「免」、「冕」同爲「亡辨切」，上古音屬「元」部「明」紐，雙聲疊韻。

〔註 187〕《孟子》（十三經注疏本），頁 11。
〔註 188〕《殷周金文集成》第 5 冊，頁 261～268。
〔註 189〕《金文編》卷 3，頁 531。
〔註 190〕《尚書》（十三經注疏本），頁 145。
〔註 191〕《說文解字注》，頁 72。
〔註 192〕《銀雀山漢墓竹簡‧孫子兵法釋文‧註釋》（壹），頁 18。

（四）灣：漫

「灣」字僅見於楚帛書，多通假爲「漫」，如：

瀧汨杏灣（漫）（甲 3.31）

山川灣（漫）浴（谷）（乙 11.17）

「灣」字曾憲通認爲應讀爲漫，具有水廣大貌的意思。〔註193〕今從其說。「灣」字從水萬聲，「萬」爲「無販切」，「漫」爲「莫半切」，上古音同屬「元」部「明」紐，雙聲疊韻。

（五）耑：短

「耑」字僅見於郭店楚簡，通假爲「短」。見於《老子》甲本者，如：

長耑（短）之相型（形）也（16）

今本《老子》第二章作「長短相較」，馬王堆漢墓帛書《老子》乙本作「長短之相刑也」。「耑」爲「多官切」，「短」爲「都管切」，上古音同屬「元」部「端」紐，雙聲疊韻。

（六）耑：端

「耑」字僅見於郭店楚簡，通假爲「端」。見於〈語叢一〉者，如：

仁之耑（端）也（98）

見於〈語叢三〉者，如：

口之耑（端）也（23）

「耑」、「端」同爲「多官切」，上古音屬「元」部「端」紐，雙聲疊韻。

（七）戔：賤

「戔」字偶見於楚簡，通假爲「賤」。見於信陽楚簡者，如：

戔（賤）人格上則型（刑）戮至（1.1）

戔（賤）人剛恃（1.2）

信陽長臺關出土的第一組楚簡，據李學勤考證認爲當是《墨子》的佚文。〔註194〕

〔註193〕《楚帛書・楚帛書文字編》，頁298。

〔註194〕李學勤：〈長臺關竹簡中的《墨子》佚篇〉，《徐中舒先生九十壽辰紀念文集》（四川：巴蜀書社，1990年），頁1～8。

究其所言，可備參考。「賤人」一詞多見於《墨子》，如：〈節葬〉云：「存乎匹夫賤人死者」；〈貴義〉云：「毌乃曰賤人之所爲而不用乎？」〔註195〕「戔」字之義爲「賊」，與上列辭例之義略有出入，故應作爲「賤」字的通假。「戔」爲「昨干切」，「賤」爲「才線切」，上古音同屬「元」部「從」紐，雙聲疊韻。

（八）膳：善

「膳」字僅見於郭店楚簡，多通假爲良善之「善」。由於辭例甚多，僅以〈語叢一〉爲例，如：

又（有）膳（善）（15，17）

又憐膳（善），亡爲膳（善）（84）

愛膳（善）之胃（謂）仁（92）

「膳」爲「時戰切」，「善」爲「常演切」，上古音同屬「元」部「禪」紐，雙聲疊韻。通假現象亦見於古籍，如：《周禮・天官・冢宰》有一官職名爲「膳夫」，其職務爲「掌王之食飲膳羞，以養王及后、世子。」〔註196〕〈小克鼎〉作「善夫」。〔註197〕

（九）柬：簡

「柬」字通假爲「簡」。見於郭店楚簡〈五行〉者，如：

不果不柬（簡），不柬（簡）不行（22）

柬（簡）也（35）

「柬」、「簡」同爲「古限切」，上古音屬「元」部「見」紐，雙聲疊韻。通假現象亦見於古籍，如：《荀子・脩身》云：「安燕而血氣不惰，柬理也。」《注》：「柬與簡同」。〔註198〕

（十）安：焉

「安」字通假爲「焉」。通假現象見於郭店楚簡，由於辭例甚多，僅以〈魯穆公問子思〉爲例，如：

〔註195〕《校補定本墨子閒詁》，頁334，頁819。

〔註196〕《周禮》（十三經注疏本），頁57。

〔註197〕《殷周金文集成》第5冊，頁191～197。

〔註198〕《荀子集解》，頁150。

　　　　寡人惑安（焉）（4）

「安」爲「烏寒切」，「焉」爲「於乾切」，上古音同屬「元」部「影」紐，雙聲疊韻。通假現象亦見於古籍，如：《詩經・衛風・伯兮》云：「焉得諼草」，〔註199〕《說文解字》艸部「蕙」字引經云：「詩曰：安得蕙艸。」〔註200〕

（十一）趄：轅

「趄」字通假爲「轅」。見於曾侯乙墓竹簡者，如：

　　　　畫趄（轅）（4，7）

「趄」爲「羽元切」，「轅」爲「雨元切」，上古音同屬「元」部「匣」紐，雙聲疊韻。「趄」字有「趄田易居」之義，「趄田」二字亦作「轅田」，如：《國語・晉語》云：「眾皆哭，爲作轅田。」〔註201〕

二十、脂　部

（一）豊：禮

「豊」通假爲「禮」。由於辭例甚多，僅以郭店楚簡《老子》丙本爲例，如：

　　　　言以喪豊（禮）居之也（9）

　　　　戰勅（勝）則以喪豊（禮）居之（10）

今本《老子》第三十一章作「言以喪禮處之，……戰勝以喪禮處之。」馬王堆漢墓帛書《老子》甲本作「言以喪禮居之也，……戰勝以喪禮處之。」「豊」、「禮」同爲「盧啓切」，上古音同屬「脂」部「來」紐，雙聲疊韻。

二十一、質　部

（一）桼：漆

「桼」字通假爲「漆」。見於曾侯乙墓竹簡者，如：

　　　　桼（漆）輪（輪）（12，31）

　　　　二桼（漆）載盧（37）

〔註199〕《詩經》（十三經注疏本），頁140。

〔註200〕《說文解字注》，頁25。

〔註201〕《國語》，頁330。

兩馬之邾（漆）甲（43）

邾（漆）紳（64）

晶（參）馬（匹）邾（漆）甲（129）

見於信陽楚簡者，如：

一兩邾（漆）緹口（2.2）

邾（漆）青黃之緣，三邾（漆）罘（本）枼（2.3）

二邾（漆）口（2.11）

邾（漆）緣，……邾（漆）緣（2.18）

屯（純）邾（漆）彫羃＝之臺（2.25）

邾（漆）青黃之緣（2.28）

邾（漆）彫（2.29）

見於包山楚簡者，如：

皆彤中、邾（漆）外（253）

「漆」於楚器上十分習見，據包山楚簡二號墓發掘報告記載，出土的部分漆木器多髹黑漆底，再用深紅、橘紅、土黃、棕褐、青、金等顏色彩繪，而曾侯乙墓發掘報告亦記載，出土的漆木盒是內髹紅漆，外髹黑漆。[註202] 由此可知，「漆」在楚國十分廣泛的漆於木器上，一方面可以增加它的美觀，一方面也可以防腐防蟲，延長其使用的年限。此外，漆可以防水，使器物不易受到滲透。「邾」字從卪桼聲，「桼」、「漆」同為「親吉切」，上古音屬「質」部「清」紐，雙聲疊韻。

（二）歋：血

「歋」字僅見於楚帛書，通假為「血」，如：

山陵儀歋（血）（甲 5.10）

非九天則大歋（血）（甲 6.26）

有關「歋」字的解釋，曾憲通云：「《說文》：『血，靜也。』『山陵儀歋』，言陵

〔註202〕《包山楚墓》，頁 118；《曾侯乙墓》，頁 361。

谷永安謐（靜）也。『非九天則大歖』，謂能配九天而行，則可大安謐（寧）也。可見歖有安靜寧謐之意。」〔註203〕從辭例言，其說應可採信。「歖」字從夭血聲，「血」為「呼決切」，「衁」為「火季切」，上古音同屬「質」部「曉」紐，雙聲疊韻。

二十二、微　部

（一）悕：哀

「悕」字通假為「哀」。見於郭店楚簡《老子》丙本者，如：

　　則以悕（哀）悲（10）

見於〈尊德義〉者，如：

　　繇（由）樂智（知）悕（哀）（10）

見於〈性自命出〉者，如：

　　悕（哀）也（33）

以《老子》丙本為例，今本《老子》作「哀」字。「悕」字從心衣聲，「衣」為「於希切」，「哀」為「烏開切」，上古音同屬「微」部「影」紐，雙聲疊韻。

（二）愄：威

「愄」字多通假為「威」。由於辭例甚多，僅以包山楚簡為例，如：

　　愄（威）王坨臧（臧）嘉（166）

　　愄（威）王之坨人臧（臧）䁊（172）

　　愄（威）王恁室塑善（173）

　　邵媛之人僉亡愄（威）（176）

　　愄（威）王坨人臧（臧）（183）

　　愄（威）王佸室楚剚（192）

「愄」字從心畏聲，「畏」為「於胃切」，「威」為「於非切」，上古音屬「微」部「影」紐，雙聲疊韻。「愄」字不見於《說文解字》，而見於《集韻》，訓為「中善」。再者，「愄」、「威」通假之例尚未見於他處，可是「畏」、「威」通假則多

〔註203〕《楚帛書・楚帛書文字編》，頁266。

見，如：「畏天畏（威）」〈大盂鼎〉；「敬念王畏（威）」〈毛公鼎〉。〔註204〕由此觀察推測，「愄」字可能是「畏」字的繁化，在書寫追求便利下，使得「愄」廢而「畏」行，所以在金文未見「愄」字，而且《說文解字》亦未收。

（三）韋：幃

「韋」字通假爲幃帳之「幃」。見於望山楚簡者，如：

其韋（幃）（2.2）

從望山楚簡（2）的內容觀察，其中所描述的情形，皆爲車上的物品，由此可知，此處所言應指車軒的帷帳。「韋」、「幃」同爲「雨非切」，上古音屬「微」部「匣」紐，雙聲疊韻。

（四）幃：韋

「幃」字僅見於曾侯乙墓竹簡，通假爲「韋」，如：

胄，幃（韋）賠。一眞楚甲，紫敄之縢；胄，幃（韋）賠（122）

一玉墜韠（翠）玟（飾）畫幃（韋）胄（137）

胄，幃（韋）賠。一眞吳甲，紫組之縢；胄，幃（韋）賠（138）

「幃」的意思爲「囊」，與上列辭例所言不符，應作爲「韋」字解釋，「韋」有皮韋的意義，辭例所言「胄」由皮韋所製，十分合理。「韋」、「幃」同爲「雨非切」，上古音屬「微」部「匣」紐，雙聲疊韻。

二十三、物 部

（一）未：味

「未」字通假爲味道之「味」。見於郭店楚簡《老子》甲本者，如：

未（味）亡未（味）（14）

見於〈語叢一〉者，如：

又（有）未（味）（48）

以郭店楚簡《老子》爲例，該文句於今本《老子》第六十三章作「味無味」，馬王堆漢墓帛書《老子》甲本作「味無未」。「未」、「味」同爲「無沸切」，上古音

〔註204〕《殷周金文集成》第 5 冊，頁 238～242，頁 261～269。

屬「物」部「明」紐，雙聲疊韻。

（二）勿：物

「勿」字通假爲事物之「物」。通假現象多見於郭店楚簡，由於辭例甚眾，僅以《老子》甲本爲例，如：

> 是古（故）聖人能專（輔）萬勿（物）之自狀（然）（12）
>
> 而萬勿（物）將自怠（化）（13）
>
> 萬勿（物）將自定（14）
>
> 萬勿（物）復（作）而弗忄（始）也（17）
>
> 萬勿（物）將自實（賓）（19）

「勿」字於今本《老子》作「物」，「勿」、「物」同爲「文弗切」，上古音屬「物」部「明」紐，雙聲疊韻。通假現象亦見於馬王堆漢墓帛書，如：〈十問〉云：「萬勿（物）何得以行？」〔註205〕

（三）述：術

「述」字通假爲「術」。見於郭店楚簡〈性自命出〉者，如：

> 心述（術）爲主。道四述（術）（14）
>
> 其參（三）述（術）者（15）

「述」、「術」同爲「食聿切」，上古音屬「物」部「神」紐，雙聲疊韻。通假現象亦見於古籍，如：今本《老子》第九章云：「功遂身退」，〔註206〕馬王堆漢墓帛書《老子》甲本云：「功述身芮」。〔註207〕

（四）胃：謂

「胃」字多通假爲「謂」，具有「說」的意義。由於辭例甚眾，於此無法一一條列，故僅以楚帛書爲例，如：

> 是胃（謂）（乙2.28）
>
> 是胃（謂）遊終（乙3.31）

〔註205〕《馬王堆漢墓帛書‧十問釋文‧註釋》（肆），頁145。

〔註206〕《老子》上篇，頁5。

〔註207〕《馬王堆漢墓帛書‧老子甲本道經》（壹），頁10。

是胃（謂）亂紀（乙 4.11）

是胃（胃）悳（德）匿（乙 9.22）

「胃」、「謂」皆爲「于貴切」，上古音同屬「物」部「匣」紐，雙聲疊韻。通假之例於古籍尚未見，將出土文物與古籍相對照，則多見此二字通假，如：「朕余名之，胃（謂）之少虡。」〈少虡劍〉；〔註208〕《戰國策・楚策・虞卿謂春申君》云：「迺謂魏王曰」，〔註209〕馬王堆漢墓帛書〈戰國縱橫家書・虞卿謂春申君〉云：「乃胃（謂）魏王曰」；〔註210〕《戰國策・趙策・趙太后新用事》云：「太后明謂左右」，〔註211〕馬王堆漢墓帛書〈戰國縱橫家書・觸龍見趙太后〉云：「大（太）后明胃（謂）左右」。〔註212〕

二十四、文　部

（一）聞：問

「聞」字多通假爲聘問之「問」。由於辭例甚眾，僅以望山楚簡爲例，如：

齊客張果聞（問）囗於葴郢之戠（歲）（1.1）

郙客困芻聞（問）王於葴【郢之戠（歲）】（1.5，1.6，1.7，1.8）

「聞」爲「無分切」，又音「亡運切」，「問」同爲「亡運切」，上古音同屬「文」部「明」紐，雙聲疊韻。通假現象亦見於古籍，如：《詩經・大雅・文王》云：「亹亹文王，令聞不已。」〔註213〕《墨子・明鬼》云：「穆穆文王，令問不已。」〔註214〕

（二）菫：筋

「菫」字僅見於郭店楚簡，通假爲筋骨之「筋」。見於《老子》甲本者，如：

〔註208〕中國社會科學院考古研究所編：《殷周金文集成》第 18 冊（北京：中華書局，1994 年），頁 168～170。

〔註209〕《戰國策》，頁 583。

〔註210〕《馬王堆漢墓帛書・戰國縱橫家書釋文・註釋》（參），頁 73。

〔註211〕《戰國策》，頁 768。

〔註212〕《馬王堆漢墓帛書・戰國縱橫家書釋文・註釋》（參），頁 60。

〔註213〕《詩經》（十三經注疏本），頁 534。

〔註214〕《校補定本墨子閒詁》，頁 454。

骨溺（弱）菫（筋）秣（柔）（33）

今本《老子》第五十五章與馬王堆帛書《老子》甲本作「骨弱筋柔」，與之相較，僅是用字的不同，可知「菫」應讀爲「筋」。「菫」爲「居隱切」，「筋」爲「舉欣切」，上古音同屬「文」部「見」紐，雙聲疊韻。

（三）懂：巾

「懂」字僅見於郭店楚簡，通假爲「巾」。見於〈窮達以時〉者，如：

懂（巾）（3）

「懂」爲「居隱切」，又音「巨巾切」，「巾」爲「居銀切」，上古音同屬「文」部「見」紐，雙聲疊韻。

（四）菫：根

「菫」字僅見於郭店楚簡，通假爲「根」。見於《老子》甲本者，如：

各復其菫（根）（24）

今本《老子》第十六章作「各復歸其根」，馬王堆漢墓帛書《老子》乙本作「各復歸於其根」。「菫」字之義爲「黏土」，於此難以通讀，故從今本《老子》作「根」字解。「菫」爲「居隱切」，又音「巨巾切」，「根」爲「古痕切」，上古音同屬「文」部「見」紐，雙聲疊韻。

（五）菫：勤

「菫」字僅見於郭店楚簡，通假爲「勤」。見於《老子》乙本者，如：

菫（勤）能行於其中（9）

今本《老子》第四十一章作「勤而行之」，馬王堆漢墓帛書《老子》乙本作「菫能行之」。「菫」之義爲「黏土」，於此難以通讀，故從今本《老子》將「菫」字釋爲「勤」字。「菫」爲「居隱切」，又音「巨巾切」，「勤」爲「巨斤切」，就「菫」字的又音而言，二者上古音同屬「文」部「群」紐，雙聲疊韻。

（六）圓：圓

「圓」字多通假爲「圓」。見於曾侯乙墓竹簡者，如：

圓（圓）軒（4，7，45，53，120）

見於信陽楚簡者，如：

　　二囩（圓）缶（2.1）

見於望山楚簡者，如：

　　二葦囩（圓）（2.48）

據信陽楚簡的辭例觀察，「囩缶」與「方監（鑑）」相對，「方」字為形容器物的形容詞，「囩」字的性質亦應與之相同。由此推測，此字應作為方圓之「圓」。「囩」字從口云聲，其義為「回」；「圓」字從口員聲，其義為「圜全」。《說文解字》「妘」字下收一重文作「𡝫」，「䪴」字下收有重文作「𧃒」，〔註215〕皆為「云」或「員」偏旁的互換，故知古文字裡所從偏旁「云」、「員」可因聲韻的近同而互換。從辭例觀察，「葦囩」應是以葦編製而成的盛物圓器；「囩軒」則是圓形的軒，為車上的器物。

　　「囩」為「羽巾切」，「圓」為「王問切」，上古音同屬「文」部「匣」紐，雙聲疊韻。

（七）員：云

　　「員」字通假為「云」。見於郭店楚簡〈緇衣〉者，如：

　　《寺（詩）》員（云）（1，3，4，5，9，12，15，17，18，26，30，
　　32，33，39，41，43，45，46）

　　〈尹誥〉員（云）（5）

　　〈大夏（雅）〉員（云），……〈小夏（雅）〉員（云）（8）

　　〈君牙〉員（云）（9）

　　〈邵（呂）型（刑）〉員（云）（13，26，29）

　　〈君陳〉員（云）（19，39）

　　□之寡（顧）命員（云）（22）

　　〈康誥〉員（云）（28）

　　〈大夏（雅）〉員（云）（35）

　　〈小夏（雅）〉員（云）（36）

「員」為「王權切」，「云」為「王分切」，上古音屬「文」部「匣」紐，雙聲疊

〔註215〕《說文解字注》，頁619，頁186。

韻。通假現象亦見於古籍，如：《詩經‧鄭風‧出其東門》云：「聊樂我員」，鄭玄《注》：「員音云，本亦作云。」又《詩經‧商頌‧玄鳥》云：「景員維河」，鄭玄《注》：「員古文作云。」〔註216〕

（八）侖：倫

「侖」字僅見於郭店楚簡，通假爲「倫」。見於〈尊德義〉者，如：

明乎民侖（倫）（1）

學非改侖（倫）也（5）

「侖」、「倫」同爲「力迍切」，上古音屬「文」部「來」紐，雙聲疊韻。

二十五、侵 部

（一）綸：錦

「綸」字多見於楚簡，通假爲衣錦之「錦」，由於辭例甚多，僅以望山楚簡爲例，如：

綸（錦）純（2.14，2.20，2.23）

「綸」字從糸金聲，爲「紟」的重文，其義爲「衣系」；「錦」字意義爲「襄邑織文」。「綸」爲「居音切」，「錦」爲「居飲切」，上古音同屬「侵」部「見」紐，雙聲疊韻。

（二）檢ki-Wm：錦 ki-Wm

「檢」字僅見於曾侯乙墓竹簡，多通假爲衣錦之「錦」，如：

二紫檢（錦）之服，豻玖（飾）（42，60）

紫檢（錦）之安賭（48）

紫檢（錦）之安（50）

紫檢（錦）之構（表），……紫檢（錦）之𦈕（53）

紫檢（錦）之裏（54，55，106）

屯紫檢（錦）之裏（59）

紫檢（錦）之純（65）

〔註216〕《詩經》（十三經注疏本），頁181，頁794。

　　　　紫䤪（錦）之眉（66）

　　　　紫䤪（錦）之純（67）

　　　　貍韅（禩），䤪（錦）眉（70）

　　　　泉（綠）魚之䩺，䤪（錦）裏（78）

　　　　䤪（錦）裏，屯狐白之轟（86）

　　　　紫䤪（錦）裏，一豻墓之轟（88）

「䤪」字未識，據出土報告記載，當時共有五件衣箱出於東室，其形制相同，大小略異，其中（E.61）陰刻「紫䤪（錦）之衣」四字，（E.67）刻有「狄匫」二字，[註217] 據《周禮・天官・內司服》云：「掌王后之六服，褘衣、揄狄、闕狄、鞠衣、展衣、緣衣、素沙。」鄭玄《注》：「鄭司農云：『褘衣，畫衣也……揄狄、闕狄，畫羽飾；展衣，白衣也……』狄當爲翟，翟，雉名。」[註218] 由此可知「狄匫」爲裝后妃衣飾的箱子，而「䤪」字應作爲衣錦之「錦」解釋。「䤪」、「錦」二字同從「金」得聲，「䤪」字從市金聲，「金」爲「居吟切」，「錦」爲「居飲切」，上古音同屬「侵」部「見」紐，雙聲疊韻。

　　（三）戔：緘

　　「戔」字僅見於曾侯乙墓竹簡，通假爲「緘」，如：

　　　　戔（緘）尹加之駰爲右驂（152）

　　　　戔（緘）尹卓之兩駰爲騙（服）（171）

　　　　戔（緘）尹加一馬（211）

「戔」字不可識，亦見於〈噩君啓車節〉與〈噩君啓舟節〉，商承祚將之釋爲「緘」。[註219] 其說應可採信。此外，從文獻資料顯示，楚國有「箴尹」之官，如《左傳・宣公四年》云：「其孫箴尹克黃使於齊」，楊伯峻云：「杜〈注〉『箴尹，官名。』……箴尹亦作鍼尹，定四年之鍼尹固，亦即哀十六年、十八年之箴尹固。」[註220] 從《左傳》資料記載，「箴尹」一職的設立應於春秋，可是

〔註217〕《曾侯乙墓》，頁353。

〔註218〕《周禮》（十三經注疏本），頁125。

〔註219〕商承祚：〈鄂君啓節〉，《文物精華》1963年第2期，頁49～55。

〔註220〕《春秋左傳注》，頁683～684。

並未明載其職務。又從《左傳》記載其活動情形觀察，擔任該職務者多為楚王公子或是世家大族，而其任務或出使鄰國、或侍王備戰、或率師作戰等，由此推測擔任該職者應是君王寵信的近臣。一般而言，出土文物上記載的文字與文獻資料往往有所差異，「緘」、「箴」二字韻部相同，可以互作，所以「緘尹」可能為「箴尹」。此字讀音與「緘」字近同，「緘」為「古咸切」，故知二字上古音同屬「侵」部「見」紐，雙聲疊韻。

（四）賁：任

「賁」字僅見於郭店楚簡，通假為「任」。見於〈六德〉者，如：

　　口父兄賁（任）者（13）

「賁」字從貝壬聲，「壬」為「如林切」，「任」為「汝鴆切」，又音「如林切」，上古音同屬「侵」部「日」紐，雙聲疊韻。

二十六、談　部

（一）砧：玷

「砧」字僅見於郭店楚簡，通假為「玷」。見於〈緇衣〉者，如：

　　此言之砧（玷）（36）

《禮記・緇衣》作「斯言之玷」。「砧」為擣衣石，若以「砧」字直接釋讀文句，無法讀通，故採取郭店楚簡整理小組釋文之說。「砧」為「知林切」，「玷」為「多忝切」，上古音屬「談」部「端」紐，雙聲疊韻。

（二）甘：監

「甘」字通假為「監」。見於包山楚簡者，如：

　　酉以甘（監）匡之戠（歲）（90）
　　皆以甘（監）匡之戠（歲）（124）
　　皆以甘（監）匡之鼻＝（125）
　　甘（監）匡之戠（歲）（129）

此外，在包山楚簡亦發現類似的辭例：「口客監匡逅楚之戠（歲）」（120），僅是將「甘」改為「監」，可知「甘」、「監」二字應為通假關係。「甘」為「古三切」，「監」為「古銜切」，二者上古音同屬「談」部「見」紐，雙聲疊韻。

（三）監：鑑

「監」字偶見於楚簡，通假爲「鑑」。見於信陽楚簡者，如：

二方監（鑑），……二圓監（鑑）（2.1）

見於包山楚簡者，如：

二監（鑑）（265）

包山楚簡二號墓出土的銅器有兩件銅鏡，分別爲方形與圓形的鏡，應是遣策所言的「監（鑑）」；〔註221〕信陽楚簡一號墓出土的銅器亦有兩件銅鏡，據發掘報告記載，其中一件僅殘存小半，而且遣策所載的器物數量亦與實物不符，可能是當時書寫者漏記，由此推測遣策所言之「監（鑑）」亦應是銅鏡。〔註222〕「監」、「鑑」同爲「古銜切」，又音「古懺切」，上古音屬「談」部「見」紐，雙聲疊韻。通假現象亦見於古籍，如：《左傳・莊公三十二年》云：「監其德」，〔註223〕《經典釋文・春秋左氏音義》云：「『監其』，本又作鑑。」〔註224〕

（四）厰：嚴

「厰」字通假爲「嚴」。見於郭店楚簡〈語叢二〉者，如：

厰（嚴）生於豊（禮），敬生於厰（嚴）（2）

「厰」爲「口敢切」，又音「魚金切」、「吐敢切」、「五今切」，「嚴」爲「語籲切」，就「敢」字的又音「五今切」而言，上古音同屬「談」部「疑」紐，雙聲疊韻。

據以上論述與統計得知：雙聲疊韻通假現象共有 26 類，178 組。

第三節　雙聲通假

所謂雙聲通假，係指通假字與借字之間古音的聲母相同，而韻母的關係可能相近同或相遠，如：眾通作蒸、裂通作栗。

一、幫　紐

〔註221〕《包山楚墓》，頁 194。

〔註222〕河南省文物研究所編：《信陽楚墓》（北京：文物出版社，1986 年），頁 51，頁 68。

〔註223〕《春秋左傳注》，頁 251。

〔註224〕《經典釋文》，頁 230。

（一）伓：背

「伓」字通假爲「背」。見於郭店楚簡〈忠信之道〉者，如：

至信不伓（背）（4）

「伓」字從人不聲，「不」爲「甫鳩切」，又音「分勿切」，上古音屬「之」部「幫」紐，「背」爲「補妹切」，上古音屬「職」部「幫」紐，雙聲，之職對轉。

（二）卑：嬖

「卑」字通假爲「嬖」。見於郭店楚簡〈緇衣〉者，如：

毋以卑（嬖）御息（塞）妝（莊）句（后），毋以卑（嬖）士息（塞）夫＝、卿事（士）（23）

《禮記・緇衣》作「毋以嬖御人疾莊后，毋以嬖御士疾莊大夫卿士。」「卑」爲「府移切」，上古音屬「支」部「幫」紐，「嬖」爲「博計切」，上古音屬「錫」部「幫」紐，雙聲，支錫對轉。

二、並　紐

（一）釆：敝

「釆」字通假爲「敝」。見於郭店楚簡《老子》乙本者，如：

其甬（用）不釆（敝）（14）

見於於〈緇衣〉者，如：

其所釆（敝）（33）

必見其釆（敝）（40）

馬王堆漢墓帛書《老子》甲本作「其用不敝」。「釆」字據郭店楚簡整理小組指出應從巾釆聲，「釆」爲「蒲莧切」，上古音屬「元」部「並」紐，「敝」爲「毗祭切」，上古音屬「月」部「並」紐，雙聲，元月對轉。

（二）畔：貧

「畔」字通假爲「貧」。見於郭店楚簡《老子》甲本者，如：

而民爾（彌）畔（貧）（30）

今本《老子》第五十七章、馬王堆漢墓帛書《老子》甲、乙本皆作「而民彌貧」。「畔」爲「薄半切」，上古音屬「元」部「並」紐，「貧」爲「符巾切」，上古音

屬「文」部「並」紐，雙聲。

三、明　紐

（一）母：毋

「母」字通假為「毋」。見於包山楚簡者，如：

窮＝尚母（毋）又（有）咎（201）

窮（躬）身尚母（毋）又（有）咎（210，217）

尚母（毋）死（249）

見於楚帛書者，如：

母（毋）敢蔑天靈（甲6.28）

閏四口母（毋）思（甲7.20）

母（毋）童（動）群民（乙8.19）

母（毋）弗或敬（乙10.1）

敬之母（毋）弋（忒）（乙11.5）

「母」為「莫厚切」，上古音屬「之」部「明」紐，「毋」為「武夫切」，上古音屬「魚」部「明」紐，雙聲。「母」、「毋」二字古為一字，後來分化出「毋」字，作為禁止之詞，故加上一畫作為區別。通假之例亦見於金文，如：「母（毋）忘爾邦」〈中山王𧊒鼎〉。〔註225〕

（二）母：無

「母」字通假為有無之「無」。見於郭店楚簡〈語叢一〉者，如：

母（無）親也（81）

「母」為「莫厚切」，上古音屬「之」部「明」紐，「無」為「武夫切」，上古音屬「魚」部「明」紐，雙聲。通假現象亦見於漢簡，如：銀雀山漢簡《孫臏兵法・五教法》云：「畢母（無）為右」。〔註226〕

（三）乑：侮

〔註225〕《殷周金文集成》第5冊，頁249～260。

〔註226〕《銀雀山漢墓竹簡・孫臏兵法釋文・註釋》（壹），頁71。

「柔」字通假爲「侮」。見於郭店楚簡《老子》丙本者，如：

其即（次）柔（侮）人（1）

今本《老子》第十七章作「其次侮之」，馬王堆漢墓帛書《老子》甲本作「其下母之」，乙本作「亓次母之」。「母」字於此無法通讀該句，故從今本《老子》作「侮」字。「柔」字從人矛聲，「矛」爲「莫浮切」，上古音屬「幽」部「明」紐，「侮」爲「文甫切」，上古音屬「侯」部「明」紐，雙聲。

（四）柔：務

「柔」字通假爲「務」。見於郭店楚簡〈尊德義〉者，如：

爲人上者之柔（務）也（1）

「柔」字從人矛聲，「矛」爲「莫浮切」，上古音屬「幽」部「明」紐，「務」爲「亡遇切」，上古音屬「侯」部「明」紐，雙聲。

（五）散：美

「散」字通假爲「美」。見於郭店楚簡《老子》甲本者，如：

天下皆智（知）散（美）之爲娓（美）也（15）

見於郭店楚簡《老子》乙本者，如：

岂（美）與亞（惡），相去可（何）若（4）

見於九店竹簡者，如：

男必散（美）於人（56.35）

此外，在郭店楚簡亦見作「娓」字者。見於〈緇衣〉者，如：

好娓（美）女（如）好茲（緇）衣（1）

則民不能大其娓（美）而少（小）其亞（惡）（35）

見於〈性自命出〉者，如：

君子娓（美）其青（情）（20）

又（有）娓（美）青（情）者也（51）

以《老子》爲例，今本《老子》與馬王堆漢墓帛書《老子》皆作「美」字。在辭例上所見的「微」字形體雖然不同，從字形觀察，「岂」字應爲「散」字的省減。此外，「娓」字未見於字書，《說文解字》「媺」字云：「色好也，從女美聲。」

段玉裁云：「按凡美惡字皆可作此。《周禮》作『媺』，蓋其古文也。」〔註227〕「媺」、「媄」爲古今字。「美」、「娓」二字雖然不能絕對肯定亦同爲古今字，但是應有聲韻上的關係。「散」爲「無非切」，上古音屬「微」部「明」紐，「美」爲「無鄙切」，上古音屬「脂」部「明」紐，雙聲。「散」、「美」尚未見通假現象，《說文解字》「散」字項下，段玉裁云：「凡古言散眇者，即今之微妙。……微行而散廢矣。」〔註228〕而「微」、「美」通假之例見於漢簡，如：銀雀山漢簡〈六韜〉云：「大兵无創，與鬼神通，美（微）才（哉）。」《注》：「『美才』，宋本作『微哉微哉』，『美』、『微』二字古音相近。」〔註229〕

四、端　紐

（一）貞：鎭

「貞」字通假爲「鎭」。見於郭店楚簡《老子》甲本者，如：

　　將貞（鎭）之以亡名之𣃗（樸）（13）

今本《老子》第三十七章作「吾將鎭之以無名之樸」。「貞」字之義爲「卜問」，於此無法通讀，故從今本《老子》作「鎭」字解。「貞」字爲「陟盈切」，上古音屬「耕」部「端」紐，「鎭」字爲「陟刃切」，上古音屬「眞」部「端」紐，雙聲。

五、泥　紐

（一）內：納

「內」字通假爲「納」。見於九店竹簡者，如：

　　利於內（納）室，利以內（納）田邑（56.27）

「內」爲「奴對切」，上古音屬「物」部「泥」紐，「納」爲「奴荅切」，上古音屬「緝」部「泥」紐，雙聲。通假現象亦見於古籍與金文，如：《荀子·富國》云：「男女之合，夫婦之分，婚姻娉內，送逆無禮。」《注》：「內讀曰納」；〔註230〕「出內王令（命）」〈大克鼎〉，〔註231〕《詩經·大雅·烝民》云：「出納王命，

〔註227〕《說文解字注》，頁624。

〔註228〕《說文解字注》，頁378。

〔註229〕《銀雀山漢墓竹簡·六韜釋文·註釋》（壹），頁113～115。

〔註230〕《荀子集解》，頁343。

〔註231〕《殷周金文集成》第5冊，頁237。

楚系簡帛文字研究

王之喉舌。」〔註232〕

六、清　紐

（一）僉：憯

「僉」字僅見於郭店楚簡，通假爲「憯」。見於《老子》甲本者，如：

　咎莫僉（憯）𢡛（乎）谷（欲）得（5）

今本《老子》第四十六章作「咎莫大於欲得」，馬王堆漢墓帛書《老子》甲本作「□莫憯於欲得」。「僉」的意義爲「皆」，從辭例言，並無任何的意義，故從帛書《老子》甲本作「憯」字。「僉」爲「七廉切」，上古音屬「談」部「清」紐，「憯」爲「七感切」，上古音同屬「侵」部「清」紐，雙聲，侵談旁轉。

七、心　紐

（一）索：素

「索」字多通假爲「素」。見於曾侯乙墓竹簡者，如：

　二眞楚甲，索（素）（122）

　一眞楚甲，索（素），……一眞吳甲，索（素），紫緙之縢，緷唯𠯑胄，索（素）（124）

　一吳甲，索（素）（129）

　𦀚＝索（素）甲，……一索（素）楚甲（130）

見於郭店楚簡《老子》甲本者，如：

　視索（素）保僕（樸）（2）

「索」爲「蘇各切」，上古音屬「鐸」部「心」紐，「素」爲「桑故切」，上古音屬「魚」部「心」紐，雙聲，魚鐸對轉。通假現象亦見於古籍，如：《左傳‧昭公十二年》云：「是能讀三墳、五典、八索、九丘。」〔註233〕《經典釋文‧春秋左氏音義》云：「『八索』，所白反，本或作素。」〔註234〕

〔註232〕《詩經》（十三經注疏本），頁675。
〔註233〕《春秋左傳注》，頁1340。
〔註234〕《經典釋文》，頁281。

八、禪　紐

（一）誓：慎

「誓」字通假爲「慎」。由於相關辭例甚眾，僅以郭店楚簡《老子》甲本與〈緇衣〉爲例。見於郭店楚簡《老子》甲本者，如：

誓（慎）冬（終）女（如）忹（始）（11）

見於〈緇衣〉者，如：

古（故）不可不誓（慎）也（15）

誓（慎）爾出話（30）

㕚（叔）誓（慎）爾止（32）

則民誓（慎）言（33）

以郭店《老子》爲例，於今本《老子》第六十四章作「慎終如始」，又〈緇衣〉所見「誓」字，於《禮記・緇衣》皆作「慎」字。「誓」爲「時制切」，上古音屬「月」部「禪」紐，「慎」爲「時刃切」，上古音屬「眞」部「禪」紐，雙聲。

九、見　紐

（一）鼻：誥

「鼻」字通假爲「誥」。見於郭店楚簡〈緇衣〉者，如：

尹鼻（誥）（5）

康鼻（告）（28）

「鼻」字於《禮記・緇衣》皆作「誥」。「鼻」字從言廾聲，「廾」爲「居悚切」，上古音屬「東」部「見」紐，「誥」爲「古到切」，上古音屬「覺」部「見」紐，雙聲。通假現象亦見於金文，如：「乙亥，王鼻（誥）畢公」〈史臨簋〉。〔註235〕

（二）迲：格

「迲」字通假爲「格」。見於郭店楚簡〈緇衣〉者，如：

行又（有）迲（格）（37）

〔註235〕中國社會科學院考古研究所編：《殷周金文集成》第 7 冊（北京：中華書局，1987年），頁 222～223。

《禮記‧緇衣》作「行有格也」。「達」字從辵丰聲，「丰」爲「古拜切」，上古音屬「月」部「見」紐，「格」爲「古伯切」，上古音屬「鐸」部「見」紐，雙聲。

十、影　紐

（一）悁：溫

「悁」字僅見於郭店楚簡，通假爲「悁」。見於〈五行〉者，如：

安則悁（溫），悁（溫）則兌（悅）（13）

仏（容）貌悁（溫）叀（變）也（32）

「悁」字從心因聲，「因」爲「於眞切」，上古音屬「眞」部「影」紐，「溫」爲「烏渾切」，上古音屬「文」部「影」紐，雙聲。

十一、喻　紐

（一）繇：由

「繇」字多通假爲「由」。由於辭例甚多，僅以郭店竹簡〈成之聞之〉與楚帛書爲例。見於楚帛書者，如：

帝曰繇（由）以亂□之行（乙 11.29）

見於郭店楚簡〈成之聞之〉者，如：

繇（由）上之弗身也（6）

不從其繇（由）（14）

「繇」、「由」二字同爲「以周切」，上古音一爲「宵」部「喻」紐，一爲「幽」部「喻」紐，雙聲，宵幽旁轉。此二字通假之例尚未見於古籍，據段玉裁解釋，「繇」字後來被訛變字「繇」所取代，「繇」廢而「繇」行。〔註236〕至於「繇」、「由」通假現象多見於古籍，如：《國語‧周語》云：「又鄭之繇定」，宋庠本繇作由；〔註237〕《史記‧晉世家》云：「更令梁繇靡御」，張守節〈正義〉云：「韋昭云：『梁由靡，大夫也。』」〔註238〕

〔註236〕《說文解字注》，頁 649。

〔註237〕《國語》，頁 45。

〔註238〕《史記會注考證》，頁 614。

（二）夜：豫

「夜」字通假爲「豫」。見於郭店楚簡《老子》甲本者，如：

　　夜（豫）虖（乎）其奴（若）冬涉川（8）

今本《老子》第十五章作「豫焉若冬涉川」。「夜」字之義爲「舍」，若以此釋讀該句，難以通讀，故從今本《老子》的記載。「夜」爲「羊謝切」，上古音屬「鐸」部「喻」紐，「豫」爲「羊洳切」，上古音屬「魚」部「喻」紐，雙聲，魚鐸對轉。

十二、來　紐

（一）利：黎

「利」字通假爲黎民之「黎」。見於郭店楚簡〈緇衣〉者，如：

　　利（黎）民所信（17）

「利」爲「力至切」，上古音屬「質」部「來」紐，「黎」爲「郎奚切」，上古音屬「脂」部「來」紐，雙聲，脂質對轉。

（二）利：梨

「利」字通假爲「梨」。通假現象見於包山楚簡者，如：

　　薵利（梨）二箕（258）

「利」爲「力至切」，上古音屬「質」部「來」紐，「梨」爲「力脂切」，上古音屬「脂」部「來」紐，雙聲，脂質對轉。

十三、日　紐

（一）然：熱

「然」字通假爲「熱」。見於郭店楚簡《老子》乙本者，如：

　　青（清）勶（勝）然（熱）（15）

見於〈太一生水〉者，如：

　　是以成倉（滄）然（熱），倉（滄）然（熱）復相榑（輔）也（3）

　　倉（滄）然（熱）之所生也。倉（滄）然（熱）者（4）

以郭店楚簡《老子》乙本（15）爲例，今本《老子》第四十五章作「靜勝熱」。

「然」爲「如延切」，上古音屬「元」部「日」紐，「熱」爲「如列切」，上古音屬「月」部「日」紐，雙聲，元月對轉。

據以上論述與統計得知，雙聲通假現象共有 13 類 22 組。

第四節　疊韻通假

所謂疊韻通假，係指通假字與本字之間古音的韻母相同，而聲母關係或相近同或相遠，如：信通作伸、詳通作佯。

一、之　部

（一）洢：海

「洢」字僅見於郭店楚簡，多通假爲江海之「海」。由於辭例甚多，僅以《老子》甲本爲例，如：

江洢（海）所以爲百浴（谷）王（2）

猷（猶）少（小）浴（谷）與江洢（海）（20）

以（2）爲例，今本《老子》第六十六章作「江海所以能爲百谷王者」，馬王堆漢墓帛書《老子》乙本作「江海所以能爲百浴□□」。「洢」字從水母聲，「母」爲「莫厚切」，上古音屬「之」部「明」紐，「海」爲「呼改切」，上古音屬「之」部「曉」紐，疊韻。

（二）台：治

「台」字通假爲「治」。見於郭店楚簡〈緇衣〉者，如：

大臣不台（治）（21）

《禮記·緇衣》作「大臣不治」。「台」爲「土來切」，上古音屬「之」部「透」紐，「治」爲「直之切」，上古音屬「之」部「定」紐，二者發聲部位相同，透定旁紐，疊韻。

（三）絅：治

「絅」字僅見於郭店楚簡，通假爲「治」。見於《老子》甲本者，如：

絅（治）之於其未亂（26）

見於〈唐虞之道〉者，如：

塙（禹）幻（治）水，膩（益）幻（治）火，后稷（稷）幻（治）土
（10）

孛＝而幻（治）天下（26）

幻（治）之（28）

以《老子》爲例，今本《老子》第六十四章作「治之乎其未亂」，「絧」應爲「治」字通假。此外，〈唐虞之道〉的「幻」字據郭店楚簡整理小組考證，其右側所從應爲「司」字。〔註239〕從簡文觀察，「幻」字應爲「絧」字的省減。今從其言。「絧」字應從糸司聲。「司」爲「息茲切」，上古音屬「之」部「心」紐，「治」爲「直利切」，上古音屬「之」部「定」紐，疊韻。

（四）訶：殆

「訶」字僅見於郭店楚簡，通假爲「殆」。見於《老子》甲本者，如：

智（知）止所以不訶（殆）（20）

今本《老子》第三十二章與馬王堆漢墓帛書《老子》乙本皆作「所以不殆」。「訶」字右側所從爲「司」，「訶」應爲「詞」字，「詞」爲「似茲切」，上古音屬「之」部「邪」紐，「殆」爲「徒亥切」，上古音屬「之」部「定」紐，疊韻。

（五）訶：治

「訶」字僅見於郭店楚簡，通假爲「治」。見於〈尊德義〉者，如：

塙（禹）以人道訶（治）其民（5）

湯不易桀民而句（後）訶（治）之。聖＝之訶（治）民（6）

眾未必訶（治），不訶（治）不川順（12）

訶（治）民復豊（禮）（23）

訶（治）民非還生而已也（25）

訶（治）樂和衣（哀）（31）

「訶」字右側所從爲「司」，「訶」應爲「詞」字，「詞」爲「似茲切」，上古音屬「之」部「邪」紐，「治」爲「直利切」，上古音屬「之」部「定」紐，疊韻。

〔註239〕《郭店楚墓竹簡・唐虞之道釋文・注釋》，頁159。

（六）之：治

「之」字通假爲「治」。見於郭店楚簡《老子》甲本者，如：

以正之（治）邦（29）

今本《老子》第五十七章作「以正治國」，馬王堆漢墓帛書《老子》甲本作「以正之邦」，乙本作「以正之國」。從辭例言，應指治理國家之事，「之」字並無治理之義，故從今本《老子》作「治」字。「之」爲「止而切」，上古音屬「之」部「照」紐，「治」爲「直之切」，上古音屬「之」部「定」紐，疊韻。

（七）㞷：待

「㞷」字僅見於郭店楚簡，通假爲「待」。見於〈性自命出〉者，如：

㞷（待）習而句（後）奠（1）

「㞷」字應從「之」得聲。「之」爲「止而切」，上古音屬「之」部「照」紐，「待」爲「徒亥切」，上古音屬「之」部「定」紐，疊韻。

（八）才：哉

「才」字通假爲「哉」。見於郭店楚簡〈窮達以時〉者，如：

可（何）難之又（有）才（哉）（2）

「才」爲「昨哉切」，上古音屬「之」部「從」紐，「哉」爲「祖才切」，上古音屬「之」部「精」紐，二者發聲部位相同，精從旁紐，疊韻。通假之例亦見於古籍，如：今本《老子》第二十二章云：「豈虛言哉」，〔註240〕馬王堆漢墓帛書《老子》乙本作「幾言才」。〔註241〕

（九）子：慈

「子」字通假爲慈愛之「慈」。見於郭店楚簡《老子》甲本者，如：

季（孝）子（慈）（1）

「子」爲「即里切」，上古音屬「之」部「精」紐，「慈」爲「疾之切」，上古音屬「之」部「從」紐，二者發聲部位相同，精從旁紐，疊韻。通假之例於古籍亦可見，如：《史記·仲尼弟子列傳》云：「秦商字子丕」，司馬貞〈索隱〉云：

〔註240〕《老子》上篇，頁12。

〔註241〕《馬王堆漢墓帛書·老子乙本道經》（壹），頁97。

「《家語》魯人，字丕慈。」〔註242〕

（十）孳：慈

「孳」字通假爲「慈」。見於郭店楚簡〈緇衣〉者，如：

　古（故）孳（慈）以愛之（25）

「孳」字從玆子聲，「子」爲「即里切」，上古音屬「之」部「精」紐，「慈」爲「疾之切」，上古音屬「之」部「從」紐，二者發聲部位相同，精從旁紐，疊韻。

（十一）慈：滋

「慈」字僅見於郭店楚簡，通假爲「滋」。見於《老子》甲本者，如：

　而邦慈（滋）昏。人多智（知）而戠（奇）勿（物）慈（滋）迟（起）。

　法勿（物）慈（滋）章（彰）（30）

今本《老子》第五十七章作「國家滋昏，人多伎巧，其物滋起，法令滋彰」。「慈」爲「疾之切」，上古音屬「之」部「從」紐，「滋」爲「子之切」，上古音屬「之」部「精」紐，二者發聲部位相同，精從旁紐，疊韻。

（十二）子：牸

「子」字通假爲「牸」。見於曾侯乙墓竹簡者，如：

　大首之子（牸）騂馬爲右騙（服）（147）

　司馬上子（牸）爲左驂（151）

　建巨之子（牸）爲右驂（172）

　喬之子（牸）爲右騙（服），宋司城之騂爲右驂，大首之子（牸）騂

　爲右飛（騑）（173）

　歪歪（牸）爲左騙（服），大首之子（牸）爲右騙（服），……歪子（牸）

　爲右飛（騑）（175）

「子」爲「即里切」，上古音屬「之」部「精」紐，「牸」爲「疾置切」，上古音屬「之」部「從」紐，二者發聲部位相同，精從旁紐，疊韻。

（十三）茲：緇

〔註242〕《史記會注考證》，頁866。

「茲」字僅見於郭店楚簡，通假爲「緇」。見於〈緇衣〉者，如：

> 好媺（美）女（如）好茲（緇）衣（1）

「茲」爲「子還切」，上古音屬「之」部「精」紐。「緇」爲「側持切」，上古音屬「之」部「莊」紐，疊韻。

（十四）絠：嗣

「絠」字僅見於郭店楚簡，通假爲「嗣」。見於〈唐虞之道〉者，如：

> 智（知）其能絠（嗣）天下之長也（23）

「絠」字從糸司聲，「司」爲「息茲切」，上古音屬「之」部「心」紐，「嗣」爲「詳吏切」，上古音屬「之」部「邪」紐，二者發聲部位相同，心邪旁紐，疊韻。

（十五）司：詞

「司」字習見於楚簡、帛書，通假爲「詞」。見於郭店楚簡〈成之聞之〉者，如：

> 道不說（悅）之司（詞）也（30）

見於〈語叢四〉者，如：

> 言以司（詞）（1）

「司」爲「息茲切」，上古音屬「之」部「心」紐，「詞」爲「似茲切」，上古音屬「之」部「邪」紐，二者發聲部位相同，心邪旁紐，疊韻。

（十六）司：始

「司」字僅見於郭店楚簡，通假爲「始」。見於〈性自命出〉者，如：

> 道司（始）於青（情），……司（始）者近青（情）（3）

「司」爲「息茲切」，上古音屬「之」部「心」紐，「始」爲「詩止切」，上古音屬「之」部「審」紐，疊韻。

（十七）㦜：始

「㦜」字僅見於郭店楚簡，通假爲「始」。見於《老子》甲本者，如：

> 誓（愼）冬（終）女（如）㦜（始）（11）

今本《老子》第六十四章與馬王堆漢墓帛書《老子》甲、乙本皆作「始」字。「㦜」字從心司聲。「司」爲「息茲切」，上古音屬「之」部「心」紐，「始」爲「詩止

切」，上古音屬「之」部「審」紐，疊韻。

（十八）寺：志

「寺」字通假爲「志」。見於〈五行〉者，如：

　　士又（有）志於君子道胃（謂）之寺（志）（7）

簡文「寺」字從寺從口，楚簡帛文字習見添加無義偏旁「口」，該字所從之「口」可能是無義偏旁的添加。「寺」爲「詳吏切」，上古音屬「之」部「邪」紐，「志」爲「職吏切」，上古音屬「之」部「照」紐，疊韻。

（十九）䛊：始

「䛊」字僅見於郭店楚簡，通假爲「始」。見於《老子》甲本者，如：

　　䛊（始）折（制）又有名（19）

見於《老子》丙本者，如：

　　斳（慎）冬（終）若䛊（始）（12）

以《老子》甲本爲例，今本《老子》第三十二章與馬王堆漢墓帛書《老子》乙本皆作「始制有名」。「䛊」字右側所從爲「司」，「䛊」應爲「詞」，「詞」爲「似茲切」，上古音屬「之」部「邪」紐，「始」爲「詩止切」，上古音屬「之」部「審」紐，疊韻。

（二十）志：恃

「志」字通假爲「恃」。見於郭店楚簡《老子》甲本者，如：

　　爲而弗志（恃）也（17）

今本《老子》第二章作「爲而不恃」，馬王堆帛書《老子》甲本作「爲而弗寺也」，於此從今本《老子》將「志」字作「恃」。「志」爲「職吏切」，上古音屬「之」部「照」紐，「恃」爲「時止切」，上古音屬「之」部「禪」紐，二者發聲部位相同，照禪旁紐，疊韻。

（二十一）時：詩

「時」字僅見於郭店楚簡，通假爲「詩」。見於〈性自命出〉者，如：

　　時（詩）、箸（書）、豐（禮）、樂（15）

　　時（詩），又（有）爲爲之也（16）

「時」爲「市之切」，上古音同屬「之」部「禪」紐，「詩」爲「書之切」，上古音屬「之」部「審」紐，二者發聲部位相同，禪審旁紐，疊韻。通假之例僅見於《楚辭・九章・思美人》，云：「受命詔以昭詩」，《注》：「詩，一作時。」〔註243〕《楚辭》爲楚國的文學代表，「時」、「詩」二字通假，可能是楚人用字上的特色。

（二十二）寺：時

「寺」字多通假爲「時」。通假現象見於楚帛書者，如：

是隹四寺（時）（甲 4.11）

十日四寺（時）（甲 7.12）

三寺（時）是行（乙 6.7）

三寺（時）（乙 6.16）

寺（時）雨進退（乙 8.3）

「寺」爲「祥吏切」，上古音同屬「之」部「邪」紐，「時」爲「市之切」，上古音屬「之」部「禪」紐，疊韻。通假之例雖尚未發現，但是從上面列舉的辭例可知「寺」字應通假爲三時之「時」。

（二十三）寺：詩

「寺」字通假爲詩歌之「詩」。見於郭店楚簡〈緇衣〉者，如：

《寺（詩）》員（云）（1，3，4，5，9，12，15，17，18，26，30，32，33，39，41，43，45，46）

「寺」爲「祥吏切」，上古音同屬「之」部「邪」紐，「詩」爲「書之切」，上古音屬「之」部「審」紐，疊韻。

（二十四）晜：己

「晜」字通假爲「己」。見於郭店楚簡〈尊德義〉者，如：

學晜（己）也（5）

「晜」爲「暨巳切」，上古音屬「之」部「群」紐，「己」爲「居理切」，上古音屬「之」部「見」紐，二者發聲部位相同，見群旁紐，疊韻。〈己華父鼎〉與〈晜

〔註243〕（宋）洪興祖：《楚辭補注》（臺北：長安出版社，1991 年），頁 149。

侯弟鼎〉同出於 1969 年山東煙臺上亣村的西周墓葬，〔註244〕此二者應爲「己」、「㠱」二字通假。

（二十五）忌：紀

「忌」字通假爲「紀」。見於郭店楚簡〈太一生水〉者，如：

以忌（紀）爲墥（萬）勿（物）經（7）

「忌」爲「渠記切」，上古音屬「之」部「群」紐，「紀」爲「居理切」，上古音屬「之」部「見」紐，二者發聲部位相同，見群旁紐，疊韻。

（二十六）舊：久

「舊」字通假爲「久」。見於郭店楚簡《老子》甲本者，如：

可以長舊（久）（37）

見於《老子》乙本者，如：

長生舊（久）視之道也（3）

「舊」字上半部雖然不從「卄」，就辭例言仍爲「舊」字，只是省減形符的一部分。「久」爲「舉九切」，上古音屬「之」部「見」紐，「舊」爲「巨救切」，上古音屬「之」部「群」紐，二者發聲部位相同，見群旁紐，疊韻。通假現象亦見於古籍，如：《尚書·無逸》云：「其在高宗時，舊勞于外。」〔註245〕《史記·魯周公世家》云：「其在高宗，久勞于外。」〔註246〕

（二十七）基：惎

「基」字通假爲「惎」。見於郭店楚簡〈語叢四〉者，如：

是胃（謂）童（重）基（惎）（14）

「基」爲「居之切」，上古音屬「之」部「見」紐，「惎」爲「渠記切」，上古音屬「之」部「群」紐，二者發聲部位相同，見群旁紐，疊韻。

（二十八）亥：改

〔註244〕中國社會科學院考古研究所編：《殷周金文集成》第 4 冊（北京：中華書局，1986年），頁 277；《殷周金文集成》第 5 冊，頁 63。

〔註245〕《尚書》（十三經注疏本），頁 240。

〔註246〕《史記會注考證》，頁 554。

「亥」字通假爲「改」。見於郭店楚簡《老子》甲本者，如：

  蜀（獨）立不亥（改）（21）

今本《老子》第二十五章作「獨立而不改」。「亥」爲「胡改切」，上古音屬「之」部「匣」紐，「改」爲「古亥切」，上古音屬「之」部「見」紐，二者發聲部位相同，見匣旁紐，疊韻。

（二十九）悈：疑

「悈」字僅見於郭店楚簡，通假爲「疑」。由於辭例甚多，僅以〈緇衣〉爲例，如：

  則君不悈（疑）其臣（4）

  上人悈（疑）則百眚（姓）惑（5）

《禮記・緇衣》作「則君不疑其臣，……上人疑則百姓惑」，「悈」字皆作懷疑之「疑」。「悈」字從心矣聲，「矣」爲「于紀切」，上古音屬「之」部「匣」紐，「疑」爲「語其切」，上古音屬「之」部「疑」紐，二者發聲部位相同，疑匣旁紐，疊韻。

（三十）喜：矣

「喜」字通假爲「矣」。通假現象見於郭店楚簡，由於辭例甚眾，僅以《老子》丙本爲例，如：

  則無敗事喜（矣）（12）

今本《老子》第六十四章未見「矣」字，馬王堆漢墓帛書《老子》乙本作「則無敗事矣」。「喜」爲「虛里切」，上古音屬「之」部「曉」紐，「矣」爲「于紀切」，上古音屬「之」部「匣」紐，二者發聲部位相同，曉匣旁紐，疊韻。

二、職　部

（一）弋：忒

「弋」字通假爲「忒」。見於楚帛書者，如：

  敬之母（毋）弋（忒）（乙 11.6）

見於郭店楚簡〈緇衣〉者，如：

  其義（儀）不弋（忒）（4）

《禮記・緇衣》作「其儀不忒」，故將「弋」字釋爲「忒」字。從楚帛書的字形觀察，此應爲「弋」字。楚簡帛文字的「弋」字，多見於較長的豎畫上添加一筆短橫畫，這道飾筆的短橫畫並非隨意的添加，一般多與其上較長的橫畫以約略形成平行的方式共存，而與「戈」字的寫法略有不同。雖然古文字裡「戈」字的字形與「弋」字相近，習見二者因形近而通用，可是從該字的字形觀察，在較長豎畫之下所見的短橫畫，正與之作平行的形式出現，故可認定爲「弋」字。再者，從此處的辭例言，可以肯定應作「弋」字，並且讀爲「忒」。「弋」爲「與職切」，上古音屬「職」部「喻」紐，「忒」爲「他德切」，上古音屬「職」部「透」紐，疊韻。

（二）植：直

「植」字僅見於郭店楚簡，通假爲「直」。見於《老子》乙本者，如：

　　大植（直）若屈（14）

見於〈緇衣〉者，如：

　　好氏（是）貞（正）植（直）（3）

見於〈五行〉者，如：

　　植（直）也（34）

以郭店楚簡《老子》乙本爲例，今本《老子》第四十五章作「大直若屈」，馬王堆漢墓帛書《老子》甲本作「大直如詘」。「植」皆作「直」。「植」爲「職吏切」，上古音屬「職」部「照」紐，「直」爲「除力切」，上古音屬「職」部「定」紐，疊韻。通假現象亦見於古籍，如：《禮記・檀弓》云：「行並植於晉國」，〔註247〕《國語・晉語》云：「夫陽子行廉直於晉國」。〔註248〕

（三）弋：代

「弋」字通假爲替代之「代」。見於楚帛書者，如：

　　四神相弋（代）（甲4.2）

從楚帛書的字形觀察，此仍應爲「弋」字。楚簡帛的「弋」字，多見於較長的

豎畫上添加一筆短橫畫，這道飾筆的短橫畫並非隨意的添加，一般與其上較長的橫畫以約略形成平行的方式共存，而與「戈」字的寫法不同。此外，從辭例觀察，可以確定應爲「弋」字，並且讀爲替代之「代」。「弋」爲「與職切」，上古音屬「職」部「喻」紐，「代」爲「徒耐切」上古音屬「職」部「定」紐，疊韻。

（四）惻：賊

「惻」字通假爲盜賊之「賊」。見於郭店竹簡《老子》甲本者，如：

　　覜（盜）惻（賊）亡又（有）（1）

　　覜（盜）惻（賊）多又（有）（31）

以上二例分別見於今本《老子》第十九、五十七章，馬王堆漢墓帛書《老子》甲、乙本與今本《老子》皆作「盜賊」。「惻」爲「初力切」，上古音屬「職」部「初」紐，「賊」爲「昨則切」，上古音屬「職」部「從」紐，疊韻。

（五）弋：式

「弋」字通假爲「式」。見於郭店楚簡〈緇衣〉者，如：

　　下土之弋（式）（13）

「弋」字於此難以通讀，《禮記·緇衣》作「下土之式」，故將「弋」字釋爲「式」字。「弋」爲「與職切」，上古音屬「職」部「喻」紐，「式」爲「賞識切」，上古音屬「職」部「審」紐，二者發聲部位相同，審喻旁紐，疊韻。

（六）珘：飾

「珘」字僅見於曾侯乙墓竹簡楚簡，通假爲「飾」，如：

　　黃金之珘（飾），二載盧。黃金之珘（飾），……二紫輪（錦）之服，
　　豻珘（飾）（42）

　　黃金之珘（飾），……二紫輪（錦）之服，豻珘（飾）（60）

　　一玉堅鞥（翠）珘（飾）畫幃（章）胄（137）

從上列辭例觀察，「珘」應讀爲「飾」。「珘」字從玉弋聲，「弋」爲「與職切」，上古音屬「職」部「喻」紐，「飾」爲「賞識切」，上古音屬「職」部「審」紐，二者發聲部位相同，審喻旁紐，疊韻。

（七）亟：極

「亟」字僅見於郭店楚簡，通假爲「極」。見於〈唐虞之道〉者，如：

亟（極）仁之至（19）

「亟」爲「紀力切」，上古音屬「職」部「見」紐。「極」爲「渠力切」，上古音屬「職」部「群」紐，二者發聲部位相同，見群旁紐，疊韻。通假現象亦見於古籍，如：《易經・說卦》云：「坎，……爲亟心」，[註 249]《經典釋文・周易音義》云：「『爲亟』，荀作極。」[註 250]

三、蒸　部

（一）賸：縢

「賸」字通假爲「縢」。見於曾侯乙墓竹簡者，如：

紫組之賸（縢），……紫組之縢（123）

紫組之縢，……黃紡之賸（縢）（124）

紫市之縢，……黃紡之賸（縢）（127）

屯紫組之賸（縢），……纏市之賸（縢）（137）

一眞吳甲，繛賸（縢），……一眞吳甲，紫組之縢（138）

「賸」爲「食陵切」，上古音屬「蒸」部「神」紐，「縢」爲「徒登切」，上古音屬「蒸」部「定」紐，疊韻。

（二）剩：勝

「剩」字通假爲「勝」。見於郭店楚簡《老子》丙本者，如：

戰剩（勝）則以喪豊（禮）居之（10）

見於〈成之聞之〉者，如：

一宮之人不剩（勝）其敬（7）

一宮之人不剩（勝）（8）

一軍之人不剩（勝）其勇（9）

[註 249]　《周易》（十三經注疏本），頁 186。

[註 250]　《經典釋文》，頁 34。

以《老子》丙本爲例，今本《老子》第三十一章與馬王堆漢墓帛書《老子》甲本皆作「戰勝以喪禮處之」。「勑」字從力乘聲，「乘」爲「實證切」，上古音屬「蒸」部「神」紐，「勝」爲「詩證切」，上古音屬「蒸」部「審」紐，二者發聲部位相同，神審旁紐，疊韻。

四、幽　部

（一）秼：柔

「秼」字僅見於郭店楚簡，通假爲「柔」。見於《老子》甲本者，如：

　骨溺（弱）堇（筋）秼（柔）（33）

今本《老子》第五十五章與馬王堆帛書《老子》甲本作「骨弱筋柔」，與之相較，僅是用字的不同，可知「秼」應讀爲「柔」。「秼」字從矛從求，「矛」爲「莫浮切」，上古音屬「幽」部「並」紐，「求」爲「巨鳩切」，上古音屬「幽」部「群」紐，「柔」爲「耳由切」，上古音屬「幽」部「日」紐，疊韻。不論該字以「矛」爲聲符，或以「求」爲聲符，其韻部皆同爲幽部，而聲紐關係甚遠。

（二）矛：柔

「矛」字通假爲「柔」。見於郭店楚簡〈五行〉者，如：

　矛（柔），仁之方也。不強不秼，不強不矛（柔）（41）

「矛」爲「莫浮切」，上古音屬「幽」部「明」紐，「柔」爲「耳由切」，上古音屬「幽」部「日」紐，疊韻。

（三）周：雕

「周」字通假爲雕琢之「雕」。見於信陽楚簡者，如：

　周（雕）者二十二足桱，口口周（雕）八金足（2.20）

「周」爲「職流切」，上古音屬「幽」部「照」紐，「雕」爲「都聊切」，上古音屬「幽」部「端」紐，疊韻。以「周」爲「雕」者亦見於漢簡，如：銀雀山漢簡〈王法〉云：「諸周（雕）文、刻婁（鏤）。」〔註251〕「周」、「雕」通假現象，爲先秦至漢代間的習慣。

（四）敂：彤

〔註251〕《銀雀山漢墓竹簡・守法守令等釋文・註釋》（壹），頁142。

「敷」字多見於楚簡，通假爲「彫」。由於辭例甚多，僅以望山楚簡爲例，如：

敷（彫）革（2.6）

皆敷（彫）（2.11）

敷（彫），赤金（2.40）

一敷（彫）桱（2.45）

敷（彫）杯……一少（小）敷（彫）（2.47）

「敷」字據朱德熙考釋以爲，無論作爲修飾語或是謂語，皆當讀爲「彫」，「彫」字除具有「刻鏤」的意義，亦具有「畫飾」的意思。〔註252〕從上列辭例觀察，「敷」字應該同時具有雕鏤與畫飾的意義，朱氏之言可從。「敷」字從攴周聲，「周」爲「職流切」，上古音屬「幽」部「照」紐，「彫」爲「都聊切」，上古音屬「幽」部「端」紐，疊韻。

（五）疇：壽

「疇」字通假爲「壽」。見於九店竹簡者，如：

生子，男不疇（壽）（56.34）

「疇」爲「直由切」，上古音屬「幽」部「定」紐，「壽」爲「承咒切」，又音「殖酉切」，上古音屬「幽」部「禪」紐，疊韻。通假現象亦見於古籍，如：《荀子・大略》云：「堯學於君疇」，王先謙云：「『君疇』，《漢書・古今人表》作『尹壽』。」〔註253〕

（六）秀：牖

「秀」字偶見於楚簡，可通假爲「牖」。見於九店竹簡者，如：

戶秀（牖）（56.27）

「秀」爲「息救切」，上古音屬「幽」部「心」紐，「牖」爲「與久切」，上古音屬「幽」部「喻」紐，疊韻。

〔註252〕朱德熙：〈望山楚簡裡的「敷」和「簡」〉，《古文字研究》第 17 輯（北京：中華書局，1989 年），頁 194～198。（又收入《朱德熙古文字論集》）

〔註253〕《荀子集解》，頁 776。

（七）攸：修

「攸」字僅見於郭店楚簡，通假爲「修」。由於辭例甚多，僅以《老子》乙本爲例，如：

攸（修）之身……攸（修）之家……攸（修）向（鄉）（16）

攸（修）之邦……攸（修）之天下（17）

今本《老子》第五十四章作「修之於身……修之於家……修之於鄉……修之於國……修之於天下」。「攸」爲「以周切」，上古音屬「幽」部「喻」紐，「修」爲「息流切」，上古音屬「幽」部「心」紐，疊韻。

（八）戦：仇

「戦」字僅見於郭店楚簡，通假爲「仇」。見於〈緇衣〉者，如：

執我戦（仇）戦（仇）（18）

《禮記・緇衣》作「執我仇仇」。「戦」字從戈考聲，「考」爲「苦浩切」，上古音屬「幽」部「溪」紐，「仇」爲「巨鳩切」，上古音屬「幽」部「群」紐，二者發聲部位相同，溪群旁紐，疊韻。

（九）戦：逑

「戦」字僅見於郭店楚簡，通假爲「逑」。見於〈緇衣〉者，如：

君子好戦（逑）（43）

《禮記・緇衣》作「君子好仇」，《詩經・周南・關雎》則作「君子好逑」，今從《詩經》作「逑」字。「戦」字從戈考聲，「考」爲「苦浩切」，上古音屬「幽」部「溪」紐，「逑」爲「巨鳩切」，上古音屬「幽」部「群」紐，二者發聲部位相同，溪群旁紐，疊韻。

（十）蠆：擾

「蠆」字僅見於楚帛書，通假爲「擾」，如：

亡又（有）相蠆（擾）（乙 12.6）

「蠆」字下從虫，曾憲通以爲應是從虫憂聲，於此借爲「擾」字。〔註254〕「憂」爲「於求切」，上古音屬「幽」部「影」紐，「擾」爲「而沼切」，上古音屬「幽」

〔註254〕《楚帛書・楚帛書文字編》，頁 303。

部「日」紐，疊韻。

五、覺　部

（一）竺：孰

「竺」字通假爲「孰」。通假現象多見於郭店楚簡，由於辭例甚眾，不勝枚舉，僅以《老子》甲本爲例，如：

　　竺（孰）能濁以朿（靜）者（9）

　　竺（孰）能庀以迬（動）者（10）

「竺」字於今本《老子》第十五章作「孰」。「竺」字之義爲「厚」，於此無法通讀，故從今本《老子》作「孰」字。「竺」爲「多毒切」，又音「張六切」，上古音屬「覺」部「端」紐，「孰」爲「殊六切」，上古音屬「覺」部「禪」紐，疊韻。

（二）簹：孰

「簹」字通假爲「孰」。見於郭店楚簡《老子》甲本者，如：

　　名與身簹（孰）新（親），身與貨簹（孰）多，賷（得）與貢（亡）簹（孰）
疒（病）（35）

今本《老子》第四十四章與馬王堆漢墓帛書《老子》甲本皆作「名與身孰親，身與貨孰多，得與亡孰病」。「簹」爲「多毒切」，上古音屬「覺」部「端」紐，「孰」爲「殊六切」，上古音屬「覺」部「禪」紐，疊韻。

六、宵　部

（一）覜：盜

「覜」字僅見於郭店竹簡，多通假爲盜賊之「盜」。見於《老子》甲本者，如：

　　覜（盜）惻（賊）亡又（有）（1）

　　覜（盜）惻（賊）多又（有）（31）

以上二例分別見於今本《老子》第十九、五十七章，馬王堆漢墓帛書《老子》甲、乙本與今本《老子》皆作「盜賊」。「覜」爲「他弔切」，上古音屬「宵」部「透」紐，「盜」爲「徒到切」，上古音屬「宵」部「定」紐，二者發聲部位相同，透定旁紐，疊韻。

（二）杲：躁

「杲」字僅見於郭店楚簡，通假爲「躁」。見於《老子》乙本者，如：

杲（躁）勳（勝）蒼（滄）（15）

今本《老子》第四十五章作「躁勝寒」，馬王堆漢墓帛書《老子》甲、乙本作「趮勝寒」。據《說文解字》「趮」之義爲「疾也」，段玉裁云：「按今字作躁。」〔註255〕「躁」、「趮」相同。「杲」爲「蘇到切」，上古音屬「宵」部「心」紐，「躁」爲「則到切」，上古音屬「宵」部「精」紐，二者發聲部位相同，精心旁紐，疊韻。

（三）澡：燥

「澡」字僅見於郭店楚簡，通假爲「燥」。見於〈太一生水〉者，如：

是以成溼澡（燥）。溼澡（燥）復相楠（輔）也（3）

溼澡（燥）之所生也。溼澡（燥）者（4）

從辭例觀察，此應是潮濕與乾燥的對舉，「澡」字有「洒手」、「澡洗」之義，與文句所表現的意思不同，「燥」字之義爲「乾燥」，正與文意相符。「澡」爲「子皓切」，上古音屬「宵」部「精」紐，「燥」爲「蘇老切」，上古音屬「宵」部「心」紐，二者發聲部位相同，精心旁紐，疊韻。通假現象亦見於馬王堆漢墓帛書，如：〈合陰陽〉云：「三已而澡（燥）」。〔註256〕

（四）少：小

「少」字通假爲大小之「小」。由於辭例甚眾，僅以信陽楚簡、望山楚簡與九店竹簡爲例。見於信陽楚簡者，如：

少（小）箕十又二（2.6）

少（小）大十又三……少（小）大十又九（2.18）

見於望山楚簡者，如：

以少（小）簡爲邵固貞（1.3，1.9）

見於九店竹簡者，如：

少（小）夫四城（成）（56.26）

〔註255〕《說文解字注》，頁64。

〔註256〕《馬王堆漢墓帛書・合陰陽釋文・註釋》（肆），頁156。

少（小）大吉（56.30）

少（小）瘥（56.64，56.66，56.67，56.71，56.72，56.73）

「少」爲「書沼切」，又音「式照切」，上古音屬「宵」部「審」紐，「小」爲「私兆切」，上古音屬「宵」部「心」紐，疊韻。通假現象亦見於古籍、漢帛書與金文，如：《戰國策・魏策・秦敗魏於華走芒卯而圍大梁》云：「今魏方疑，可以少割收也。願之及楚、趙之兵未任於大梁也，亟以少割收。魏方疑，而得以少割爲和，必欲之，則君得所欲矣。」〔註257〕馬王堆漢墓帛書〈戰國縱橫家書・須賈說穰侯〉云：「今魏方疑，可以小（少）割收也。願之逯（逮）楚、趙之兵未至於梁（梁）也，亟以小（少）割收魏。魏方疑而得以小（少）割爲和，必欲之，則君得所欲矣。」〔註258〕「王命貯爲逃乏（兆法）闊門（狹）少（小）大之口」〈兆域圖銅版〉，〔註259〕「少」字即讀爲大小之「小」。

（五）喬：驕

「喬」字僅見於郭店楚簡，通假爲「驕」。由於辭例甚多，僅以《老子》甲本爲例，如：

果而弗喬（驕）（7）

貴福（富）喬（驕）（39）

「喬」爲「巨嬌切」，上古音屬「宵」部「群」紐，「驕」爲「舉喬切」，上古音屬「宵」部「見」紐，二者發聲部位相同，見群旁紐，疊韻。通假現象亦見於古籍與漢簡，如：《詩經・齊風・甫田》云：「無田甫田，維莠驕驕。」〔註260〕《法言・修身》云：「田圃田者，莠喬喬。」；〔註261〕銀雀山漢墓竹簡《孫子兵法・吳問》云：「公家富，置士多，主喬（驕）臣奢，冀功數戰，故爲范、中行是（氏）次。」〔註262〕

〔註257〕《戰國策》，頁857

〔註258〕《馬王堆漢墓帛書・戰國縱橫家書釋文・註釋》（參），頁49。

〔註259〕《殷周金文集成》第16冊，頁324。

〔註260〕《詩經》（十三經注疏本），頁197。

〔註261〕（漢）揚雄撰、（清）汪榮寶注：《法言義疏》（臺北：世界書局，1958年），頁151。

〔註262〕《銀雀山漢墓竹簡・孫子兵法釋文・註釋》（壹），頁30。

（六）嚻：敖

「嚻」字多通假爲「敖」，作爲官名使用。見於曾侯乙墓竹簡者，如：

大莫𤤲（敖）（1）

連𤤲（敖）（12，73）

見於包山楚簡者，如：

連嚻（敖）（6，10，110，112，118，127，163，170，180，191，203，211，225，243）

大莫嚻（敖）（7）

莫嚻（敖）（28，29，105，108，111，113，114，116，121，158，174，177，181，187，189）

莫𨟻（敖）（117）

即此數例觀察，無論添加偏旁「戈」、「邑」與否，皆爲「嚻」字。曾侯乙墓竹簡的「嚻」字皆添加偏旁「戈」，從《左傳》的記載可知，早期楚國的「莫嚻（敖）」一職多屬軍事將領，故添加「戈」的偏旁，更能突顯此一職務在當時的性質。

「嚻」爲「許嬌切」，上古音屬「宵」部「曉」紐，「敖」爲「五牢切」，上古音屬「宵」部「疑」紐，二者發聲部位相同，曉疑旁紐，疊韻。

楚簡「連嚻」一詞於古籍未見，「莫嚻」則多以「莫敖」取代，習見於古籍，尤多見於《左傳》，如《左傳・桓公十一年》云：「楚屈瑕將盟貳、軫，鄖人軍於蒲騷，將與隨、絞、州、蓼伐楚師，莫敖患之。」「莫敖」一詞，楊伯峻云：「莫敖，楚國官名，即司馬。」《左傳・桓公十二年》云：「楚伐絞，軍其南門。莫敖屈瑕曰：『絞小而輕，輕則寡謀，請無扞采樵者以誘之。』」《左傳・桓公十三年》云：「十三年春，楚屈瑕伐羅，鬥伯比送之。還，謂其御曰：『莫敖必敗。舉趾高，心不固矣。』」《左傳・襄公十五年》云：「楚公子午爲令尹，……屈到爲莫敖。」《左傳・襄公二十二年》云：「復使蒍子馮爲令尹，……屈建爲莫敖。」〔註263〕又如《戰國策・威王問於莫敖子華》云：「昔者吳與楚戰於柏舉，兩御之間夫卒交。莫敖大心撫其御之手，顧而大息曰。」〔註264〕以上所見皆爲「莫

〔註263〕以上見《春秋左傳注》，頁130，頁134，頁136，頁1022，頁1070。

〔註264〕《戰國策》，頁515。

敖」，未見「莫囂」一詞。《漢書・五行志》「莫敖」一詞改爲「莫囂」，如：「楚屈瑕伐羅，鬥伯比送之。還，謂其馭曰：『莫敖必敗。舉趾高，心不固矣。』」〔註265〕顏師古《注》：「莫囂，楚官名也，字或作敖，音同。」作「莫囂」者亦見於《淮南子・脩務》云：「吳與楚戰，莫囂大心撫其御之手。」〔註266〕「莫囂」與「莫敖」相同。

七、沃　部

（一）藥：樂

「藥」字僅見於郭店楚簡，通假爲「樂」。見於〈五行〉者，如：

不安則不藥（樂），不藥（樂）則亡德（6）

不安不藥（樂），不藥（樂）亡德（8）

智（知）禮藥（樂）之所㲼（由）生也（28）

此外，又發現「不安不樂，不樂亡德」（21）的辭例與（6）、（8）近似，僅是將「藥」字改爲「樂」字，由此可知「藥」、「樂」二字通假。「藥」爲「以灼切」，上古音屬「沃」部「喻」紐，「樂」爲「五教切」，又音「五角切」、「盧各切」，上古音屬「沃」部「疑」紐（或來紐），疊韻。「藥」通假爲「樂」的情形尙未見於他處，「樂」通假爲「藥」的例子卻見於馬王堆漢墓帛書，如：〈五十二病方〉云：「日一口樂（藥），口樂（藥）前洒以溫水。服藥卅日口已。」〔註267〕

八、侯　部

（一）敃：誅

「敃」字通假爲「誅」。見於郭店楚簡〈五行〉者，如：

又（有）大皋（罪）而大敃（誅）之（35）

又（有）大皋（罪）而弗大敃（誅）也（38）

見於〈語叢四〉者，如：

鈞者戩（誅）（8）

〔註265〕《漢書補注》，頁613。

〔註266〕《淮南子》，頁590。

〔註267〕《馬王堆漢墓帛書・五十二病方釋文・註釋》（肆），頁58。

古文字的形體並不固定，作爲偏旁使用時，常因意義相近而產生替換的現象，「攵」字之義爲「小擊」，「戈」字爲兵器，在意義上有某一程度上的關係，作爲形旁時可以代換。「敨（或戜）」字從「豆」得聲，「豆」爲「窈注切」，上古音屬「侯」部「初」紐，「誅」爲「陟輪切」，上古音屬「侯」部「端」紐，疊韻。

（二）取：陬

「取」字通假爲「陬」。見於楚帛書者，如：

　取（陬）于下（丙1.1）

　曰取（陬）（丙1.2）

「取」爲「七庾切」，上古音屬「侯」部「清」紐，「陬」爲「子侯切」，上古音屬「侯」部「精」紐，二者發聲部位相同，精清旁紐，疊韻。通假之例尙未見，從楚帛書的行文方式觀察，邊文皆取三字爲名，第一字爲月名，故「取」字應爲《爾雅・釋天》所言之「正月爲陬」之「陬」。〔註268〕

（三）朱：銖

「朱」字偶見於楚簡，通假爲「銖」。見於信陽楚簡者，如：

　八益（鎰）□，益（鎰）一朱（銖）（2.16）

「朱」爲「章俱切」，上古音屬「侯」部「照」紐，「銖」爲「市朱切」，上古音屬「侯」部「禪」紐，二者發聲部位相同，照禪旁紐，疊韻。通假現象亦見於漢簡，如：銀雀山漢簡《孫子兵法・形》云：「勝兵如以溢（鎰）稱朱（銖），敗兵如以朱（銖）稱溢（鎰）。」《注》：「十一家本作『故勝兵若以鎰稱銖』。」〔註269〕

（四）詢：覯

「詢」字通假爲「覯」。見於郭店楚簡〈五行〉者，如：

　亦既詢（覯）止（之）（10）

「詢」爲「呼漏切」，上古音屬「侯」部「曉」紐，「覯」爲「古候切」，上古音屬「侯」部「見」紐，二者發聲部位相同，見曉旁紐，疊韻。

〔註268〕《爾雅》（十三經注疏本），頁96。

〔註269〕《銀雀山漢墓竹簡・孫子兵法釋文・註釋》（壹），頁8～9。

（五）冔：厚

「冔」字通假爲「厚」。見於郭店楚簡《老子》甲本者，如：

冔（厚）贙（藏）必多賣（亡）（36）

今本《老子》第四十四章作「多藏必多亡」。「冔」字從厂句聲，「句」爲「古侯切」，又音「九遇切」、「其俱切」，上古音屬「侯」部「見」紐，「厚」爲「胡口切」，上古音屬「侯」部「匣」紐，二者發聲部位相同，見匣旁紐，疊韻。

（六）句：後

「句」字通假爲「後」。通假現象多見於郭店楚簡，由於辭例甚眾，僅以〈五行〉爲例，如：

然句（後）能爲君子（16）

然句（後）能至哀（17）

然句（後）能金聖（聲）而玉晨（振）之（20）

「句」爲「古侯切」，又音「九遇切」、「其俱切」，上古音屬「侯」部「見」紐，「後」爲「胡口切」，又音「胡溝切」，上古音屬「侯」部「匣」紐，二者發聲部位相同，見匣旁紐，疊韻。通假現象亦見於古籍，如：馬王堆漢墓帛書《老子》乙本云：「失道而后德，失德而句仁，失仁而句義，失義而句禮。」〔註270〕今本《老子》第三十八章云：「失道而後德，失德而後仁，失仁而後義，失義而後禮。」〔註271〕

（七）句：后

「句」字通假爲「后」。見於郭店楚簡〈緇衣〉者，如：

毋以卑（嬖）御息（塞）妝（莊）句（后）（23）

《禮記・緇衣》作「毋以嬖御人疾莊后」。「句」爲「九遇切」，上古音屬「侯」部「見」紐，「后」爲「胡口切」，上古音屬「侯」部「匣」紐，二者發聲部位相同，見匣旁紐，疊韻。

（八）縷：屨

〔註270〕《馬王堆漢墓帛書・老子乙本德經》（壹），頁89。

〔註271〕《老子》下篇，頁1。

「縷」字通假爲「屨」。見於望山楚簡者，如：

　一生絲之縷（屨）（2.49）

「縷」爲「力主切」，上古音屬「侯」部「來」紐，「屨」爲「九遇切」，上古音屬「侯」部「見」紐，疊韻。

九、屋　部

（一）蜀：獨

「蜀」字通假爲「獨」字。見於郭店楚簡《老子》甲本者，如：

　蜀（獨）立不亥（改）（21）

見於〈五行〉者，如：

　諲（愼）其蜀（獨）（16）

見於〈性自命出〉者，如：

　蜀（獨）行，猷口之不可蜀（獨）言也（7）

　蜀（獨）處而樂（54）

以郭店楚簡《老子》甲本（21）爲例，今本《老子》第二十五章作「獨立而不改」。「蜀」爲「市玉切」，上古音屬「屋」部「禪」紐，「獨」爲「徒谷切」，上古音屬「屋」部「定」紐，疊韻。通假現象亦見於漢簡，如：銀雀山漢簡《孫臏兵法・見威王》云：「蜀（獨）爲弘」。〔註272〕

（二）浴：谷

「浴」字偶見於楚簡、帛書，通假爲山谷之「谷」。見於楚帛書者，如：

　山川潯（漫）浴（谷）（乙11.17）

見於郭店楚簡《老子》甲本者，如：

　江海（海）所以爲百浴（谷）王，以其能爲百浴（谷）下，是以能
　爲百浴（谷）王（3）

　猷（猶）少（小）浴（谷）與江海（海）（20）

見於《老子》乙本者，如：

〔註272〕《銀雀山漢墓竹簡・孫臏兵法釋文・註釋》（壹），頁48。

上德女（如）浴（谷）（11）

「浴」爲「余蜀切」，上古音屬「屋」部「喻」紐，「谷」爲「古祿切」，上古音屬「屋」部「見」紐，疊韻。通假現象亦見於馬王堆漢墓帛書，如：《老子》乙本作「浴神不死」，甲本作「浴神□死」，〔註273〕今本《老子》第六章云：「谷神不死」。〔註274〕

（三）谷：欲

「谷」字通假爲欲念之「欲」。通假現象多見於郭店楚簡，由於辭例甚眾，僅以《老子》甲本爲例，如：

咎莫僉（憯）虖（乎）谷（欲）得（5）

不谷（欲）以兵強於天下（6）

保此衍（道）者不谷（欲）端（尚）呈（盈）（10）

聖人谷（欲）不谷（欲），不貴難得之貨（12）

我谷（欲）不谷（欲）而民自樸（32）

「谷」爲「古祿切」，上古音屬「屋」部「見」紐，「欲」爲「余蜀切」，上古音屬「屋」部「喻」紐，疊韻。「谷」、「欲」通假現象，據于省吾指出「谷女弗以……」之「谷」、《詩經・大雅・柔桑》之「進退維谷」之「谷」、《老子》第六章「谷神不死」之「谷」，皆當讀爲「欲」。〔註275〕其說若然，可知「谷」、「欲」通假之例由來已久。

十、東　部

（一）奉：豐

「奉」字僅見於郭店楚簡，通假爲「豐」。見於《老子》乙本者，如：

其德乃奉（豐）（17）

〔註273〕《馬王堆漢墓帛書・老子乙本道經》（壹），頁 95；《馬王堆漢墓帛書・老子甲本道經》（壹），頁 10。

〔註274〕《老子》上篇，頁 4。

〔註275〕于省吾：《詩經楚辭新證・澤螺居詩經新證》（臺北：木鐸出版社，1982 年），頁 70。

今本《老子》第五十四章作「其德乃豐」。「奉」爲「扶隴切」，上古音屬「東」部「並」紐，「豐」爲「敷隆切」，上古音屬「東」部「滂」紐，二者發聲部位相同，滂並旁紐，疊韻。

（二）迵：通

「迵」字僅見於郭店楚簡，通假爲「通」。見於〈語叢一〉者，如：

　　凡同者迵（通）（102）

「迵」爲「徒弄切」，上古音屬「東」部「定」紐，「通」爲「他紅切」，上古音屬「東」部「透」紐，二者發聲部位相同，透定旁紐，疊韻，故可通假。

（三）憼：寵

「憼」字通假爲「寵」。見於郭店楚簡《老子》乙本者，如：

　　人憼（寵）辱若纓（驚），……可（何）胃（謂）憼（寵）辱（5）

　　憼（寵）爲下也，……是胃（謂）憼（寵）辱纓（驚）（6）

今本《老子》第十三章作「寵辱若驚，……何謂寵辱若驚？寵爲下，……是謂寵辱若驚。」馬王堆漢墓帛書《老子》甲本作「龍辱若驚，……苟謂龍辱若驚？龍之爲下，……是胃龍辱若驚。」乙本作「弄辱若驚，……何謂弄辱若驚？弄之爲下也，……是胃弄辱若驚。」「龍」爲古代的神獸，其意義與辭例不符，故從今本《老子》作「寵」字。「憼」字從心龍聲，「龍」爲「力鍾切」，上古音屬「東」部「來」紐，「寵」爲「丑隴切」，上古音屬「東」部「透」紐，二者發聲部位相同，透來旁紐，疊韻。

（四）𢈲：衝

「𢈲」通假爲「衝」。見於曾侯乙墓竹簡者，如：

　　馭王𢈲（衝）車（75）

　　一王𢈲（衝）車（120）

　　王𢈲（車）（177）

「𢈲車」一詞據曾侯乙墓整理小組以爲應是「衝車」，而「𢈲」字與《說文解字》所收作爲「陷陣車」的「轈」字相近。〔註276〕何謂「陷陣車」？《太平御覽》

引〈春秋感精符〉云：「齊晉並爭，吳楚更謀，不守諸侯之節，競行天子之事，作衡車，屬武將。輪有刃，衡著劍，以相振懼。」宋均《注》：「衡，陷敵之車也。」〔註277〕若整理小組之論確定，曾侯乙墓所見之「僮車」與「轒車」、「衡車」應相近。「僮」爲「徒紅切」，上古音屬「東」部「定」紐，「衝」爲「尺容切」，上古音屬「東」部「穿」紐，疊韻。

（五）頌：容

「頌」字僅見於郭店楚簡，通假爲「容」。由於辭例甚多，僅以《老子》甲本爲例，如：

> 是以爲之頌（容）（8）

「頌」爲「似用切」，上古音屬「東」部「邪」紐，「容」爲「餘封切」，上古音屬「東」部「喻」紐，疊韻。通假現象亦見於古籍與金文，如：《淮南子·脩務》云：「不期於〈洪範〉、〈商頌〉」，高誘云：「頌或作容」；〔註278〕「其頌（容）既好，多寡不訏」〈枕氏壺〉，〔註279〕「頌」字即讀爲「容」。

（六）仫：容

「仫」字僅見於郭店楚簡，通假爲「容」。見於〈五行〉者，如：

> 仫（容）貌悃（溫）叟（變）也（32）

「仫」爲「職茸切」，上古音屬「東」部「照」紐，「容」爲「餘封切」，上古音屬「東」部「喻」紐，二者發聲部位相同，照喻旁紐，疊韻。

十一、魚　部

（一）㭖：輔

「㭖」字通假爲「輔」。見於郭店楚簡〈太一生水〉者，如：

> 大（太）一生水，水反㭖（輔）大（太）一，是以成天。天反㭖（輔）
> 大（太）一，是以成地（1）

〔註277〕（宋）李昉等撰：《太平御覽·攻具上》卷336，兵部67（北京：中華書局，1992年），頁1542。

〔註278〕《淮南子》，頁596。

〔註279〕《殷周金文集成》第15冊，頁258～259。

神明復相楠（輔）也，是以成陰昜（陽）。陰昜（陽）復相楠（輔）也，是以成四時（2）

四時復楠（輔）也，是以成倉（滄）然（熱）。倉（滄）然（熱）復相楠（輔）也，是以成濕澡（燥）。濕澡（燥）復相楠（輔）也，成歲（歲）（3）

「楠」字從木甫聲，「甫」爲「方矩切」，上古音屬「魚」部「幫」紐，「輔」爲「扶雨切」，上古音屬「魚」部「並」紐，二者發聲部位相同，幫並旁紐，疊韻。通假現象亦見於金文，如：「少（小）臣隹楠（輔），咸有九州。」〈叔尸鎛〉，〔註280〕可知「楠」字亦通假爲「輔」。

（二）憮：慮

「憮」字通假「慮」。見於郭店楚簡〈緇衣〉者，如：

古（故）言則憮（慮）其所終（33）

《禮記‧緇衣》作「故言必慮其所終」。「憮」字從心膚聲，「膚」爲「甫無切」，上古音屬「魚」部「幫」紐，「慮」爲「良倨切」，上古音屬「魚」部「來」紐，疊韻。

（三）膚：盧

「膚」字偶見於楚簡，通假爲「盧」。見於包山楚簡者，如：

膚（盧）人之州人（84）

《說文解字》「臚」字下收有一個籀文，即爲「膚」字，據包山楚簡整理小組考證，「膚」應作爲「盧」，是古代的邦國——「盧」，其地望在今湖北省南漳縣境內，後爲楚地。〔註281〕「膚」爲「甫無切」，上古音屬「魚」部「幫」紐，「盧」爲「落胡切」，上古音屬「魚」部「來」紐，疊韻。

（四）尃：輔

「尃」字僅見於郭店楚簡，通假爲輔助之「輔」。見於《老子》甲本者，如：

是古（故）聖人能尃（輔）萬勿（物）之自然（然）（12）

〔註280〕《殷周金文集成》第1冊，頁319～326。

〔註281〕《包山楚墓‧包山二號楚墓簡牘釋文與考釋》，頁377。

今本《老子》第六十四章作「以輔萬物之自然」,馬王堆漢墓帛書《老子》甲、乙本皆作「輔萬物之自然」。「尃」為「芳無切」,上古音屬「魚」部「滂」紐,「輔」為「扶雨切」,上古音屬「魚」部「並」紐,二者發聲部位相同,滂並旁紐,疊韻。

(五)堵:土

「堵」字僅見於楚帛書,通假為「土」,如:

　　以司堵(土)襄(壤)(甲 2.32)

「以司堵襄」一辭,曾憲通認為「與平水土有關」,故「襄」字可讀為「壤」。〔註282〕「襄」字讀為土壤之「壤」,「堵」字應讀為「土」。「堵」為「當古切」,上古音屬「魚」部「端」紐,「土」為「他魯切」,上古音屬「魚」部「透」紐,二者發聲部位相同,端透旁紐,疊韻。通假現象亦見於金文,如:「處禹之堵(土)」〈叔尸鐘〉。〔註283〕

(六)箸:書

「箸」字通假為「書」。見於郭店楚簡〈性自命出〉者,如:

　　時(詩)、箸(書)、豊(禮)、樂(15)

　　箸(書),又(有)為言之也(16)

見於〈六德〉,如:

　　觀者(諸)詩箸(書)則亦才(在)壴(矣)(24)

「箸」字之義為「飯敧」,與上列文句之義不符,「書」字之義為「箸」,段玉裁云:「以疊韻釋之也。敘目曰:箸於竹帛謂之書。書者,如也。箸於竹帛非筆末由矣。」〔註284〕「書」字一方面有動詞的性質,其義為書寫之「書」,一方面又具有名詞的性質,所以凡箸於竹帛者謂之「書」。於此所指當是詩書禮樂之「書」,故「箸」字應作為「書」字解釋。「箸」為「陟慮切」,上古音屬「魚」部「端」紐,「書」為「傷魚切」,上古音屬「魚」部「審」紐,疊韻。

〔註282〕《楚帛書・楚帛書文字編》,頁 302。

〔註283〕《殷周金文集成》第 1 冊,頁 303～318。

〔註284〕《說文解字注》,頁 118。

（七）敘：除

「敘」字多通假爲消除之「除」。見於楚帛書者，如：

敘（除）㪤（去）不義（丙 10.3）

見於九店竹簡者，如：

敘（除）不羊（祥），⋯⋯敘（除）疾（56.28）

從二者的辭例觀察，楚帛書「敘」字下的偏旁「口」應爲無義偏旁的添加。「敘」爲「徐呂切」，上古音屬「魚」部「邪」紐，「除」爲「直魚切」，上古音屬「魚」部「定」紐，疊韻。據辭例言，「敘」字應有去除之意，視爲「除」字的通假應爲合理。

（八）膳：屠

「膳」字通假爲「屠」。見於郭店楚簡〈窮達以時〉者，如：

膳（屠）牛於朝訶（歌）（5）

「膳」字從肉者聲，「者」爲「章也切」，上古音屬「魚」部「照」紐，「屠」爲「同都切」，上古音屬「魚」部「定」紐，疊韻。

（九）女：如

「女」字通假爲「如」。由於辭例甚眾，僅以九店竹簡與楚帛書爲例。見於楚帛書者，如：

□□□女（如）（甲 1.21）

女（如）日亥隹邦所（乙 5.15）

女（如）⿰丨武（丙 2.1）

日女（如）（丙 2.2）

見於九店竹簡者，如：

女（如）以祭祀，必有三口（56.19 下）

女（如）又弟，必死以亡（56.25）

女（如）遠行，剉（56.35）

「女」爲「尼呂切」，又音「尼慮切」、「尼據切」，上古音屬「魚」部「泥」紐，「如」爲「人諸切」，上古音屬「魚」部「日」紐，疊韻。「女」、「如」通假現象

亦見於金文，如：「事少女（如）長，事愚女（如）智」〈中山王𦲷鼎〉；〔註285〕
「其燴（會）女（如）林」〈姧蚉壺〉；〔註286〕「女（如）馬女（如）牛女（如）
䏌（特），屯（純）十以堂（當）一車。」〈鄂君啓車節〉。〔註287〕

（十）𧆟：且

「𧆟」字多見於楚簡、帛書，可通假爲「且」。由於辭例甚多，僅以楚帛書
爲例，如：

乃取𧆟（且）**𢼊**口子之子（甲2.1）

𧆟（且）司夏（丙6.1）

曰𧆟（且）（丙6.2）

以（丙6.1）爲例，《爾雅·釋天》云：「六月爲且」。〔註288〕「𧆟」字從又從虘，
虘應爲聲符。「虘」爲「昨何切」，上古音屬「魚」部「從」紐，「且」爲「子魚
切」，上古音屬「魚」部「精」紐，二者發聲部位相同，精從旁紐，疊韻。

（十一）疋：胥

「疋」字通假爲「胥」。見於郭店楚簡〈窮達以時〉者，如：

子疋（胥）前多社（功）（9）

「疋」爲「五下切」，上古音屬「魚」部「疑」紐，「胥」爲「相居切」，上古音
屬「魚」部「心」紐，疊韻。通假現象亦見於金文，如：「更乃且（祖）考疋（胥）
大祝」〈申簋蓋〉。〔註289〕

（十二）舍：徐

「舍」字通假爲「徐」。見於郭店楚簡《老子》甲本者，如：

將舍（徐）清，竺（孰）能庀以迲（動）者，將舍（徐）生（10）

今本《老子》第十五章作「孰能濁以靜之徐清，孰能安以久動之徐生。」「舍」
字正作「徐」。「舍」爲「史夜切」，上古音屬「魚」部「審」紐，「徐」爲「似

〔註285〕《殷周金文集成》第5冊，頁249～260。

〔註286〕《殷周金文集成》第15冊，頁285～289。

〔註287〕《殷周金文集成》第18冊，頁354～357。

〔註288〕《爾雅》（十三經注疏本），頁96。

〔註289〕《殷周金文集成》第8冊，頁203。

魚切」，上古音屬「魚」部「邪」紐，疊韻。

（十三）舍：餘

「舍」字通假爲「餘」。通假現象多見於郭店楚簡，由於辭例甚眾，僅以《老子》乙本爲例，如：

其德又（有）舍（餘）（16）

今本《老子》第五十四章作「其德乃餘」，馬王堆帛書《老子》乙本作「其德有餘」。「舍」爲「史夜切」，上古音屬「魚」部「審」紐，「餘」爲「以諸切」，上古音屬「魚」部「喻」紐，二者發聲部位相同，審喻旁紐，疊韻。

（十四）沽：湖

「沽」字通假爲「湖」。見於郭店楚簡〈語叢四〉者，如：

不見江沽（湖）之水（10）

「沽」爲「古胡切」，上古音同屬「魚」部「見」紐，「湖」爲「戶吳切」，上古音同屬「魚」部「匣」紐，二者發聲部位相同，見匣旁紐，疊韻。容庚於《金文編》指出〈散氏盤〉之「至于大沽」之「沽」應讀爲「湖」；〔註290〕此外，〈鄂君啓舟節〉之「逾沽」之「沽」字所指爲「洞庭湖」，「沽」亦當讀爲「湖」。〔註291〕據此二例可知「沽」、「湖」二字通假應無疑議。

（十五）虗：吾

「虗」字僅見於郭店楚簡，通假爲「吾」。由於辭例甚多，僅以〈魯穆公問子思〉爲例，如：

向（嚮）者虗（吾）昏（問）忠臣於子思（3）

虗（吾）亞（惡）昏（聞）之矣（8）

「虗」字從壬虍聲，「虍」爲「荒烏切」，上古音同屬「魚」部「曉」紐，「吾」爲「五乎切」，上古音同屬「魚」部「疑」紐，二者發聲部位相同，曉疑旁紐，疊韻。

（十六）夏：雅

〔註290〕《金文編》，頁732。

〔註291〕《殷周金文集成》第18冊，頁358～359。

「夏」字通假爲《爾雅》之「雅」字。通假現象見於郭店楚簡，由於辭例甚多，僅以〈緇衣〉爲例，如：

〈大夏（雅）〉員（云），……〈小夏（雅）〉員（云）（8）

〈大夏（雅）〉員（云）（35）

〈小夏（雅）〉員（云）（36）

「夏」爲「胡雅切」，上古音屬「魚」部「匣」紐，「雅」爲「五下切」，上古音屬「魚」部「疑」紐，二者發聲部位相同，匣疑旁紐，疊韻。通假現象亦見於古籍，如：《左傳・襄公二十八年》云：「子雅」，〔註292〕《韓非子・外儲說右上》云：「公子夏」。〔註293〕

（十七）于：虞

「于」字通假爲「虞」。見於郭店楚簡〈緇衣〉者，如：

出内（入）自尒帀（師）于（虞）（39）

《禮記・緇衣》作「出入自爾師虞」。「于」爲「羽俱切」，上古音同屬「魚」部「匣」紐，「虞」爲「遇俱切」，上古音同屬「魚」部「疑」紐，二者發聲部位相同，匣疑旁紐，疊韻。通假現象亦見於金文，如：「歲賢鮮于（虞）」〈枚氏壺〉。〔註294〕

（十八）牙：與

「牙」字通假爲「與」。見於郭店楚簡〈唐虞之道〉者，如：

先聖牙（與）後聖考（6）

「牙」爲「五加切」，上古音同屬「魚」部「疑」紐，「與」爲「余呂切」，上古音同屬「魚」部「喻」紐，疊韻。

（十九）虖：乎

「虖」字僅見於郭店楚簡，通假爲「乎」。由於辭例甚眾，僅以《老子》甲本爲例，如：

〔註292〕《春秋左傳注》，頁 1146。

〔註293〕《韓非子集解》，頁 484。

〔註294〕《殷周金文集成》第 15 冊，頁 258～259。

或唬（乎）豆（屬）（2）

罪莫厚唬（乎）甚欲，咎莫僉（憯）唬（乎）谷（欲）得（5）

化（禍）莫大唬（乎）不智（知）足（6）

夜（豫）唬（乎）奴（若）冬涉川，猷（猶）唬（乎）其奴（若）愄

（畏）四嬰（鄰）（8）

敢（嚴）唬（乎）其奴（若）客，觀（渙）唬（乎）其奴（若）懌（釋），

屯唬（乎）其奴（若）樸，屯唬（乎）其奴（若）濁（9）

以（6）爲例，今本《老子》第四十六章作「禍莫大於不知足」，馬王堆漢墓帛
書《老子》甲本作「䨱莫大於不知足」，皆未見作「唬」字者；以（8）爲例，
今本《老子》第十五章作「豫焉若冬涉川，猶兮若畏四鄰」，馬王堆漢墓帛書《老
子》乙本作「呵亓若冬涉水，猷呵亓若畏四嬰」，雖未見「唬」字，從「呵」字
上古音屬「歌」部「曉」紐的情形觀察，「呵」、「唬」二者具有雙聲的關係。楚
簡作「唬」字，應是受方言讀音的影響，爲了適應方音的不同因而產生的新字。
「唬」字從口虎聲，「虎」爲「乎古切」，上古音屬「魚」部「曉」紐，「乎」爲
「戶吳切」，上古音屬「魚」部「匣」紐，二者發聲部位相同，曉匣旁紐，疊韻。

十二、鐸　部

（一）白：伯

「白」字通假爲「伯」。見於郭店楚簡〈緇衣〉者，如：

亞（惡）亞（惡）女（如）亞（惡）遞（巷）白（伯）（1）

《禮記・緇衣》作「惡惡如巷伯」。「白」爲「傍陌切」，上古音屬「鐸」部「並」
紐，「伯」爲「博陌切」，上古音屬「鐸」部「幫」紐，二者發聲部位相同，幫
並旁紐，疊韻。通假現象亦見於甲骨文與金文，如：「壬戌卜，王其尋二方白（伯），
大吉。」（《合》28086）；「惟王來征盂方白（伯）炎」（《合》36509）；「裘衛乃
彝（矢）告于白（伯）邑父」〈裘衛盉〉。〔註295〕以上「白」字應讀爲「伯」字。

（二）白：百

「白」字通假爲「百」。見於郭店楚簡〈窮達以時〉者，如：

〔註295〕《殷周金文集成》第 15 冊，頁 134。

白（百）里迚逜（饋）五羊（7）

「白」爲「傍陌切」，上古音屬「鐸」部「並」紐，「百」爲「博陌切」，上古音屬「鐸」部「幫」紐，二者發聲部位相同，幫並旁紐，疊韻。通假現象亦見於古籍與古璽印的吉語璽，如：《史記・酷吏列傳》云：「南陽有梅免、白政。」〔註296〕《漢書・酷吏傳》云：「南陽有梅免、百政」；〔註297〕《古璽彙編》編號（4814）至（4818）爲吉語類璽印，璽印上刻有「又千白萬」四字，該書將之隸釋爲「有千百萬」，〔註298〕就其辭例而言，「白」字作爲「百」字解釋十分合理。

（三）厇：託

「厇」字通假爲「託」。見於郭店楚簡《老子》乙本者，如：

若可以厇（託）天下矣（8）

見於〈緇衣〉者，如：

則大臣不台（治）而埶（褻）臣悇（託）也（21）

見於〈太一生水〉者，如：

以道從事者必悇（託）其名，……亦悇（託）其名（1）

〈緇衣〉、〈太一生水〉的「厇」字皆從心。楚簡習見於原本的字形上添加部件或偏旁，突顯該字的意義、或突出讀音，或僅是爲了補白、結構的穩定等書法上的美觀，而添加無意義的偏旁與部件。「厇」字從心，可能是無義偏旁的添加。以《老子》爲例，今本《老子》第十三章作「若可託天下」，馬王堆漢墓帛書《老子》乙本作「若可以橐天下」。「橐」字之義爲「囊」，於此無法通讀，故從今本《老子》作「託」字。據《說文解字》「宅」字所收的重文觀察，「厇」字爲「宅」字古文，「宅」爲「場伯切」，上古音屬「鐸」部「定」紐，「託」爲「他各切」，上古音屬「鐸」部「透」紐，二者發聲部位相同，透定旁紐，疊韻。

（四）睪：擇

「睪」字通假爲選擇之「擇」。由於辭例甚多，僅以包山楚簡爲例，如：

〔註296〕《史記會注考證》，頁 1270。

〔註297〕《漢書補注》，頁 1568。

〔註298〕《璽印彙編》，頁 437。

睪（擇）良月良日歸之（18）

「睪」爲「羊益切」，上古音屬「鐸」部「喻」紐，「擇」爲「場伯切」，上古音屬「鐸」部「定」紐，疊韻。

（五）乍：作

「乍」字多通假爲「作」。由於辭例甚眾，僅以楚帛書爲例，如：

> 膚禕亂乍（作）（甲 7.29）
>
> 天地乍（作）羕（乙 2.7）
>
> 天栢將乍（作）瀳（乙 2.12）
>
> 乍（作）其下凶（乙 9.19）
>
> 隹天乍（作）福（乙 10.7）
>
> 隹天乍（作）夭（乙 10.15）
>
> 乍（作）事（丙 1.3）
>
> 乍（作）大事（丙 4.2）

「乍」爲「鋤駕切」，上古音屬「鐸」部「床」紐，「作」爲「臧祚切」，上古音屬「鐸」部「精」紐，疊韻。通假現象亦見於甲、金文，如：「辛卯卜，殻貞：基方乍（作）亯，其㞢。」（《合》13514 正乙）；「貞：勿乍（作）邑，帝若。」（《合》14201）；「乙亥貞：隹大庚乍（作）壱。」（《合》31981）；「用乍（作）文母外姑尊簋」〈靜簋〉。〔註299〕

（六）隻：獲

「隻」字通假爲收獲之「獲」。見於九店竹簡者，如：

> 以田䡄（獵），隻（獲）（56.31）

「隻」爲「之石切」，上古音屬「鐸」部「照」紐，「獲」爲「胡郭切」，上古音屬「鐸」部「匣」紐，疊韻。「隻」字作爲收獲之「獲」使用，於甲、金文亦常見，如：「呼多馬逐鹿隻（獲）」（《合》5775 正）；「貞：弗其隻（獲）」（《合》11229 反）；「王其往逐鹿隻（獲）」（《合》10292）；「貞：王往其逐麋隻（獲）」

〔註299〕《殷周金文集成》第 8 冊，頁 210。

（《合》10347 正）；「隻（獲）馘百」〈彧簋〉。〔註300〕甲骨文的「隻」字形體正像捕獲鳥兒握在手中形，由於早期尚未造出「獲」字作爲獵獲之「獲」以爲使用，故以「隻」字作爲收獲之「獲」字，其後才孳乳出「獲」字。由此可知，以「隻」字作爲「獲」字使用的年代十分久遠，至戰國時代仍沿用此例。

（七）懌：釋

「懌」字僅見於郭店楚簡，通假爲「釋」。見於《老子》甲本者，如：

　　觀（渙）虖（乎）其奴（若）懌（釋）（9）

今本《老子》第十五章作「渙兮若冰之將釋」。「懌」字之義有悅、樂、改諸意思，若直接以「懌」字釋讀，則難以通讀，故從今本《老子》作「釋」字。「懌」爲「羊益切」，上古音屬「鐸」部「喻」紐，「釋」爲「施隻切」，上古音屬「鐸」部「審」紐，二者發聲部位相同，審喻旁紐，疊韻。

（八）亦：赦

「亦」字僅見於郭店楚簡，通假爲「赦」。見於〈五行〉者，如：

　　又（有）大罪而亦（赦）之（38）

　　又（有）小罪而弗亦（赦）也（39）

「亦」爲「羊益切」，上古音屬「鐸」部「喻」紐，「赦」爲「始夜切」，上古音屬「鐸」部「審」紐，二者發聲部位相同，審喻旁紐，疊韻。

（九）客：各

「客」字通假爲「各」。見於郭店楚簡〈六德〉者，如：

　　六者客（各）行其戠（職）（23，36）

「各行其職」或是「各司其職」一詞，至今仍常用於口語，「客」字應作「各」字。「客」爲「苦格切」，上古音屬「鐸」部「溪」紐，「各」爲「古落切」，上古音屬「鐸」部「見」紐，二者發聲部位相同，見溪旁紐，疊韻。

十三、陽　部

（一）盇：妨

〔註300〕《殷周金文集成》第 8 冊，頁 278～279。

「蚄」字通假為「妨」。見於郭店楚簡〈語叢一〉者，如：

不害（害）不蚄（妨）（103）

「蚄」字從虫方聲，「方」為「府良切」，上古音屬「陽」部「幫」紐，「妨」為「敷方切」，上古音屬「陽」部「滂」紐，二者發聲部位相同，幫滂旁紐，疊韻。

（二）方：旁

「方」字通假為「旁」。見於楚帛書者，如：

降于其方（旁）（乙 2.18）

見於郭店楚簡《老子》甲本者，如：

萬勿（物）方（旁）复（作）（24）

以郭店楚簡《老子》甲本（24）為例，今本《老子》第十六章作「萬物並作」，馬王堆漢墓帛書《老子》甲、乙本皆作「萬物旁作」。「方」為「府良切」，上古音屬「陽」部「幫」紐，「旁」為「步光切」，上古音屬「陽」部「並」紐，二者發聲部位相同，幫並旁紐，疊韻。通假現象亦見於古籍，如：《尚書‧堯典》云：「共工方鳩僝功」，〔註301〕《史記‧五帝本紀》云：「共工旁聚布功」，〔註302〕《說文解字》「僝」字引經作「旁救僝功」。〔註303〕

（三）疒：病

「疒」字僅見於郭店楚簡，多通假為生病之「病」。見於《老子》甲本者，如：

得與亡孰疒（病）（36）

上列文句與今本《老子》第四十四章、馬王堆漢墓帛書《老子》甲本幾乎完全一致，其差異僅於後二者「疒」字作「病」字。從諸本的系聯可知郭店楚簡《老子》甲本的「疒」字應為「病」字的通假。「疒」字從广方聲，「方」為「府良切」，上古音屬「陽」部「幫」紐，「病」為「皮命切」，上古音屬「陽」部「並」紐，二者發聲部位相同，幫並旁紐，疊韻。

〔註301〕《尚書》（十三經注疏本），頁 26。

〔註302〕《史記會注考證》，頁 26。

〔註303〕《說文解字注》，頁 372。

（四）猒：猛

「猒」字通假為「旁」。見於郭店楚簡《老子》甲本者，如：

攫鳥猒（猛）獸（33）

今本《老子》第五十五章作「猛獸」，馬王堆漢墓帛書《老子》甲本作「瞿鳥猛獸」，乙本作「據鳥孟獸」。「猒」字從犬酉聲，而「酉」字應從「丙」得聲，「丙」為「兵永切」，上古音同屬「陽」部「幫」紐，「猛」為「莫杏切」，上古音同屬「陽」部「明」紐，二者發聲部位相同，幫明旁紐，疊韻。

（五）仿：旁

「仿」字偶見於楚簡，通假為「旁」。見於郭店楚簡〈窮達以時〉者，如：

才（在）仿（旁）（14）

「仿」為「妃兩切」，上古音同屬「陽」部「滂」紐，「旁」為「步光切」，上古音同屬「陽」部「並」紐，二者發聲部位相同，滂並旁紐，疊韻。

（六）堂：當

「堂」字通假為「當」，見於郭店楚簡〈性自命出〉者，如：

堂（當）事因方而折（制）之（19）

「堂」為「徒郎切」，上古音屬「陽」部「定」紐，「當」為「都郎切」，又音「丁浪切」，上古音屬「陽」部「端」紐，二者發聲部位相同，端定旁紐，疊韻。通假現象亦見於金文，如：「女（如）馬女（如）牛女（如）悤（特），屯（純）十以堂（當）一車」〈噩君啓車節〉。〔註304〕郭沫若以為「堂」字應讀為「當」，堂、當二字通假，〔註305〕從金文與楚簡的資料言，其說應可採信。

（七）倀：長

「倀」字多通假為「長」，由於相關辭例甚多，僅以九店竹簡與楚帛書為例。見於楚帛書者，如：

倀（長）曰青榦（榦）（甲4.12）

見於九店竹簡者，如：

〔註304〕《殷周金文集成》第 18 冊，頁 354～357。

〔註305〕郭沫若：〈關於鄂君啓節的研究〉，《文物參考資料》1958 年第 4 期，頁 5。

倀（長）子吉，幽（幼）子不吉（56.36）

倀（長）子受其咎（56.38 下）

芒（亡）倀（長）子（56.46）

「倀」爲「豬孟切」，上古音屬「陽」部「端」紐，「長」爲「直良切」，上古音屬「陽」部「定」紐，二者發聲部位相同，端定旁紐，疊韻。楚帛書甲篇云：「倀日……二日……三日……四日……」（4），從其辭例觀察，「倀日」之後所接皆爲數目詞，所以「倀日」應可解釋爲「一日」，「一」爲「第一」的意思，「倀」通假爲少長之「長」，「長」字亦有「第一」的意思，故知「倀」、「長」二字通假。

（八）長：韔

「長」字偶見於楚簡，通假爲「韔」。見於包山楚簡者，如：

豹長（韔）（268）

虎長（韔）（271，273，牘 1）

「長」字據包山楚簡整理小組考證，將之釋爲「韔」字通假，並引《詩經・秦風・小戎》云：「虎韔鏤膺，交韔二弓。」《傳》：「虎，虎皮也；韔，弓室也。」爲例說明。〔註306〕從辭例可知，豹皮與虎皮皆可製作成韔。「長」爲「直良切」，上古音屬「陽」部「定」紐，「韔」爲「丑亮切」，上古音屬「陽」部「透」紐，二者發聲部位相同，透定旁紐，疊韻。

（九）湯：唐

「湯」字通假爲「唐」。見於郭店楚簡〈唐虞之道〉者，如：

湯（唐）吳（虞）之道（1，3）

「湯」爲「吐郎切」，上古音屬「陽」部「透」紐，「唐」爲「徒郎切」，上古音屬「陽」部「定」紐，二者發聲部位相同，透定旁紐，疊韻。

（十）臧：莊

「臧」字通假爲「莊」。見於郭店楚簡〈窮達以時〉者，如：

堣（遇）楚臧（莊）也（8）

〔註306〕《包山楚墓・包山二號楚墓簡牘釋文與考釋》，頁397。

「臧」爲「則郎切」，上古音屬「陽」部「精」紐，「莊」爲「側羊切」，上古音屬「陽」部「莊」紐，疊韻。

（十一）臧：壯

「臧」字通假爲「壯」。見於楚帛書者，如：

臧（壯）口口（丙 8.1）

曰臧（壯）（丙 8.2）

《爾雅・釋天》云：「八月爲壯」。〔註307〕「臧」爲「則郎切」，上古音屬「陽」部「精」紐，「壯」爲「側亮切」，上古音屬「陽」部「莊」紐，疊韻。

（十二）倉：相

「倉」字通假爲「相」。見於楚帛書者，如：

倉（相）莫得（丙 7.1）

曰倉（相）（丙 7.2）

《爾雅・釋天》云：「七月爲相」。〔註308〕「倉」爲「七岡切」，上古音屬「陽」部「清」紐，「相」爲「息良切」，上古音屬「陽」部「心」紐，二者發聲部位相同，清心旁紐，疊韻。

（十三）襄：壤

「襄」字偶見於楚簡、帛書，可通假爲土壤之「壤」。見於楚帛書者，如：

以司堵（土）襄（壤）（甲 2.32）

「以司堵襄」一辭，曾憲通認爲「與平水土有關」，故「襄」字可讀爲「壤」。「襄」字讀爲土壤之「壤」，則「堵」字應讀爲「土」。「襄」爲「息良切」，上古音屬「陽」部「心」紐，「壤」爲「如兩切」，上古音屬「陽」部「日」紐，疊韻。通假現象亦見於馬王堆漢墓帛書，如：〈五十二病方〉云：「奚（雞）矢襄（壤）涂（塗）桼（漆）王」，《注》：「『鼠壤』，《穀梁傳》隱公三年《注》：『齊魯之間謂鑿地出土，鼠作穴出土，皆曰壤。』」〔註309〕

〔註307〕《爾雅》（十三經注疏本），頁 96。

〔註308〕《爾雅》（十三經注疏本），頁 96。

〔註309〕《馬王堆漢墓帛書・五十二病方釋文・註釋》（肆），頁 69。

（十四）羕：祥

「羕」字多見於楚簡、帛書，可通假爲「祥」。見於郭店楚簡《老子》甲本者，如：

曰羕（祥）（34）

今本《老子》第五十五章、馬王堆漢墓帛書《老子》甲、乙本皆作「曰祥」。「羕」爲「餘亮切」，上古音屬「陽」部「喻」紐，「祥」爲「似羊切」，上古音屬「陽」部「邪」紐，疊韻。

（十五）羊：祥

「羊」字通假爲吉祥之「祥」。見於楚帛書者，如：

四口堯羊（祥）（乙9.5）

見於九店竹簡者，如：

敘（除）不羊（祥）（56.28）

「羊」爲「與章切」，上古音屬「陽」部「喻」紐，「祥」爲「似羊切」，上古音屬「陽」部「邪」紐，疊韻。通假現象亦見於金文與漢簡，如：「不羊（祥）莫大焉」（中山王𢼂方壺）；〔註310〕銀雀山漢簡《晏子》云：「攻義者不羊（祥）」。〔註311〕

（十六）競：景

「競」字僅見於包山楚簡，通假爲「景」，如：

邑司馬競（景）丁（81）

競（景）得（90）

連囂（敖）競（景）悁（110）

𦤷昜司馬寅、競（景）𨳿，……鄙連囂（敖）競（景）快（118）

𦤷里人競（景）不割，𣬉（并）殺會罨於競（景）不割之官，……競（景）不割不至口女（121）

孔鞁（執）競（景）不割（122）

〔註310〕《殷周金文集成》第15冊，頁290～297。

〔註311〕《銀雀山漢墓竹簡‧晏子釋文‧註釋》（壹），頁92。

競（景）不割皆既盟（盟）（123）

告湯公競（景）軍（131）

方妢左司馬競（景）慶爲大司馬城歜客叡（155）

下蔡（蔡）人競（景）領（163）

競（景）貯之州加公陽鼠（180）

競（景）駝（187）

據王逸《注》可知：戰國時期，楚國王族三大姓爲昭、屈、景。〔註312〕景氏是當時最有權勢的宗族之一，擔任的職務多爲要職，如景舍任司馬一職，景伯爲楚柱國等。包山楚簡多見競氏而未見景氏，且競氏亦多見擔任司馬職務，由此推測「競」可能爲「景」的通假，換言之，文獻多記載爲「景」氏，出土竹簡則作「競」氏。「競」爲「渠敬切」，上古音屬「陽」部「群」紐，「景」爲「居影切」，上古音屬「陽」部「見」紐，二者發聲部位相同，見群旁紐，疊韻。

（十七）輨：廣

「輨」字僅見於曾侯乙墓竹簡，通假爲「廣」，如：

敏（令）欔所馭少輨（廣）（18）

馭鄗君一鑾（乘）輨（廣）（42）

凡輨（廣）車十鑾（乘）又二鑾（乘）（120）

敏（令）欔馭少輨（廣）（126）

行輨（廣）（154，155，156，157，158）

鑾（乘）輨（廣）（167）

少輨（廣）（169）

鄗君之輨（廣）車（197）

「輨（廣）車」一詞又見於《左傳・襄公二十四年》，其云：「使御廣車而行，己皆乘乘車。」楊伯峻云：「廣車，攻敵之車。」〔註313〕又《周禮・春官・車僕》云：「車僕，掌戎路之萃，廣車之萃，闕車之萃，苹車之萃，輕車之萃。」

〔註312〕《楚辭補注・離騷》，頁1。

〔註313〕《春秋左傳注》，頁1092。

《注》：「此五者皆兵車，所謂五戎也。……廣車，橫陳之車也。……輕車，所用馳敵致師之車也。」〔註314〕「輊（廣）車」即為兵車。「輊」為「巨王切」，上古音屬「陽」部「群」紐，「廣」為「古晃切」，上古音屬「陽」部「見」紐，二者發聲部位相同，見群旁紐，疊韻。

（十八）坒：廣

「坒」字通假為「廣」，見於郭店楚簡《老子》乙本者，如：

坒（廣）德女（如）不足（11）

今本《老子》第四十一章作「廣德若不足」，馬王堆漢墓帛書《老子》乙本作「廣德如不足」。「坒」為「巨王切」，上古音屬「陽」部「群」紐，「廣」為「古晃切」，上古音屬「陽」部「見」紐，二者發聲部位相同，見群旁紐，疊韻。

（十九）枉：往

「枉」字僅見於郭店楚簡，通假為「往」。見於〈成之聞之〉者，如：

其悆（疑）也弗枉（往）悆（矣）（21）

「枉」為「紆往切」，上古音屬「陽」部「影」紐，「往」為「于兩切」，上古音同屬「陽」部「匣」紐，疊韻。

（二十）皇：況

「皇」字偶見於楚簡、帛書，可通假為「況」。見於郭店楚簡〈緇衣〉者，如：

而皇（況）於人唐（乎）（46）

「皇」字有「大」義，就辭例意義言，無法釋讀，應作「況」字解。「皇」為「胡光切」，上古音屬「陽」部「匣」紐，「況」為「許訪切」，上古音屬「陽」部「曉」紐，二者發聲部位相同，曉匣旁紐，疊韻。通假現象亦見於古籍與金文，如：《尚書·秦誓》云：「我皇多有之」，〔註315〕《公羊傳·文公十二年》云：「而況乎我多有之」；〔註316〕「而皇（況）才（在）於趙君虜」〈中山王𗊑鼎〉。〔註317〕

〔註314〕《周禮》（十三經注疏本），頁419～420。

〔註315〕《尚書》（十三經注疏本），頁315。

〔註316〕（漢）公羊壽傳、（漢）何休解詁、（唐）徐彥疏：《公羊傳》（十三經注疏本）（臺北：藝文印書館，1993年），頁176。

（二十一）羕：詠

「羕」字通假爲「詠」。見於郭店楚簡〈性自命出〉者，如：

　奮斯羕（詠），羕（詠）斯猷（34）

「羕」爲「餘亮切」，上古音屬「陽」部「喻」紐，「詠」爲「爲命切」，上古音屬「陽」部「匣」紐，疊韻。

十四、支　部

（一）氏：袛

「氏」字僅見於曾侯乙墓竹簡，通假爲「袛」，如：

　一氏（袛）裯（綢）（123，137）

「氏裯」一詞，據《方言》云：「汗襦，江淮南楚之間謂之曾，自關而西或謂之袛裯，自關而東謂之甲襦，陳魏宋楚之間謂之㺯襦，或謂之禪襦。」〔註318〕《說文解字》「袛」之義爲「袛裯，短衣也。」〔註319〕「氏」爲「承紙切」，上古音屬「支」部「禪」紐，「袛」爲「都衣切」，上古音屬「支」部「端」紐，疊韻。

十五、錫　部

（一）庲：積

「庲」字通假爲「積」。見於郭店楚簡〈忠信之道〉者，如：

　忠庲（積）則可罷（親）也，信庲（積）則可信（1）

　忠信庲（積）而民弗罷（親）（2）

「庲」字從厂朿聲，「朿」爲「七賜切」，上古音屬「錫」部「清」紐，「積」爲「資昔切」，上古音屬「錫」部「精」紐，二者發聲部位相同，精清旁紐，疊韻。

（二）惕：易

「惕」字通假爲「易」。見於郭店楚簡《老子》甲本者，如：

　大少（小）之多惕（易）必多蟄（難）（14）

〔註317〕《殷周金文集成》第 5 冊，頁 249～260。

〔註318〕（漢）揚雄撰、（清）錢繹著：《爾雅廣雅方言釋名清疏四種合刊‧方言》（上海：上海古籍出版社，1989 年），頁 838。

〔註319〕《說文解字注》，頁 395。

　　難（難）惕（易）之相成也（16）

以郭店楚簡《老子》甲本（16）爲例，今本《老子》第二章作「難易相成」，馬王堆漢墓帛書《老子》甲、乙本皆作「難易之相成也」。「惕」爲「他歷切」，上古音屬「錫」部「透」紐，「易」爲「以豉切」，上古音屬「錫」部「喻」紐，疊韻。

（三）益：鎰

　　「益」字習見於楚簡，可通假爲「鎰」。見於信陽楚簡者，如：

　　八益（鎰）□，益（鎰）一朱（銖）（2.16）

「益（鎰）」字據石泉等人考證，認爲是戰國時期對於黃金的稱呼，或是計算黃金的單位。〔註320〕包山楚簡多見此字，辭例多爲「××之黃金××益」，或是「××之金××益」，據此可知，其言足信。「益」爲「伊昔切」，上古音屬「錫」部「影」紐，「鎰」爲「夷質切」，上古音屬「錫」部「喻」紐，疊韻。通假現象亦見於金文，如：「五益（鎰）六鈽半鈽四分鈽之冢（重）」〈卅二年坪安君鼎〉；〔註321〕「一益（鎰）七鈽半鈽四分鈽之冢（重）」〈坪安君鼎〉。〔註322〕

十六、耕　部

（一）貞：正

　　「貞」字通假爲「正」。見於郭店楚簡〈緇衣〉者，如：

　　好氏（是）貞（正）植（直）（3）

《禮記・緇衣》作「好是正直」。「貞」爲「陟盈切」，上古音屬「耕」部「端」紐，「正」爲「之盛切」，上古音屬「耕」部「照」紐，疊韻。通假現象亦見於古籍，如：《墨子・明鬼》云：「百獸貞蟲」，〔註323〕《莊子・在宥》云：「禍及止蟲」，《注》：「崔本作正虫」。〔註324〕

（二）聖：聽

〔註320〕石泉等編：《楚國歷史文化辭典》（武漢：武漢大學出版社，1996年），頁483。

〔註321〕《殷周金文集成》第5冊，頁156。

〔註322〕《殷周金文集成》第5冊，頁186。

〔註323〕《校補定本墨子閒詁》，頁455。

〔註324〕《莊子》第4卷，頁20。

「聖」字通假爲「聽」。見於郭店楚簡《老子》丙本者，如：

　視之不足見，聖（聽）之不足聞（5）

見於〈性自命出〉者，如：

　聖（聽）琴瑟之聖（聲）（24）

　則非其聖（聽）而從之也（27）

「聖」爲「式正切」，上古音屬「耕」部「審」紐，「聽」爲「他定切」，上古音屬「耕」部「透」紐，疊韻。通假現象亦見於古籍，如：《禮記·樂記》云：「小人以聽過」，鄭玄《注》：「『以聽過』本或作『以聖過』」。〔註325〕

（三）綎：贏

「綎」字僅見於楚帛書，通假爲「贏」，如：

　月則綎（贏）絀（屈）（乙1.8）

　綎（贏）絀（屈）遊□（乙1.29）

曾憲通以爲「綎」字當讀爲「贏」，與絀讀爲屈相對，是一種古天文學裡習見的用語，在文獻資料或寫爲「贏縮」、「贏絀」、「盈縮」，是天體運行過緩或過急的反常現象。〔註326〕《說文解字》「緃」字重文即爲「綎」，〔註327〕故知「綎」的反切爲「他丁切」，上古音屬「耕」部「透」紐，「贏」爲「以成切」，上古音屬「耕」部「喻」紐，疊韻。

（四）定：正

「定」字通假爲「正」。見於郭店楚簡《老子》乙本者，如：

　清清（靜）而爲天下定（正）（15）

今本《老子》第四十五章作「清靜爲天下正」，馬王堆漢墓帛書《老子》甲本作「請靚可以爲天下正」。「定」爲「徒徑切」，上古音屬「耕」部「定」紐，「正」爲「之盛切」，上古音屬「耕」部「照」紐，疊韻。

（五）呈：盈

〔註325〕《禮記》（十三經注疏本），頁683。

〔註326〕《楚帛書·楚帛書文字編》，頁283。

〔註327〕《說文解字注》，頁652。

「呈」字僅見於郭店楚簡，通假爲「盈」。見於《老子》甲本者，如：

　　保此衏（道）者不谷（欲）耑（尚）呈（盈）（10）

今本《老子》第十五章作「保此道者不欲盈」，馬王堆漢墓帛書《老子》甲本作「葆此道不欲盈」。「呈」爲「直貞切」，上古音屬「耕」部「定」紐，「盈」爲「以成切」，上古音屬「耕」部「喻」紐，疊韻。

（六）淫：盈

「淫」字僅見於郭店楚簡，通假爲「盈」。相關辭例甚多，僅以《老子》甲本爲例，如：

　　高下相淫（盈）也（16）

　　枺而淫（盈）之（37）

　　金玉淫（盈）室（38）

以上分見今本《老子》第二、九章，馬王堆漢墓帛書《老子》甲、乙本「淫」字皆作「盈」。「淫」字從水呈聲，「呈」爲「直貞切」，上古音屬「耕」部「定」紐，「盈」爲「以成切」，上古音屬「耕」部「喻」紐，疊韻。

（七）青：情

「青」字通假爲「情」。由於辭例甚眾，僅以郭店楚簡〈緇衣〉與〈唐虞之道〉爲例。見於〈緇衣〉者，如：

　　則民青（情）不弍（貳）（3）

見於〈唐虞之道〉者，如：

　　血氣之青（情）（11）

以〈緇衣〉（3）爲例，《禮記・緇衣》作「則民情不貳」。「青」爲「倉經切」，上古音屬「耕」部「清」紐，「情」爲「疾盈切」，上古音屬「耕」部「從」紐，二者發聲部位相同，清從旁紐，疊韻。

（八）婧：情

「婧」字通假爲「情」。見於郭店楚簡〈成之聞之〉者，如：

　　汲婧（情）於（35）

「婧」字從力青聲，「青」爲「倉經切」，上古音屬「耕」部「清」紐，「情」爲

「疾盈切」，上古音屬「耕」部「從」紐，二者發聲部位相同，清從旁紐，疊韻。

（九）青：靜

「青」字通假為「靜」。由於辭例甚眾，僅以郭店楚簡《老子》甲本為例，如：

> 我好青（靜）而民自正（32）

今本《老子》第五十七章、馬王堆漢墓帛書《老子》甲、乙本皆作「我好靜而民自正」。「青」為「倉經切」，上古音屬「耕」部「清」紐，「靜」為「疾郢切」，上古音屬「耕」部「從」紐，二者發聲部位相同，清從旁紐，疊韻。

（十）清：靜

「清」字通假為「靜」。由於辭例甚眾，僅以郭店楚簡《老子》乙本為例，如：

> 清清（靜）而為天下定（正）（15）

今本《老子》第四十五章作「清靜為天下正」，馬王堆漢墓帛書《老子》甲本作「請靚可以為天下正」。帛書《老子》「請靚」二字難以通讀，應為「清靜」的通假。「清」為「七情切」，上古音屬「耕」部「清」紐，「靜」為「疾郢切」，上古音屬「耕」部「從」紐，二者發聲部位相同，清從旁紐，疊韻。

（十一）靜：爭

「靜」字僅見於郭店楚簡，通假為「爭」。見於《老子》甲本者，如：

> 以其不靜（爭）也，古（故）天下莫能與之靜（爭）（5）

見於〈尊德義〉者，如：

> 則民野以靜（爭）（14）

以郭店楚簡《老子》甲本（5）為例，今本《老子》第六十六章作「以其不爭，故天下莫能與之爭。」《老子》乙本作「口其無爭與，故天下莫能與爭。」「靜」為「疾郢切」，上古音屬「耕」部「從」紐，「爭」為「側莖切」，上古音屬「耕」部「莊」紐，疊韻。

（十二）眚：性

「眚」字僅見於郭店楚簡，通假為「性」。由於辭例甚眾，僅以〈唐虞之道〉

與〈成之聞之〉爲例。見於〈唐虞之道〉者，如：

養眚（性）命之正（11）

見於〈成之聞之〉者，如：

聖人之眚（性）與中人之眚（性）（26）

此以民皆又（有）眚（性）而聖人不可莫也（28）

「眚」爲「所景切」，上古音屬「耕」部「山」紐，「性」爲「息正切」，上古音屬「耕」部「心」紐，疊韻。

（十三）眚：姓

「眚」字僅見於郭店楚簡，通假爲「姓」。見於〈緇衣〉者，如：

上人悇（疑）則百眚（姓）惑（5）

卒裝（勞）百眚（姓）（9）

章志以昭百眚（姓）（11）

百眚（姓）以悬（仁）道（12）

以〈緇衣〉（5）爲例，《禮記‧緇衣》作「上人疑則百姓惑」。「眚」爲「所景切」，上古音屬「耕」部「山」紐，「姓」爲「息正切」，上古音屬「耕」部「心」紐，疊韻。

（十四）巠：輕

「巠」字通假爲「輕」。見於郭店楚簡〈緇衣〉者，如：

而巠（輕）雀（爵）（28）

巠（輕）𢇍（絕）貧戔（賤）（44）

見於〈五行〉者，如：

思不能巠（輕）（11）

聖之思也巠（輕），巠（輕）則型（形）（15）

見於〈性自命出〉者，如：

而毋巠（輕）（65）

以〈緇衣〉（44）爲例，《禮記‧緇衣》作「輕絕貧賤」。〈緇衣〉與〈五行〉的

「翌」字皆從羽從巠，「羽」字之義爲「鳥長毛」，據《說文解字》所收從羽者，除作爲鳥名，如：「翟，山雉也。」「翡，赤羽雀也。」等，亦有「飛」的意義，如：「翬，大飛也。」「翏，高飛也。」「翩，疾飛也。」等。〔註328〕羽輕而飛，通假爲「輕」的「翌」字，其所從偏旁「羽」，應爲有義偏旁的添加，藉著羽毛的輕盈，突顯該字有「輕」的意義。「翌」爲「古靈切」，上古音屬「耕」部「見」紐，「輕」爲「去盈切」，上古音屬「耕」部「溪」紐，二者發聲部位相同，見溪旁紐，疊韻。通假現象亦見於古籍，如：今本《老子》第二十六章云：「重爲輕根」，〔註329〕馬王堆漢墓帛書《老子》甲本云：「□爲翌根」。〔註330〕

（十五）纓：驚

「纓」字通假爲「驚」。見於郭店楚簡《老子》乙本者，如：

人悤（寵）辱若纓（驚）（5）

得之若纓（驚），遊（失）之若纓（驚），是胃（謂）悤（寵）辱纓（驚）（6）

今本《老子》第十三章作「寵辱若驚……得之若驚，失之若驚，是謂寵辱若驚。」馬王堆漢墓帛書《老子》甲本作「龍辱若驚……得之若驚，失口若驚，是胃龍辱若驚。」乙本作「弄辱若驚……得之若驚，失之若驚，是胃弄辱若驚。」「纓」爲「於盈切」，上古音屬「耕」部「影」紐，「驚」爲「舉卿切」，上古音屬「耕」部「見」紐，疊韻。

（十六）瑨：輕

「瑨」字可通假爲「輕」。通假現象見於曾侯乙墓竹簡者，如：

袁●還馭命（令）尹之一䡵（乘）瑨（輕）車（63）

「瑨（輕）車」一詞又見於《周禮・春官・車僕》，云：「車僕，掌戎路之萃，廣車之萃，闕車之萃，苹車之萃，輕車之萃。」《注》：「此五者皆兵車，所謂五戎也。……廣車，橫陳之車也。……輕車，所用馳敵致師之車也。」〔註331〕「瑨

〔註328〕《說文解字注》，頁139～142。

〔註329〕《老子》上篇，頁15。

〔註330〕《馬王堆漢墓帛書・老子甲本道經》（壹），頁12。

〔註331〕《周禮》（十三經注疏本），頁419～420。

（輕）車」即爲兵車。「䡅」字從田刑聲，「刑」爲「戶經切」，上古音屬「耕」部「匣」紐，「輕」爲「去盈切」，上古音屬「耕」部「溪」紐，二者發聲部位相同，溪匣旁紐，疊韻。

十七、歌　部

（一）皮：彼

「皮」字通假爲「彼」。見於郭店楚簡〈緇衣〉者，如：

皮（彼）求我則（18）

《禮記・緇衣》作「彼求我則」。「皮」爲「符羈切」，上古音屬「歌」部「並」紐，「彼」爲「甫委切」，上古音屬「歌」部「幫」紐，二者發聲部位相同，幫並旁紐，疊韻。通假現象亦見於馬王堆漢墓帛書，如：《經法・論約》云：「皮（彼）且自氏（抵）其刑」；〔註332〕馬王堆漢墓帛書《老子》甲本云：「□皮取此」，〔註333〕今本《老子》第三十八章云：「故去彼取此」。〔註334〕「皮」、「彼」通假不僅存在於楚系文字，亦存在於漢代帛書，它是先秦至漢代通見的現象。

（二）它：施

「它」字偶見於楚簡，通假爲「施」。見於郭店楚簡〈忠信之道〉者，如：

君子其它（施）也忠（7）

「它」爲「託何切」，上古音屬「歌」部「透」紐，「施」爲「式支切」，上古音屬「歌」部「審」紐，疊韻。

（三）墮：隨

「墮」字僅見於郭店楚簡，通假爲「隨」。見於《老子》甲本者，如：

先後之相墮（隨）也（16）

今本《老子》第二章作「前後相隨」，馬王堆漢墓帛書《老子》甲、乙本皆作「先後之相隋恆也」。「隋」字之義爲「裂肉」，「墮」字之義爲「敗城𨸏」，據其意義皆無法通讀該文句，故從今本《老子》作「隨」字解。「墮」爲「他果切」，又音

〔註332〕《馬王堆漢墓帛書。老子乙本卷前古佚書・經法・論約》（壹），頁57。

〔註333〕《馬王堆漢墓帛書・老子甲本德經》（壹），頁3。

〔註334〕《老子》下篇，頁1。

「許規切」，上古音屬「歌」部「定」紐，「隨」爲「旬爲切」，上古音屬「歌」部「邪」紐，疊韻。「墮」通假爲「隨」的現象，尚未見於他處，而「隨」通假爲「墮」則見於尹灣出土的漢簡，如：〈神烏賦〉云：「毛羽隨（墮）落」。〔註335〕

（四）陸：施

「陸」字通假爲「施」。見於郭店楚簡〈五行〉者，如：

　　大陸（施）者（諸）其人，……其人陸（施）者（諸）人（48）

「陸」字從土陀聲，「陀」爲「徒河切」，上古音屬「歌」部「定」紐，「施」爲「式支切」，上古音屬「歌」部「審」紐，疊韻。

（五）差：佐

「差」字通假爲「佐」。見於郭店楚簡〈窮達以時〉者，如：

　　差（佐）天子（4）

「差」爲「初牙切」，又音「楚佳切」、「楚宜切」，上古音屬「歌」部「初」紐，「佐」爲「則箇切」，上古音屬「歌」部「精」紐，疊韻。通假現象亦見於金文，如：「但（冶）帀（師）邵圣差（佐）陳共爲之」〈楚王酓忎盤〉。〔註336〕

（六）忮：過

「忮」字通假爲「過」。見於郭店楚簡〈成之聞之〉者，如：

　　從允懌（釋）忮（過）（36）

見於〈性自命出〉者，如：

　　口忮（過）十舉（38）

　　狀（然）而其忮（過）不亞（惡）（49）

「忮」字從心化聲，「化」爲「呼霸切」，上古音屬「歌」部「曉」紐，「過」爲「古臥切」，上古音屬「歌」部「見」紐，二者發聲部位相同，見曉旁紐，疊韻。

（七）迡：過

〔註335〕中國社會科學院簡帛研究中心、中國文物研究所、連雲港市博物館、東海縣博物館編：《尹灣漢墓簡牘・尹灣六號漢墓出土竹簡・神烏賦釋文》（北京：中華書局，1997年），頁148。

〔註336〕《殷周金文集成》第16冊，頁160。

「迲」字通假爲「過」。見於郭店楚簡《老子》丙本者，如：

　　復眾齋＝迲（過）（13）

今本《老子》第六十四章與馬王堆漢墓帛書《老子》甲、乙本皆作「復眾人之所過」。「迲」字從辵化聲，「化」爲「呼霸切」，上古音屬「歌」部「曉」紐，「過」爲「古臥切」，上古音屬「歌」部「見」紐，二者發聲部位相同，見曉旁紐，疊韻。

（八）訶：歌

「訶」字僅見於郭店楚簡，通假爲「歌」。見於〈窮達以時〉者，如：

　　行年宰＝而膳（屠）牛於朝訶（歌）（5）

見於〈性自命出〉者，如：

　　昏（聞）訶（歌）謠（24）

「訶」字之義爲「大言而怒」，「歌」字有歌詠之義，從辭例觀察，「訶」應作爲「歌」字解。「訶」爲「虎何切」，上古音屬「歌」部「曉」紐，「歌」爲「古俄切」，上古音屬「歌」部「見」紐，二者發聲部位相同，見曉旁紐，疊韻。通假現象亦見於金文，如：「自乍（作）訶（歌）鐘」〈蔡侯紐鐘〉。〔註337〕

（九）可：呵

「可」字通假爲「呵」。見於郭店楚簡《老子》乙本者，如：

　　唯與可（呵）（4）

見於《老子》丙本者，如：

　　淡可（呵）其無味也（5）

以《老子》丙本（5）爲例，今本《老子》第三十五章作「淡乎其無味」，馬王堆漢墓帛書《老子》甲、乙本皆作「淡呵其無味也」。「呵」字從「可」得聲，今從帛書《老子》作「呵」字。「可」爲「枯我切」，上古音屬「歌」部「溪」紐，「呵」爲「乎箇切」，上古音屬「歌」部「曉」紐，二者發聲部位相同，溪曉旁紐，疊韻。

（十）可：何

〔註337〕《殷周金文集成》第1冊，頁219～232。

「可」字通假爲「何」。由於辭例甚眾，僅以郭店楚簡《老子》乙本爲例，如：

相去幾可（何）……相去可（何）若（4）

若可（何）以去天下矣（8）

以郭店楚簡《老子》乙本（4）爲例，今本《老子》第二十章作「相去幾何……相去若何」，馬王堆漢墓帛書《老子》甲、乙本皆作「相去幾何……相去何若」。「可」爲「枯我切」，上古音屬「歌」部「溪」紐，「何」爲「胡可切」，上古音屬「歌」部「匣」紐，二者發聲部位相同，溪匣旁紐，疊韻。通假現象亦見於古籍，如：《左傳・昭公七年》云：「嗣吉，何建？」〔註338〕《經典釋文・春秋左氏音義》云：「『嗣吉何建』，本或作『可建』。」〔註339〕

（十一）化：禍

「化」字僅見於郭店楚簡，通假爲「禍」。見於《老子》甲本者，如：

化（禍）莫大麆（乎）不智（知）足（6）

見於〈尊德義〉者，如：

祡（禍）福之羽也（2）

以《老子》爲例，今本《老子》第四十六章作「禍莫大於不知足」，馬王堆漢墓帛書《老子》甲本亦與今本《老子》相同，將三者系聯觀察，發現其差別不僅在文字的通假，亦出現於語助詞上，如「於」、「麆（乎）」用字的不同。此外，〈尊德義〉的「化」字作「祡」，從示從化。從簡文觀察，「化」字應是受到語境的影響，遂加上「示」，寫作「祡」。亦即受到後面的「福」字影響，在類化作用下，與「福」字一樣加上「示」的偏旁。「化」字爲「呼霸切」，上古音屬「歌」部「曉」紐，「禍」爲「胡果切」，上古音屬「歌」部「匣」紐，二者發聲部位相同，曉匣旁紐，疊韻。

（十二）憑：化

「憑」字通假爲「化」。見於郭店楚簡《老子》甲本者，如：

〔註338〕《春秋左傳注》，頁 1298。

〔註339〕《經典釋文》，頁 278。

而萬勿（物）將自悉（化）。悉（化）而雒（欲）（作）（13）

見於〈語叢一〉者，如：

以悉（化）民熨（氣）（68）

以《老子》爲例，今本《老子》第三十七章與馬王堆漢墓帛書《老子》乙本皆作「萬物將自化，化而欲作。」「悉」字從心爲聲，「爲」爲「薳支切」，又音「王僞切」，上古音屬「歌」部「匣」紐，「化」爲「呼霸切」，上古音屬「歌」部「曉」紐，二者發聲部位相同，曉匣旁紐，疊韻。

（十三）蟡：化

「蟡」字通假爲「化」。見於郭店楚簡〈唐虞之道〉者，如：

而蟡（化）虖（乎）道，……而能蟡（化）民者（21）

「蟡」字從虫爲聲，「爲」爲「薳支切」，又音「王僞切」，上古音屬「歌」部「匣」紐，「化」爲「呼霸切」，上古音屬「歌」部「曉」紐，二者發聲部位相同，曉匣旁紐，疊韻。

十八、月　部

（一）發：伐

「發」字多見於楚簡、帛書，可通假爲「發」。見於郭店楚簡《老子》甲本者，如：

果而弗發（伐）（7）

「發」爲「方伐切」，上古音屬「月」部「幫」紐，「伐」爲「房越切」，上古音屬「月」部「並」紐，二者發聲部位相同，幫並旁紐，疊韻。通假現象亦見於古籍，如：《逸周書·官人》云：「發其所能」，〔註340〕《大戴禮·文王官人》云：「伐其所能」。〔註341〕

（二）癹：廢

「癹」字通假爲「廢」。見於郭店楚簡《老子》丙本者，如：

古（故）大道癹（廢）（3）

〔註340〕（晉）孔晁注：《逸周書》第 7 卷（上海：商務印書館，1937 年），頁 228。

〔註341〕（漢）戴德撰：《大戴禮記》第 10 卷（上海：商務印書館，1937 年），頁 158。

今本《老子》第十八章作「大道廢」，馬王堆漢墓帛書《老子》甲、乙本作「故大道廢」。「癹」爲「蒲撥切」，上古音屬「月」部「並」紐，「廢」爲「方肺切」，上古音屬「月」部「幫」紐，二者發聲部位相同，幫並旁紐，疊韻。

（三）大：太

「大」字通假爲「太」。見於郭店楚簡〈太一生水〉者，如：

大（太）一生水，水反楠（輔）大（太）一，是以成天。天反楠（輔）大（太）一，是以成地（1）

天地者，大（太）一之所生也。是古（故）大（太）一賊（藏）於水（6）

「大」爲「徒蓋切」，上古音屬「月」部「定」紐，「太」爲「他蓋切」，上古音屬「月」部「透」紐，二者發聲部位相同，定透旁紐，疊韻。通假之例於古籍亦可見，如：《尚書‧禹貢》云：「大行、恒山」，〔註342〕《史記‧夏本紀》云：「太行、常山」；〔註343〕《戰國策‧趙策‧趙太后新用事》云：「太后明謂左右」，〔註344〕〈戰國縱橫家書‧觸龍見趙太后〉云：「大（太）后明胃（謂）左右」。〔註345〕由先秦典籍與出土文物觀察，「大」、「太」二字通假爲當時的普遍現象。

（四）敓：說

「敓」字通假爲說服之「說」。見於九店竹簡者，如：

利以敓（說）槃禱（56.34）

「敓」爲「徒活切」，上古音屬「月」部「定」紐，「說」爲「舒芮切」，上古音屬「月」部「審」紐，疊韻。通假之例可見於古籍與石刻資料，《論語‧學而》云：「不亦說乎」，〔註346〕《魏正始石經》云：「不亦敓乎」。〔註347〕從古籍、石經與出土的楚簡資料觀察，「敓」字與之通假實爲古音相近之故。

〔註342〕《尚書》（十三經注疏本），頁87。

〔註343〕《史記會注考證》，頁41。

〔註344〕《戰國策》，頁768。

〔註345〕《馬王堆漢墓帛書‧戰國縱橫家書釋文‧註釋》（參），頁60。

〔註346〕（魏）何晏注、（宋）邢昺疏：《論語》（十三經注疏本）（臺北：藝文印書館，1993年），頁5。

〔註347〕商承祚：《石刻篆文編》（北京：中華書局，1996年），頁123。

（五）兌：悅

「兌」字僅見於郭店楚簡，通假爲「悅」。由於辭例甚多，僅以〈五行〉爲例，如：

安則悃（溫），悃（溫）則兌（悅），兌（悅）則戚（13）

不夒（變）不兌（悅），不兌（悅）不戚（21）

以其中心與人交，兌（悅）也。中心兌（悅）䝁夒於睇（32）

聞道而兌（悅）者（49）

「兌」爲「杜外切」，上古音屬「月」部「定」紐，「悅」爲「弋雪切」，上古音屬「月」部「喻」紐，疊韻。

（六）埶：褻

「埶」字僅見於郭店楚簡，通假爲「褻」。見於〈緇衣〉者，如：

古（故）上不可以埶（褻）型（刑）而睪（輕）雀（爵）（28）

《禮記·緇衣》作「故上不可以褻刑而輕爵」。「褻」爲「私列切」，上古音屬「月」部「心」紐，「埶」爲「魚祭切」上古音屬「月」部「疑」紐，疊韻。

（七）折：製

「折」字通假爲製作之「製」。見於九店竹簡者，如：

利以折（製）衣裳（裳）、䶒口、折（製）布叡，爲邦口（56.20 下）

折（製）衣口表羆弋（56.36）

「折」爲「常列切」，上古音屬「月」部「禪」紐，「製」爲「征列切」，上古音屬「月」部「照」紐，二者發聲部位相同，照禪旁紐，疊韻。

（八）折：制

「折」字通假爲「制」。見於郭店楚簡《老子》甲本者，如：

訂（始）折（制）又（有）名（19）

見於〈性自命出〉者，如：

因方而折（制）之（19）

谷（欲）其折（制）也（59）

以郭店楚簡《老子》甲本（19）爲例，今本《老子》第三十二章、馬王堆漢墓

帛書《老子》乙本皆作「始制有名」。「折」爲「常列切」，上古音屬「月」部「禪」紐，「制」爲「征列切」，上古音屬「月」部「照」紐，二者發聲部位相同，照禪旁紐，疊韻。

（九）埶：設

「埶」字通假爲「設」。見於郭店楚簡〈尊德義〉者，如：

或埶（設）之外（30）

「埶」爲「魚祭切」，上古音屬「月」部「疑」紐，「設」爲「識列切」，上古音屬「月」部「審」紐，疊韻。

（十）夬：缺

「夬」字僅見於郭店楚簡，通假爲「缺」。見於《老子》乙本者，如：

大成若夬（缺）（13）

今本《老子》第四十五章、馬王堆漢墓帛書《老子》甲本皆作「大成若缺」。「夬」爲「古邁切」，上古音屬「月」部「見」紐，「缺」爲「傾雪切」，上古音屬「月」部「溪」紐，二者發聲部位相同，見溪旁紐，疊韻。通假現象亦見於馬王堆漢墓帛書，如：〈天下至道談〉云：「精夬（缺）必布（補），布（補）舍之時，精夬（缺）爲之。」〔註348〕

（十一）块：缺

「块」字僅見於郭店楚簡，通假爲「缺」。見於〈太一生水〉者，如：

罷（一）块（缺）罷（一）涅（盈）（7）

「块」字從土夬聲，「夬」爲「古邁切」，上古音屬「月」部「見」紐，「缺」爲「傾雪切」，上古音屬「月」部「溪」紐，二者發聲部位相同，見溪旁紐，疊韻。

（十二）快：決

「快」字通假爲「決」。見於郭店楚簡〈語叢一〉者，如：

快（決）與信，器也（107）

「決」爲「古穴切」，上古音屬「月」部「見」紐，「快」爲「苦夬切」，上古音屬「月」部「溪」紐，二者發聲部位相同，見溪旁紐，疊韻。

〔註348〕《馬王堆漢墓帛書・天下至道談釋文・註釋》（肆），頁163。

（十三）割：害

「割」字通假爲「害」。見於郭店楚簡〈語叢四〉者，如：

雄是爲割（害）（16）

眾而不割（害），割（害）而不僕（18）

「割」爲「古達切」，上古音屬「月」部「見」紐，「害」爲「胡蓋切」，上古音屬「月」部「匣」紐，二者發聲部位相同，見匣旁紐，疊韻。通假現象亦見於古籍，如：《尚書・大誥》云：「天降割于我家」，〔註349〕《經典釋文・古文尚書音義》云：「『割』，馬本作『害』。」〔註350〕

十九、元　部

（一）弁：變

「弁」字通假爲「變」。見於郭店楚簡〈五行〉者，如：

不弁（變）不兌（悅）（21）

伀（容）貌悃（溫）弁（變）也（32）

「弁」字據郭店楚簡整理小組考證以爲即「弁」字，今從其言。〔註351〕「弁」爲「皮變切」，上古音屬「元」部「並」紐，「變」爲「彼眷切」，上古音屬「元」部「幫」紐，二者發聲部位相同，幫並旁紐，疊韻。

（二）畔：判

「畔」字通假爲「判」。見於郭店楚簡《老子》甲本者，如：

易畔（判）也（25）

今本《老子》第六十四章作「易泮」。「易畔」一詞應指易於破碎、破散，「泮」字據《說文解字》云：「諸侯饗射之宮，西南爲水，東北爲牆。」〔註352〕並無破碎、破散的意思，而「判」字之義爲「分」，其義與破、散相近，故從郭店楚簡整理小組之意見，作「判」字解讀。「畔」爲「薄半切」，上古音屬「元」部

〔註349〕《尚書》（十三經注疏本），頁190。

〔註350〕《經典釋文》，頁46。

〔註351〕《郭店楚墓竹簡・五行釋文・注釋》，頁152。

〔註352〕《說文解字注》，頁571。

「並」紐，「判」爲「普半切」，上古音屬「元」部「滂」紐，二者發聲部位相同，滂並旁紐，疊韻。

（三）單：憚

「單」字通假爲「憚」。見於郭店楚簡〈六德〉者，如：

弗敢單（憚）也（16）

「單」爲「都塞切」，上古音屬「元」部「端」紐，「憚」爲「徒案切」，上古音屬「元」部「定」紐，二者發聲部位相同，端定旁紐，疊韻。通假現象亦見於古籍，如：《戰國策・秦策・頃襄王二十年》云：「王之威亦憚矣」，〔註353〕《史記・春申君列傳》云：「王之威亦單矣」。〔註354〕

（四）徲（連）：傳

「徲（連）」字通假爲「傳」。見於郭店楚簡〈唐虞之道〉者，如：

而不徲（傳），……而不徲（傳）（1）

而不連（傳）（13）

見於〈尊德義〉者，如：

而連（傳）命（28）

「徲」、「連」皆從叀得聲，從彳與從辵皆表示動作，於此應可視爲同一字。「叀」爲「職緣切」，上古音屬「元」部「照」紐，「傳」爲「直戀切」，又音「直攣切」，上古音屬「元」部「定」紐，疊韻。《古璽彙編》（0203）收錄一枚官印，刻有「口之連鉨」，〔註355〕王人聰以爲「連」字應讀爲「傳」字，全印應讀作「連（傳）遽之鉨」，是戰國時期傳遽制度中所設立的一種組織機構。〔註356〕其言若然，則徲（連）、傳通假應無疑議。

（五）淺：踐

「淺」字通假爲「踐」。見於楚帛書者，如：

〔註353〕《戰國策》，頁242。

〔註354〕《史記會注考證》，頁942。

〔註355〕《古璽彙編》，頁34。

〔註356〕王人聰：〈古璽考釋〉，《古文字學論集（初編）》（香港：中文大學中國文化研究所、吳多泰中國語文研究中心，1983年），頁473～476。

以成四淺（踐）之尚（常）（乙5.33）

「淺」爲「七演切」，上古音屬「元」部「清」紐，「踐」爲「慈演切」，上古音屬「元」部「從」紐，二者發聲部位相同，清從旁紐，疊韻。通假現象亦見於古籍與漢帛書，如：《戰國策・楚策・虞卿謂春申君》云：「踐亂燕，以定身封。」〔註357〕馬王堆漢墓帛書〈戰國縱橫家書・虞卿謂春申君〉云：「淺（踐）亂燕國，以定身封。」〔註358〕

（六）後：散

「後」字僅見於郭店楚簡，通假爲「散」。見於《老子》甲本者，如：

易後（散）也（25）

今本《老子》第六十四章作「易散」。「後」爲「慈演切」，上古音屬「元」部「從」紐，「散」爲「蘇旱切」，上古音屬「元」部「心」紐，二者發聲部位相同，從心旁紐，疊韻。

（七）完：管

「完」字僅見於郭店楚簡，通假爲「管」。見於〈窮達以時〉者，如：

完（管）寺（夷）虗（吾）句（拘）縣弃縛（6）

「完」爲「胡官切」，上古音屬「元」部「匣」紐，「管」爲「古滿切」，上古音屬「元」部「見」紐，二者發聲部位相同，見匣旁紐，疊韻。

（八）懽：勸

「懽」字僅見於郭店楚簡，通假爲「勸」。見於〈緇衣〉者，如：

而雀（爵）不足懽（勸）也（28）

見於〈性自命出〉者，如：

未賞而民懽（勸）（52）

以〈緇衣〉（28）爲例，《禮記・緇衣》作「爵祿不足勸也」。「懽」爲「呼官切」，上古音屬「元」部「曉」紐，「勸」爲「去願切」，上古音屬「元」部「溪」紐，二者發聲部位相同，溪曉旁紐，疊韻。

〔註357〕《戰國策》，頁582。

〔註358〕《馬王堆漢墓帛書・戰國縱橫家書釋文・註釋》（參），頁73。

（九）懽：權

「懽」字僅見於郭店楚簡，通假爲「權」。見於〈尊德義〉者，如：

> 教以懽（權）悔（謀）（16）

「悔」字通假爲謀略之「謀」，於郭店楚簡多見，如《老子》甲本「易悔（謀）也」（25），〈緇衣〉「古（故）君不與少（小）悔（謀）大，……毋以少（小）悔（謀）」（22）。從辭例觀察，「懽悔」應作爲「權謀」；再者，「懽」字之義爲「喜」，以此釋讀該文句，難以通讀，故應將「懽」字作爲「權」字解釋。「懽」爲「呼官切」，上古音屬「元」部「曉」紐，「權」爲「巨員切」，上古音屬「元」部「群」紐，二者發聲部位相同，群曉旁紐，疊韻。

（十）覲：渙

「覲」字通假爲「渙」。見於郭店楚簡《老子》甲本者，如：

> 覲（渙）唐（乎）其奴（若）懌（釋）（9）

今本《老子》第十五章作「渙兮若冰之將釋」。「覲」字不可識，今從郭店楚簡整理小組之言，從「遠」得聲。〔註359〕「遠」爲「雲阮切」，上古音屬「元」部「匣」紐，「渙」爲「火貫切」，上古音屬「元」部「曉」紐，二者發聲部位相同，曉匣旁紐，疊韻。

二十、脂　部

（一）爾：彌

「爾」字通假爲「彌」。見於郭店楚簡《老子》甲本者，如：

> 而民爾（彌）畔（貧）（30）

今本《老子》第五十七章、馬王堆漢墓帛書《老子》甲、乙本皆作「而民彌貧」。「爾」爲「兒氏切」，上古音屬「脂」部「日」紐，「彌」爲「武移切」，上古音屬「脂」部「明」紐，疊韻。

（二）豊：體

「豊」字通假爲「體」。見於郭店楚簡〈語叢一〉者，如：

> 其豊（體）又（有）容（46）

〔註359〕《郭店楚墓竹簡・老子釋文・注釋》，頁114。

「豐」爲「盧啓切」，上古音屬「脂」部「來」紐，「體」爲「他禮切」，上古音屬「脂」部「透」紐，二者發聲部位相同，來透旁紐，疊韻。

（三）遲：夷

「遲」字通假爲「夷」。見於郭店楚簡《老子》乙本者，如：

遲（夷）道（10）

今本《老子》第四十一章與馬王堆漢墓帛書《老子》乙本皆作「夷道」。「遲」爲「直尼切」，上古音屬「脂」部「定」紐，「夷」爲「以脂切」，上古音屬「脂」部「喻」紐，疊韻。通假現象亦見於古籍，如：《史記・張釋之馮唐列傳》云：「陵遲而至於二世」，〔註360〕《漢書・張釋之傳》云：「陵夷至於二世」。〔註361〕

（四）妻：齊

「妻」字通假爲「齊」。見於郭店楚簡〈語叢一〉者，如：

豐（禮）妻（齊）樂靈則戚（35）

「妻」爲「七稽切」，上古音屬「脂」部「清」紐，「齊」爲「徂奚切」，上古音屬「脂」部「從」紐，二者發聲部位相同，清從旁紐，疊韻。

（五）旨：嗜

「旨」字僅見於郭店楚簡，通假爲「嗜」。見於〈尊德義〉者，如：

不以旨（嗜）谷（欲）𧾷其義（26）

「旨」爲「職雉切」，上古音屬「脂」部「照」紐，「嗜」爲「常利切」，上古音屬「脂」部「禪」紐，二者發聲部位相同，照禪旁紐，疊韻。

（六）旨：耆

「旨」字通假爲「耆」。見於郭店楚簡〈緇衣〉者，如：

晉冬旨（耆）滄（10）

「旨」爲「職雉切」，上古音屬「脂」部「照」紐，「耆」爲「渠脂切」，上古音屬「脂」部「群」紐，疊韻。

〔註360〕《史記會注考證》，頁1099。

〔註361〕《漢書補注》，頁1095。

二十一、質　部

（一）馺：匹

「馺」字通假爲「匹」。見於郭店楚簡〈緇衣〉者，如：

唯君子能好其馺（匹），少（小）人剴（豈）好其馺（匹）（42）

「馺」爲「毗必切」，上古音屬「質」部「並」紐，「匹」爲「譬吉切」，上古音屬「質」部「滂」紐，二者發聲部位相同，滂並旁紐，疊韻。

（二）至：致

「至」字通假爲「致」。見於郭店楚簡〈緇衣〉者，如：

則民至（致）行彙（己）以敓（悅）上（11）

見於〈唐虞之道〉者，如：

丰＝而至（致）正（政）（26）

以〈緇衣〉（11）爲例，《禮記・緇衣》作「民致行己以說其上矣」。「至」爲「脂利切」，上古音屬「質」部「照」紐，「致」爲「陟利切」，上古音屬「質」部「端」紐，滂並旁紐，疊韻。通假現象亦見於古籍，如：《史記・酷吏列傳》云：「然獨宣以小致大」，〔註362〕《漢書・酷吏傳》云：「然獨宣以小至大」。〔註363〕

二十二、眞　部

（一）迊：陳

「迊」字通假爲「陳」。見於郭店楚簡〈緇衣〉者，如：

《君迊（陳）》（19，39）

《禮記・緇衣》「迊」字作「陳」。「迊」字從辵申聲，「申」爲「失人切」，上古音屬「眞」部「審」紐，「陳」爲「直珍切」，上古音屬「眞」部「定」紐，疊韻。

（二）罩：親

「罩」字通假爲「親」，多見於郭店楚簡，由於辭例甚多，僅以〈唐虞之道〉與〈忠信之道〉爲例。見於〈唐虞之道〉者，如：

天子罩（親）齒（5）

〔註362〕《史記會注考證》，頁1271。

〔註363〕《漢書補注》，頁1568。

　　愛罪（親）忘賢，……尊賢遺罪（親）（8）

　　愛罪（親）𤤱（尊）賢（10）

見於〈忠信之道〉者，如：

　　忠厎（積）則可罪（親）也（1）

　　忠信厎（積）而民弗罪（親）信者（2）

「罪辛」字從𦉶辛聲，「辛」為「息鄰切」，上古音屬「眞」部「心」紐，「親」為「七人切」，上古音屬「眞」部「清」紐，二者發聲部位相同，清心旁紐，疊韻。

（三）新：親

「新」字通假為「親」。通假現象多見於郭店楚簡，由於辭例甚眾，僅以《老子》甲本為例，如：

　　古（故）不可得而新（親）（28）

　　名與身孰新（親）（35）

「新」為「息鄰切」，上古音屬「眞」部「心」紐，「親」為「七人切」，上古音屬「眞」部「清」紐，二者發聲部位相同，清心旁紐，疊韻。通假之例亦見於古籍，如：《尚書・金縢》云：「惟朕小子其新逆，我國家禮亦宜之」，〔註364〕《經典釋文・古文尚書音義》云：「馬本作親迎」。〔註365〕

（四）信：身

「信」字偶見於楚簡，通假為「身」。見於包山楚簡者，如：

　　不信（身）（121）

「信」為「息晉切」，上古音屬「眞」部「心」紐，「身」為「失人切」，上古音屬「眞」部「審」紐，疊韻。通假現象亦見於古籍，如：《周禮・春官・大宗伯》云：「侯執信圭」，鄭玄《注》：「信當為身，聲之誤也。」〔註366〕從鄭《注》可知：「信」、「身」二字由於聲音相近，遂產生通假的情形。

〔註364〕《尚書》（十三經注疏本），頁189。

〔註365〕《經典釋文》，頁46。

〔註366〕《周禮》（十三經注疏本），頁280。

（五）申：神

「申」字通假爲「神」。見於信陽楚簡者，如：

申（神）以監（1.53）

「申」爲「失人切」，上古音屬「眞」部「審」紐，「神」爲「食鄰切」，上古音屬「眞」部「神」紐，二者發聲部位相同，神審旁紐，疊韻。通假現象亦見於金文與古籍、漢帛書，如：「用享考于文申（神）」〈此鼎〉；〔註367〕今本《老子》第六十章云：「其鬼神不神；非其鬼不神，其神不傷人；非其神不傷人，盛人亦不傷人。」〔註368〕馬王堆漢墓帛書《老子》甲本云：「其鬼不神；非其鬼不神也，其神不傷人也；非其申不傷人也，盛人亦弗傷口。」乙本云：「其鬼不神；非其鬼不神也，其神不傷人也；非其神不傷人也，口口口弗傷也。」〔註369〕「申」可通假爲「神」。

（六）眘：均

「眘」字通假爲「均」。見於郭店楚簡〈語叢三〉者，如：

能眘（均）之生之者（19）

「眘」字從貝勻聲，「勻」爲「羊倫切」，上古音屬「眞」部「喻」紐，「均」爲「居勻切」，上古音屬「眞」部「見」紐，疊韻。

（七）鈞：均

「鈞」字通假爲「均」。見於郭店楚簡〈唐虞之道〉者，如：

窮=不鈞（均）（2）

「鈞」字從里勻聲，「勻」爲「羊倫切」，上古音屬「眞」部「喻」紐，「均」爲「居勻切」，上古音屬「眞」部「見」紐，疊韻。

二十三、微　部

（一）飛：騑

〔註367〕《殷周金文集成》第 5 冊，頁 218～220。

〔註368〕《老子》下篇，頁 15。

〔註369〕《馬王堆漢墓帛書・老子甲本德經》（壹），頁 5；《馬王堆漢墓帛書・老子乙本德經》（壹），頁 91。

「飛」字僅見於曾侯乙墓竹簡，多通假爲「騑」，如：

盅探驌爲左飛（騑），……宋客之騛爲又（右）飛（騑）（171）

殤後之驔爲左飛（騑），……獿之驔爲右飛（騑）（172）

邡鄗之駼爲左飛（騑），……大首之子（牸）駼爲右飛（騑）（173）

沇國爲左飛（騑），……司馬之白爲右飛（騑）（174）

宮廄尹之騛爲左飛（騑），……亞子（牸）爲右飛（騑）（175）

鄭禫白爲左飛（騑），……酉邡之點爲右飛（騑）（176）

「飛」字有飛翔之義，與上列辭例意思不符，「騑」字之義爲「驂旁馬」，從辭例觀察，「飛」字應作「騑」字。「飛」爲「甫微切」，上古音屬「微」部「幫」紐，「騑」爲「芳非切」，上古音屬「微」部「滂」紐，二者發聲部位相同，幫滂旁紐，疊韻。通假現象亦見於古籍，如：《史記・袁盎鼂錯列傳》云：「今陛下騁六騑，馳下峻山。」〔註370〕《漢書・爰盎鼂錯傳》云：「今陛下騁六飛，馳不測山。」〔註371〕

（二）非：微

「非」字通假爲「微」。見於郭店楚簡《老子》甲本者，如：

必非（微）溺（妙）玄達（8）

「非」爲「甫微切」，上古音屬「微」部「幫」紐，「微」爲「無非切」，上古音屬「微」部「明」紐，二者發聲部位相同，幫明旁紐，疊韻。通假現象亦見於古籍，如：《荀子・哀公》云：「非吾子無所聞之也」，〔註372〕《新序・雜事》云：「微吾子無所聞之矣」。〔註373〕

（三）唯：雖

「唯」字通假爲「雖」。通假現象多見於郭店楚簡，由於辭例甚眾，僅以《老子》甲本爲例，如：

〔註370〕《史記會注考證》，頁 1093。

〔註371〕《漢書補注》，頁 1083。

〔註372〕《荀子集解》，頁 847。

〔註373〕（漢）劉向著、（明）程榮校：《新序》（臺北：世界書局，1970 年），頁 30。

僕（樸）唯（雖）妻（微）（18）

今本《老子》第三十二章作「樸雖小」。「唯」爲「以追切」，上古音屬「微」部「喻」紐，「雖」爲「息遺切」，上古音屬「微」部「心」紐，疊韻。通假現象亦見於漢簡，如：銀雀山漢簡《孫臏兵法・勢備》云：「唯（雖）巧士不能進」；〔註374〕尹灣漢簡〈神烏賦〉云：「唯（雖）就宮持，豈不怠哉？」〔註375〕「唯」、「雖」通假，是先秦至漢代間可見的現象。

（四）隹：誰

「隹」字僅見於郭店楚簡，通假作「誰」。見於〈緇衣〉者，如：

隹（誰）秉國成（9）

《禮記・緇衣》作「誰能秉國成」。「隹」爲「職追切」，上古音屬「微」部「照」紐，「誰」爲「視隹切」，上古音屬「微」部「禪」紐，二者發聲部位相同，照禪旁紐，疊韻。通假現象亦見於金文，如：「卨（寡）人聞之，事乍（少）女（如）跟（長），事愚女（如）智，此易言而難行施（也）。非惎（信）與忠，其隹（誰）能之，其隹（誰）能之，隹（惟）膚（吾）老賙，是克行之。」〈中山王𧜏鼎〉。
〔註376〕

（五）隹：惟

「隹」字僅見於郭店楚簡，通假爲「惟」。見於〈緇衣〉者，如：

隹（惟）尹躬及湯（5）

少（小）民隹（惟）日懀，……少（小）民亦隹（惟）日懀（10）

見於〈語叢三〉者，如：

賢者隹（惟）其止也以異（53）

以〈緇衣〉（10）爲例，《禮記・緇衣》作「小民惟日……小民亦惟日怨。」「隹」爲「職追切」，上古音屬「微」部「照」紐，「惟」爲「以追切」，上古音屬「微」部「喻」紐，二者發聲部位相同，照喻旁紐，疊韻。通假現象亦見於漢簡，如：

〔註374〕《銀雀山漢墓竹簡・孫臏兵法釋文・註釋》（壹），頁63。

〔註375〕《尹灣漢墓簡牘・尹灣六號漢墓出土竹簡・神烏賦釋文》，頁148。

〔註376〕《殷周金文集成》第5冊，頁249～260。

銀雀山漢簡《六韜》云：「隹（惟）天隹（惟）人」，〔註377〕其釋文本將「惟」字寫作「唯」，由於改作「惟」字並不影響詞意，於此作為「惟」字。

（六）劌：豈

「劌」字通假為「豈」。見於郭店楚簡〈緇衣〉者，如：

　劌（豈）必書（盡）急（仁）（12）

　少（小）人劌（豈）能好其駜（匹）（42）

以（12）為例，《禮記・緇衣》作「豈必盡仁」。「劌」為「古哀切」，上古音屬「微」部「見」紐，「豈」為「袪豨切」，上古音屬「微」部「溪」紐，二者發聲部位相同，見溪旁紐，疊韻。通假現象亦見於古籍，如：《戰國策・趙策・趙太后新用事》云：「豈非計久長，有子孫相繼為王也哉，……豈人主之子孫則必不善矣。」〔註378〕馬王堆漢墓帛書〈戰國縱橫家書・觸龍見趙太后〉云：「劌（豈）非計長久，子孫相繼為王也弋（哉），……劌（豈）人主之子侯，則必不善弋（哉）。」〔註379〕

（七）韋：諱

「韋」字通假作忌諱之「諱」。見於郭店楚簡《老子》甲本者，如：

　夫天多期（忌）韋（諱）（30）

今本《老子》第五十七章、馬王堆漢墓帛書《老子》乙本皆作「夫天多忌諱」。「韋」為「雨非切」，上古音屬「微」部「匣」紐，「諱」為「許貴切」，上古音屬「微」部「曉」紐，二者發聲部位相同，曉匣旁紐，疊韻。

二十四、物　部

（一）贀：費

「贀」字通假為「紼」。見於郭店楚簡《老子》甲本者，如：

　甚愛必大贀（費）（36）

今本《老子》第四十四章作「甚愛必大費」。「贀」字從貝弼聲，「弼」為「房密

〔註377〕《銀雀山漢墓竹簡・六韜釋文・註釋》（壹），頁125。

〔註378〕《戰國策》，頁770。

〔註379〕《馬王堆漢墓帛書・戰國縱橫家書釋文・註釋》（參），頁60。

切」，上古音屬「物」部「並」紐，「費」爲「芳未切」，上古音屬「物」部「滂」紐，二者發聲部位相同，滂並旁紐，疊韻。

（二）緯：緋

「緯」字僅見於郭店楚簡，通假爲「緋」。見於〈緇衣〉者，如：

其出女（如）緯（緋）（30）

「緯」字從糸聿聲，「聿」爲「余律切」，上古音屬「物」部「喻」紐，「緋」爲「分勿切」，上古音屬「物」部「幫」紐，疊韻。

（三）佌：拙

「佌」字通假爲「拙」。見於郭店楚簡《老子》乙本者，如：

大攷（巧）若佌（拙）（14）

今本《老子》第四十五章作「大巧若拙」，馬王堆漢墓帛書《老子》甲本作「大巧如拙」。「佌」爲「竹律切」，上古音屬「物」部「端」紐，「拙」爲「職悅切」，上古音屬「物」部「照」紐，疊韻。

（四）絀：屈

「絀」字僅見於楚帛書，通假爲「屈」，如：

月則經（贏）絀（屈）（乙 1.8）

經（贏）絀（屈）遊囗（乙 1.29）

曾憲通以爲「絀」字當讀爲「屈」，與經讀爲贏相對，是一種古天文學裡習見的用語，在文獻資料或寫爲「贏縮」、「贏絀」、「盈縮」，是天體運行過緩或過急的反常現象。〔註380〕「絀」爲「竹律切」，上古音屬「物」部「端」紐，「屈」爲「曲勿切」，上古音屬「物」部「溪」紐，疊韻。

（五）述：遂

「述」字多通假爲「遂」。由於相關辭例甚多，僅以信陽楚簡、郭店楚簡《老子》甲本與楚帛書爲例。見於信陽楚簡者，如：

述（遂）也（1.70）

見於郭店楚簡《老子》甲本者，如：

〔註380〕《楚帛書·楚帛書文字編》，頁 283。

攻（功）述（遂）（39）

見於楚帛書者，如：

祀則述（遂）（乙 12.28）

「述」爲「食聿切」，上古音屬「物」部「神」紐，「遂」爲「徐醉切」，上古音屬「物」部「邪」紐，疊韻。

（六）頪：述

「頪」字通假爲「述」。見於郭店楚簡〈緇衣〉者，如：

爲下可頪（述）而嚛（志）也（4）

《禮記・緇衣》作「爲下可述而志也」。「頪」爲「盧對切」，上古音屬「物」部「來」紐，「述」爲「食聿切」，上古音屬「物」部「神」紐，疊韻。

二十五、文　部

（一）昏：聞

「昏」字僅見於郭店楚簡，通假爲「聞」。由於相關辭例甚眾，僅以《老子》乙本、〈太一生水〉與〈魯穆公子問子思〉爲例。見於《老子》乙本者，如：

上士昏（聞）道，董（勤）能行於其中。中士昏（聞）道，若昏（聞）
若亡。下士昏（聞）道，大笑之。（9）

見於〈魯穆公子問子思〉者，如：

虗（吾）亞（惡）昏（聞）之矣（8）

以郭店楚簡《老子》乙本爲例，今本《老子》第四十一章作「上士聞道，勤而行之。中士聞道，若存若亡。下士聞道，大笑之。」馬王堆漢墓帛書《老子》乙本作「□□□道，董（勤）能行之。中士聞道，若存若亡。下士聞道，大笑之。」「昏」皆作「聞」。「昏」爲「呼昆切」，上古音屬「文」部「曉」紐，「聞」爲「無分切」，又音「亡運切」，上古音屬「文」部「明」紐，疊韻。

（二）昏：問

「昏」字僅見於郭店楚簡，通假爲「問」。見於〈太一生水〉者，如：

青（請）昏（問）其名（10）

見於〈魯穆公問子思〉者，如：

魯穆公昏（問）於子思（1）

昏（問）忠臣於子思（3）

「昏」為「呼昆切」，上古音屬「文」部「曉」紐，「問」為「亡運切」，上古音屬「文」部「明」紐，疊韻。

（三）緍：昏

「緍」字通假為「昏」。見於郭店楚簡《老子》丙本者，如：

邦家緍（昏）囗又（有）正臣（3）

今本《老子》第十八章作「國家昏亂有忠臣」。「緍」為「武巾切」，上古音屬「文」部「明」紐，「昏」為「呼昆切」，上古音屬「文」部「曉」紐，疊韻。

（四）罶：吝

「罶」字通假為「吝」。見於郭店楚簡〈尊德義〉者，如：

則民少以罶（吝）（15）

正則民不罶（吝）（34）

「罶」字從吅文聲，「文」為「無分切」，上古音屬「文」部「明」紐，「吝」為「良刃切」，上古音屬「文」部「來」紐，疊韻。

（五）員：損

「員」字通假為損失之「損」。見於郭店楚簡《老子》乙本者，如：

學者日益，為道者日員（損）。員（損）之或員（損），以至亡為也
（3）

見於〈語叢三〉者，如：

員（損）（12，13，16）

郭店楚簡《老子》乙本的文句，與今本《老子》第四十八章相似，其作「為學者日益，為道者日損，損之又損之，以至於無為。」兩者相與系聯，故知「員」為「損」的通假字。「員」為「王權切」，上古音屬「文」部「匣」紐，「損」為「蘇本切」，上古音屬「文」部「心」紐，疊韻。

（六）晨：振

「晨」字僅見於郭店楚簡，通假為「振」。見於〈五行〉者，如：

金聖（聲）而玉晨（振）之，……金聖（聲），善也（19）

然句（後）能金聖（聲）而玉晨（振）之（20）

「晨」爲「植鄰切」，上古音屬「文」部「禪」紐，「振」爲「章刃切」，上古音屬「文」部「照」紐，二者發聲部位相同，照禪旁紐，疊韻。

（七）川：順

「川」字通假爲「順」。見於郭店楚簡〈唐虞之道〉者，如：

教民大川（順）之道（6）

見於〈成之聞之〉者，如：

而可以至川（順）天常愄（矣）（38）

見於〈尊德義〉者，如：

不治不川（順），不川（順）不坪（平）（12）

「川」爲「昌緣切」，上古音屬「文」部「穿」紐，「順」爲「食閏切」，上古音屬「文」部「神」紐，二者發聲部位相同，穿神旁紐，疊韻。

（八）訓：順

「訓」字通假爲「順」。由於相關辭例甚多，僅以包山楚簡與九店竹簡爲例。見於包山楚簡者，如：

敓外又不訓（順）（210）

敓外又不愬（順）（217）

見於九店竹簡者，如：

百事訓（順）城，邦君得年，少（小）夫四城（成）（56.26）

從上面列舉的辭例觀察，「訓」字無論添加偏旁「心」與否，皆不影響文字的意義。「訓」爲「許運切」，上古音屬「文」部「曉」紐，「順」爲「食閏切」，上古音屬「文」部「神」紐，疊韻。通假現象亦見於古籍，如：《尚書·洪範》云：「于帝其訓，……是訓是行」，[註381]《史記·宋微子世家》云：「于帝其順，……是順是行」，瀧川龜太郎〈考證〉云：「《書》順做訓」。[註382]

〔註381〕《尚書》（十三經注疏本），頁173。

〔註382〕《史記會注考證》，頁597。

（九）枕：楯

「枕」字僅見於望山楚簡，通假爲「楯」，如：

　　龍**枕**（楯）（2.2）

「龍枕」一詞，據望山楚墓整理學者考據以爲當作「龍楯」，云：「《漢書・敘傳上》云：『數遣中盾請問近臣』，顏師古云：『盾讀曰允』。《說文解字》云：『楯，闌檻也。』簡文之『楯』似當指車闌，即車箱的欄杆。」〔註383〕「枕」字從木允聲，「允」爲「余準切」，上古音屬「文」部「喻」紐，「楯」爲「食允切」，上古音屬「文」部「神」紐，二者發聲部位相同，神喻旁紐，疊韻。

（十）忻：近

「忻」字通假爲「近」。見於郭店楚簡〈性自命出〉者，如：

　　唯亞（惡）不**急**（仁）爲**忻**（近）宜（義）（41）

「忻」爲「許斤切」，上古音屬「文」部「曉」紐，「近」爲「其謹切」，上古音屬「文」部「群」紐，二者發聲部位相同，群曉旁紐，疊韻。

二十六、緝　部

（一）渌：泣

「渌」字通假爲「泣」。見於郭店楚簡〈五行〉者，如：

　　□□□□，**渌**（泣）涕女（如）雨（17）

《詩經・邶風・燕燕》作「瞻望弗及，泣涕如雨。」郭店楚簡整理小組將「涤」隸爲從水從具的「具」字，「具」字於金文作「昇」〈秦公鎛〉、「昇」〈曾子斿鼎〉，與楚簡所見的形體不同；又查楚簡帛文字「眾」字作「昴」（帛丙11.3），其上半部與之相同，裘錫圭以爲此字應爲「渌」字的訛體，今暫從其言。〔註384〕「渌」字從水眾聲，「眾」爲「徒合切」，上古音屬「緝」部「定」紐，「泣」爲「去急切」，上古音屬「緝」部「溪」紐，疊韻。

（二）咠：揖

「咠」字通假爲「揖」。見於郭店楚簡〈魯穆公問子思〉者，如：

〔註383〕《望山楚簡・二號墓竹簡釋文與考釋》，頁114～115。

〔註384〕《郭店楚墓竹簡・五行釋文・注釋》，頁152。

聑（揖）而退之（2）

「聑」爲「七入切」，上古音屬「緝」部「清」紐，「揖」爲「伊入切」，上古音屬「緝」部「影」紐，疊韻。

二十七、侵　部

（一）酓：含

「酓」字通假爲「含」。見於郭店楚簡《老子》甲本者，如：

酓（含）德之厚者（33）

今本《老子》第五十五章作「含德之厚」，馬王堆漢墓帛書《老子》乙本作「含德之厚者」。「酓」爲「於琰切」，上古音屬「侵」部「影」紐，「含」爲「胡南切」，上古音屬「侵」部「匣」紐，疊韻。

二十八、葉　部

（一）㮨：攝

「㮨」字通假爲「攝」。見於郭店楚簡〈緇衣〉者，如：

倗（朋）友卣（攸）㮨（攝），㮨（攝）以愄（畏）義（儀）（45）

《禮記・緇衣》作「朋友攸攝，攝以威儀。」「攝」爲「書涉切」，上古音屬「葉」部「審」紐，「㮨」字從大聑聲，「聑」爲「他協切」，上古音屬「葉」部「透」紐，疊韻。

二十九、談　部

（一）詀：厭

「詀」字僅見於郭店楚簡，通假爲「厭」。見於《老子》甲本者，如：

天下樂進而弗詀（厭）（4）

今本《老子》第六十六章作「天下樂推而不厭」，馬王堆漢墓帛書《老子》甲本作「天下樂隼而弗猒也」，乙本作「天下皆樂誰而弗猒也」。「詀」爲「竹咸切」，上古音屬「談」部「端」紐，「厭」爲「於豔切」，上古音屬「談」部「影」紐，疊韻。

（二）僉：儉

「僉」字僅見於郭店楚簡，通假爲「儉」。見於〈性自命出〉者，如：

憂谷（欲）僉（儉）而毋惛（64）

「僉」爲「七廉切」，上古音屬「談」部「清」紐，「儉」爲「巨險切」，上古音屬「談」部「群」紐，疊韻。通假現象亦見於馬王堆漢墓帛書，如：《十六經·順道》云：「安徐正靜，柔節先定。口濕共（恭）僉（儉）。」〔註385〕

（三）漸：斬

「漸」字僅見於包山楚簡，通假爲「斬」，如：

登人所漸（斬）木四百先（140）

「漸」爲「慈染切」，上古音屬「談」部「從」紐，「斬」爲「側減切」，上古音屬「談」部「莊」紐，疊韻。

（四）敢：嚴

「敢」字僅見於郭店楚簡，通假爲「嚴」。見於《老子》甲本者，如：

敢（嚴）虖（乎）其奴（若）客（9）

馬王堆漢墓帛書《老子》乙本作「嚴呵其若客」，郭店楚簡整理小組亦將「敢」字釋爲「嚴」字。「敢」爲「古覽切」，上古音屬「談」部「見」紐，「嚴」爲「語切」，上古音屬「談」部「疑」紐，二者發聲部位相同，見疑旁紐，疊韻。

三十、冬　部

（一）忪：仲

「忪」字通假爲「仲」。見於郭店楚簡〈五行〉者，如：

未見君子，憂心不能忪（仲）忪（仲）（12）

「忪」字從心冬聲，「冬」爲「都宗切」，上古音屬「冬」部「端」紐，「仲」爲「敕中切」，上古音屬「冬」部「透」紐，二者發聲部位相同，端透旁鈕，疊韻。

（二）中：盅

「中」字多見於楚簡，通假爲「盅」。見於郭店楚簡《老子》乙本者，如：

大涅（盈）若中（盅）（14）

〔註385〕《馬王堆漢墓帛書·老子乙本卷前古佚書·十六經·順道》（壹），頁79。

今本《老子》第四十五章作「大盈若沖」，馬王堆漢墓帛書《老子》甲本作「大滿若盅」。《說文解字》「盅」字之義爲「器虛也」，引書云：「老子曰：道盅而用之。」段玉裁云：「今《道德經》作沖。」又段氏於「沖」字下云：「凡用沖虛字者，皆盅之假借。《老子》『道盅而用之』，今本作『沖』是也。」〔註386〕「沖」字之義爲「涌繇」，若以該字直接釋讀，難以通讀文句，故從「盅」字。「中」爲「陟弓切」，上古音屬「冬」部「端」紐，「盅」爲「直弓切」，上古音屬「冬」部「定」紐，二者發聲部位相同，端定旁紐，疊韻。

（三）冬：終

「冬」字通假爲「終」。見於郭店楚簡《老子》甲本者，如：

誓（慎）冬（終）女（如）忖（始）（11）

今本《老子》第六十四章作「慎終如始」。「冬」字之義爲「四時盡」，於此難以通讀，故依今本《老子》作爲「終」字。「冬」爲「都宗切」，上古音屬「冬」部「端」紐，「終」爲「職戎切」，上古音屬「冬」部「照」紐，疊韻。通假現象亦見於甲骨文與漢簡，如：「辛未卜，內，翌壬申啓冬日霧。」（《合》13140）；「貞：不其冬夕雨」（《合》12998正）；銀雀山漢簡《晏子》載：「不能冬（終）上而息於陛」。〔註387〕「冬」即爲「終」，有竟、整之義。「冬」、「終」通假現象由來已久。

據以上論述與統計得知，疊韻通假現象共有30類229組。

第五節　對轉通假

「對轉」本指「陰陽對轉」，此一名稱係由清代孔廣森正式確立。它係指陰聲部的字和陽聲部的字，發生通押或是諧聲的現象，而對轉的兩部必須具有相同的主要元音。

所謂對轉通假，係指通假字與本字之間古音的主要元音（指韻腹）相同，於此不論陰、陽、入聲韻的差異，只要發生通假現象時，相互對應而對轉的兩部具有相同的主要元音（指韻腹），一律視爲對轉通假，以元音〔a〕爲例，當

〔註386〕《說文解字注》，頁214、頁552。

〔註387〕《銀雀山漢墓竹簡・晏子釋文・註釋》（壹），頁91。

它作爲主要元音時，陰聲韻中的〔a〕，可以與其對應的陽聲韻收〔am〕或〔an〕或〔aŋ〕者對轉，此爲「陰陽對轉」；亦可與其對應的入聲韻收〔ap〕或〔at〕或〔ak〕者對轉，此爲「陰入對轉」；相對地，陽聲韻〔am〕或〔an〕或〔aŋ〕亦可與對應的陰、入聲韻對轉，反之，入聲韻亦可與相對應的陰、陽聲韻發聲對轉。如：之通作識、豆通作屬、朝通作調、羞通作循等。

一、之部－職部

（一）伓：背

「伓」字通假爲「背」。見於郭店楚簡〈忠信之道〉者，如：

> 至信不伓（背）（4）

「伓」字從人不聲，「不」爲「甫鳩切」，又音「分勿切」，上古音屬「之」部「幫」紐，「背」爲「補妹切」，上古音屬「職」部「幫」紐，雙聲，之職對轉。〔註388〕

（二）賞：得

「賞」字通假爲「得」。見於郭店楚簡《老子》甲本者，如：

> 賞（得）與貢（亡）簹（孰）疠（病）（35）

今本《老子》第四十四章與馬王堆漢墓帛書《老子》甲本皆作「得與亡孰病」。「賞」字從貝之聲，「之」爲「止而切」，上古音屬「之」部「照」紐，「得」爲「多則切」，上古音屬「職」部「端」紐，之職對轉。

（三）志：識

「志」字通假爲「識」。見於郭店楚簡《老子》甲本者，如：

> 深不可志（識）（8）

郭店楚簡《老子》甲本（8）與馬王堆漢墓帛書《老子》甲、乙本相同，惟今本《老子》第十五章作「深不可識」，於此從今本《老子》將「志」字作「識」。「志」爲「職吏切」，上古音屬「之」部「照」紐，「識」爲「賞職切」，上古音屬「職」部「審」紐，二者發聲部位相同，照審旁紐，之職對轉。

（四）悘：噫

「悘」字僅見於郭店楚簡，通假爲「噫」。見於〈魯穆公問子思〉者，如：

〔註388〕凡同時兼具對轉或雙聲關係者，悉分列於雙聲通假與對轉通假二處。

悈（噫）（4）

「悈」字從心矣聲，「矣」爲「于紀切」，上古音屬「之」部「匣」紐，「噫」爲「烏界切」，上古音屬「職」部「影」紐，之職對轉。

二、之部－蒸部

（一）止：等

「止」字通假爲「等」。見於郭店楚簡〈五行〉者，如：

其止（等）塼（尊）賢（35）

「止」爲「諸市切」，上古音屬「之」部「照」紐，「等」爲「都肯切」，上古音屬「蒸」部「端」紐，之蒸對轉。

（二）等：志

「等」字通假爲「志」。見於郭店楚簡〈緇衣〉者，如：

爲下可頪（述）而㗬（志）也（4）

《禮記・緇衣》作「爲下可述而志也」。「㗬」字從竹從寺從口，楚簡帛文字習見添加無義偏旁「口」，該字所從之「口」應是無義偏旁的添加。「等」爲「都肯切」，上古音屬「蒸」部「端」紐，「志」爲「職吏切」，上古音屬「之」部「照」紐，之蒸對轉。

三、幽部－覺部

（一）戚：造

「戚」字僅見於郭店楚簡，通假爲「造」。見於〈尊德義〉者，如：

戚（造）父之御馬（7）

「戚」爲「倉歷切」，上古音屬「覺」部「清」紐，「造」爲「昨早切」，上古音屬「幽」部「從」紐，二者發聲部位相同，清從旁紐，幽覺對轉。通假現象亦見於古籍，如：《大戴禮・保傅》云：「靈公造然失容」，〔註389〕《賈子新書・胎教》云：「靈公戚然易容而寤日」。〔註390〕

〔註389〕《大戴禮記》第 3 卷，頁 48。

〔註390〕（漢）賈誼撰，（清）盧文弨校：《賈子新書》第 10 卷（上海：商務印書館，1937年），頁 108。

四、宵部－沃部

（一）襮：表

「襮」字僅見於曾侯乙墓竹簡，多通假爲「表」，如：

紡襮（表），紫裏（4，8，45）

紫𦆀（錦）之襮（表）（53）

紫之襮（表）（55）

紫帳之襮（表）（58）

「襮」字從市從鼻，「鼻」字據曾侯乙墓整理小組考證以爲是「暴（曝）」的初文，此字所從聲符與曝字的聲符相同；又簡文以「紡襮」與「紫裏」對舉，與《文選·幽通賦》云：「單治裏而外凋兮，張修襮而內逼。」所載情形有相似之處，故以爲此字應爲「襮」字，「襮」字有「表」義，所以，於此可用爲「表」字解。〔註391〕今從其言。「襮」爲「蒲木切」，上古音屬「沃」部「並」紐，「表」爲「陂矯切」，上古音屬「宵」部「幫」紐，二者發聲部位相同，幫並旁紐，宵沃對轉。

（二）溺：妙

「溺」字通假爲微妙之「妙」。見於郭店楚簡《老子》甲本者，如：

必非（微）溺（妙）玄達（8）

今本《老子》第十五章作「微妙玄通」，馬王堆漢墓帛書《老子》乙本作「微眇玄達」，於此從今本《老子》作「妙」字。「溺」爲「奴歷切」，上古音屬「沃」部「泥」紐，「妙」爲「彌笑切」，上古音屬「宵」部「明」紐，宵沃對轉。

五、侯部－東部

（一）迬：動

「迬」字通假爲「動」。見於郭店楚簡《老子》甲本者，如：

竺（孰）能庀以迬（動）者（10）

今本《老子》第十五章作「孰能安以久動之」，馬王堆漢墓帛書《老子》甲、乙本皆作「女以重之」。「動」字從「重」得聲，「重」字亦多通假爲「動」，故從

〔註391〕《曾侯乙墓·曾侯乙墓竹簡釋文與考釋》，頁508～809。

今本《老子》作「動」字。「迬」字從辵主聲，「主」爲「之庾切」，上古音屬「侯」部「照」紐，「動」爲「徒總切」，上古音屬「東」部「定」紐，侯東對轉。

六、侯部－屋部

（一）豆：屬

「豆」字通假爲「屬」。見於郭店楚簡《老子》甲本者，如：

　　或唐（乎）豆（屬）（2）

今本《老子》第十九章作「故令有所屬」，馬王堆漢墓帛書《老子》甲、乙本皆作「故令之有所屬」。「豆」爲「徒侯切」，上古音屬「侯」部「定」紐，「屬」爲「市玉切」，上古音屬「屋」部「禪」紐，侯屋對轉。

七、魚部－鐸部

（一）尃：博

「尃」字僅見於郭店楚簡，通假作「博」。見於〈語叢一〉者，如：

　　其智（知）尃（博）（28）

　　尃（博）於仁（82）

「尃」爲「芳無切」，上古音屬「魚」部「滂」紐，「博」爲「補各切」，上古音屬「鐸」部「幫」紐，二者發聲部位相同，幫滂旁紐，魚鐸對轉。

（二）紁：著

「紁」字通假爲「著」。見於郭店楚簡〈緇衣〉者，如：

　　亞（惡）亞（惡）不紁（著）也（44）

《禮記・緇衣》作「惡惡不著也」。「著」爲「陟慮切」，上古音屬「魚」部「端」紐，「紁」字從糸厇聲，「厇」爲「宅」字古文，「宅」爲「場伯切」，上古音屬「鐸」部「定」紐，二者發聲部位相同，端定旁紐，魚鐸對轉。

（三）奴：若

「奴」字僅見於郭店楚簡，通假爲「若」。由於辭例甚眾，僅以《老子》甲本爲例，如：

　　夜（豫）唐（乎）其奴（若）冬涉川（8）

其奴（若）悁（畏）四叟（鄰），敢（嚴）唁（乎）其奴（若）客，覦
（渙）唁（乎）其奴（若）懌（釋），屯唁（乎）其奴（若）樸。屯唁
（乎）其奴（若）濁（9）

以上所列文句，於今本《老子》第十五章作「豫焉若冬涉川，由猶兮若畏四鄰，儼兮其若容，渙兮若冰之將釋，敦兮其若樸，曠兮其若谷，混兮其若濁。」「若」字於郭店楚簡作「奴」字，「奴」字有「奴婢」之義，於此難以釋讀，故從今本《老子》作「若」字解。「奴」為「乃都切」，上古音屬「魚」部「泥」紐，「若」為「而灼切」，上古音屬「鐸」部「日」紐，魚鐸對轉。

（四）如：諾

「如」字偶見於楚簡、帛書，可通假為「諾」。見於郭店楚簡〈五行〉者，如：

如（諾），不敢不如（諾）（45）

「如」為「人諸切」，上古音屬「魚」部「日」紐，「諾」為「奴各切」，上古音屬「鐸」部「泥」紐，魚鐸對轉。

（五）惛：作

「惛」字通假為「作」。見於郭店楚簡〈緇衣〉者，如：

毋以少（小）悔（謀）大惛（作）（22）

《禮記·緇衣》作「毋以小謀敗大作」。「惛」字從心者聲，「者」為「章也切」，上古音屬「魚」部「照」紐，「作」為「臧祚切」，上古音屬「鐸」部「精」紐，魚鐸對轉。

（六）索：素

「索」字多通假為「素」。見於曾侯乙墓竹簡者，如：

二真楚甲，索（素）（122）

一真楚甲，索（素），……一真吳甲，索（素），紫繪之縢，緙唯㠯冑，索（素）（124）

一吳甲，索（素）（129）

䞷二索（素）甲，……一索（素）楚甲（130）

見於郭店楚簡《老子》甲本者，如：

> 視索（素）保僕（樸）（2）

「索」爲「蘇各切」，上古音屬「鐸」部「心」紐，「素」爲「桑故切」，上古音屬「魚」部「心」紐，雙聲，魚鐸對轉。通假現象亦見於古籍，如：《左傳・昭公十二年》云：「是能讀三墳、五典、八索、九丘。」[註392]《經典釋文・春秋左氏音義》云：「『八索』，所白反，本或作素。」[註393]

（七）夜：豫

「夜」字通假爲「豫」。見於郭店楚簡《老子》甲本者，如：

> 夜（豫）𧮫（乎）其奴（若）冬涉川（8）

今本《老子》第十五章作「豫焉若冬涉川」。「夜」字之義爲「舍」，若以此釋讀該句，難以通讀，故從今本《老子》的記載。「夜」爲「羊謝切」，上古音屬「鐸」部「喻」紐，「豫」爲「羊洳切」，上古音屬「魚」部「喻」紐，雙聲，魚鐸對轉。

八、支部－錫部

（一）卑：嬖

「卑」字通假爲「嬖」。見於郭店楚簡〈緇衣〉者，如：

> 毋以卑（嬖）御息（塞）妝（莊）句（后），毋以卑（嬖）士息（塞）
> 夫＝、卿事（士）（23）

《禮記・緇衣》作「毋以嬖御人疾莊后，毋以嬖御士疾莊大夫卿士。」「卑」爲「府移切」，上古音屬「支」部「幫」紐，「嬖」爲「博計切」，上古音屬「錫」部「幫」紐，雙聲，支錫對轉。

（二）卑：譬

「卑」字通假爲「譬」。見於郭店楚簡《老子》甲本者，如：

> 卑（譬）道之才（在）天下也（20）

今本《老子》第三十二章作「譬道之在天下」。「卑」爲「府移切」，上古音屬「支」

[註392]《春秋左傳注》，頁1340。

[註393]《經典釋文》，頁281。

部「幫」紐，「譬」爲「匹賜切」，上古音屬「錫」部「滂」紐，二者發聲部位相同，幫滂旁紐，支錫對轉。

九、耕部－錫部

（一）韗：禖

「韗」字僅見於曾侯乙墓竹簡，多通假爲「禖」，如：

紫弓，泉（綠）裏。豻韗（禖），泉（綠）裏（45）

豻韗（禖），豻加，泉（綠）裏（48）

舊貂與泉（綠）魚之韗（禖）（55，106）

豻韗（禖），泉（綠）魚之韤（63）

貍韗（禖）（70）

豻韗（禖），泉（綠）裏（71）

豻韗（禖），反泉（綠）之裏（73）

豻韗（禖）（85）

迻（路）車二鑾（乘），虎（虎）韗（禖）（115）

屯虎（虎）韗（禖）（117）

鄀君嗭一肇（乘）迻（路）車，緇韗（禖）（119）

「韗」字從韋從冝，「冝」字於金文多見，如：「矩取省車、較、幸、酉、（賁軌）、虎冝……」〈九年衛鼎〉；「易（錫）女（汝）……金車、幸縟較（較）、朱罱冋（軌）斬（斬）、虎冝熏裏……」〈毛公鼎〉；[註394]「余易（錫）女（汝）……金車……朱虢饗（饗）、虎冝寋（朱）裏……」〈泉伯戜簋蓋〉。[註395]「虎冝」常與車器同時作爲賞賜之物，可知應爲車器的一種。而金文的辭例正與曾侯乙墓竹簡所載資料相近，由此可以十分確定，「豻韗」與金文所簡的「虎冝」性質應相近，一爲以豻皮所製，一爲以虎皮所製。

「韗」從韋冝聲，「冝」字整理小組以爲從「冂」得聲，可是《廣韻》反切爲「施隻切」，上古音屬「錫」部「審」紐，「禖」字從衣冥聲，「冥」爲「莫經

[註394]《殷周金文集成》第 5 冊，頁 230，頁 261～269。

[註395]《殷周金文集成》第 8 冊，頁 252。

切」，上古音屬「耕」部「明」紐，耕錫對轉。

（二）朿：靜

「朿」字通假爲「靜」。見於郭店楚簡《老子》甲本者，如：

> 竺（孰）能濁以朿（靜）者（9）

> 智（知）以朿（靜）（14）

以郭店楚簡《老子》甲本（9）爲例，今本《老子》第十五章作「孰能濁以靜之徐清」。「朿」爲「七賜切」，上古音屬「錫」部「清」紐，「靜」爲「疾郢切」，上古音屬「耕」部「從」紐，二者發聲部位相同，清從旁紐，耕錫對轉。

十、元部－月部

（一）㡀：敝

「㡀」字通假爲「敝」。見於郭店楚簡《老子》乙本者，如：

> 其甬（用）不㡀（敝）（14）

見於於〈緇衣〉者，如：

> 其所㡀（敝）（33）

> 必見其㡀（敝）（40）

馬王堆漢墓帛書《老子》甲本作「其用不敝」。「㡀」字據郭店楚簡整理小組指出應從巾釆聲，「釆」爲「蒲莧切」，上古音屬「元」部「並」紐，「敝」爲「毗祭切」，上古音屬「月」部「並」紐，雙聲，元月對轉。

（二）贎：賴

「贎」字通假爲「賴」。見於郭店楚簡〈緇衣〉者，如：

> 墦（萬）民贎（賴）之（13）

「贎」字從貝萬聲，「萬」爲「無販切」，上古音屬「元」部「明」紐，「賴」爲「落蓋切」，上古音屬「月」部「來」紐，元月對轉。

（三）萬：厲

「萬」字通假爲「厲」。見於郭店楚簡〈性自命出〉者，如：

> 或萬（厲）之（10）

「萬」爲「無販切」，上古音屬「元」部「明」紐，「厲」爲「力制切」，上古音屬「月」部「來」紐，元月對轉。通假現象亦見於金文，如：「其厲（萬）年永用」〈散伯簋〉。〔註396〕

（四）然：熱

「然」字通假爲「熱」。見於郭店楚簡《老子》乙本者，如：

青（清）勅（勝）然（熱）（15）

見於〈太一生水〉者，如：

是以成倉（滄）然（熱），倉（滄）然（熱）復相楠（輔）也（3）

倉（滄）然（熱）之所生也。倉（滄）然（熱）者（4）

以郭店楚簡《老子》乙本（15）爲例，今本《老子》第四十五章作「靜勝熱」。「然」爲「如延切」，上古音屬「元」部「日」紐，「熱」爲「如列切」，上古音屬「月」部「日」紐，雙聲，元月對轉。

十一、脂部－質部

（一）即：次

「即」字通假爲「次」。見於郭店楚簡《老子》丙本者，如：

其即（次）新（親）譽之，其即（次）悁（畏）之，……其即（次）

炅（侮）之（1）

見於〈性自命出〉者，如：

其居即（次）也舊（26）

以郭店楚簡《老子》丙本（1）爲例，今本《老子》第十七章作「其次親而譽之，其次畏之，其次侮之。」馬王堆漢墓帛書《老子》甲、乙本「即」字亦皆作「次」字。「即」爲「子力切」，上古音屬「質」部「精」紐，「次」爲「七四切」，上古音屬「脂」部「清」紐，二者發聲部位相同，精清旁紐，脂質對轉。通假現象亦見於古籍，如：《尚書・康誥》云：「用義刑義殺，勿庸以次封汝。」〔註397〕《荀

〔註396〕《殷周金文集成》第7冊，頁24。
〔註397〕《尚書》（十三經注疏本），頁203。

子》〈致士〉與〈宥坐〉皆云：「《書》曰：『義刑義殺，勿庸以即。』」〔註398〕

（二）利：黎

「利」字通假爲黎民之「黎」。見於郭店楚簡〈緇衣〉者，如：

　　利（黎）民所信（17）

「利」爲「力至切」，上古音屬「質」部「來」紐，「黎」爲「郎奚切」，上古音屬「脂」部「來」紐，雙聲，脂質對轉。

（三）利：梨

「利」字通假爲「梨」。通假現象見於包山楚簡者，如：

　　諱利（梨）二箕（258）

「利」爲「力至切」，上古音屬「質」部「來」紐，「梨」爲「力脂切」，上古音屬「脂」部「來」紐，雙聲，脂質對轉。

據以上論述與統計得知，對轉通假現象共有 11 類 29 組。

第六節　其　他

通假的要求須是聲韻的相同、相近，可是有一些通假現象卻非如此，因此，凡是聲、韻皆遠者，一律收於「其他」項下。

一、絲：茲

「絲」字通假爲「茲」。見於郭店楚簡〈成之聞之〉者，如：

　　型（刑）絲（茲）亡（39）

「絲」爲「於求切」，上古音屬「幽」部「影」紐，「茲」爲「子還切」，上古音屬「之」部「精」紐。通假現象亦見於金文，如：「各（格）絲（茲）安陵」〈陸純釜〉。〔註399〕

二、絲：慈

「絲」字通假爲「慈」。見於郭店楚簡〈唐虞之道〉者，如：

　　昏（聞）舜絲（慈）虖（乎）弟（23）

〔註398〕《荀子集解》，頁 466，頁 818。

〔註399〕《殷周金文集成》第 16 冊，頁 284。

「丝」爲「於求切」，上古音屬「幽」部「影」紐，「慈」爲「疾之切」，上古音屬「之」部「從」紐。

三、壴：矣

「壴」字僅見於郭店楚簡，通假爲「矣」。由於辭例甚多，僅以〈性自命出〉爲例，如：

近得之壴（矣）（36）

弗得之壴（矣）（37）

慐斯哭壴（矣），哭斯慮壴（矣），慮斯莫與之結壴（矣）（48）

信壴（矣）（49）

斯人信之壴（矣）（51）

「壴」爲「中句切」，上古音屬「侯」部「端」紐，「矣」爲「于紀切」，上古音屬「之」部「匣」紐。

四、寺：夷

「寺」字通假爲「夷」。見於郭店楚簡〈窮達以時〉者，如：

完（管）寺（夷）虐（吾）句（拘）緜弃縛（6）

「寺」爲「祥吏切」，上古音屬「之」部「邪」紐，「夷」爲「以脂切」，上古音屬「脂」部「喻」紐。

五、罷：一

「罷」字通假爲「一」。見於郭店楚簡〈太一生水〉者，如：

罷（一）块（缺）罷（一）浧（盈）（7）

見於〈五行〉者，如：

其義（儀）罷（一）也。能爲罷（一）（16）

見於〈成之聞之〉者，如：

貴而罷（一）纕（18）

見於〈語叢四〉者，如：

罷（一）家事乃又（有）貧（26）

「羆」字從能從羽，其所從之音若爲能聲，「能」爲「奴來切」，又音「奴登切」、「奴等切」、「奴代切」，上古音屬「之」部「泥」紐；若爲羽聲，「羽」爲「王矩切」，上古音屬「魚」部「匣」紐。「一」爲「於悉切」，上古音屬「質」部「影」紐。據漢簡與文獻資料的通假現象觀察，主要元音爲〔e〕的脂、質、眞部與主要元音爲〔ə〕的之、職、蒸部有不少通假的現象，相反的則甚少與主要元音爲〔a〕的魚、鐸、陽部發生通假。〔註400〕據此二類習見通假的現象而言，「羆」字應從能聲爲佳。

六、紒：貳

「紒」字僅見於郭店楚簡，通假爲「貳」。見於〈緇衣〉者，如：

則民青（情）不紒（貳）（3）

《禮記・緇衣》作「則民情不貳」，故將之釋爲「貳」字。「紒」字從糸弋聲，「弋」爲「與職切」，上古音屬「職」部「喻」紐，「貳」爲「而至切」，上古音屬「脂」部「日」紐，二者發聲部位相同，日喻旁紐。

七、杙：桎

「杙」字通假爲「桎」。見於郭店楚簡〈窮達以時〉者，如：

杙（桎）樶（6）

「杙」爲「與職切」，上古音屬「職」部「喻」紐，「桎」爲「之日切」，上古音屬「質」部「照」紐，二者發聲部位相同，照喻旁紐。

八、逗：桓

「逗」字通假爲「桓」。見於郭店楚簡〈窮達以時〉者，如：

堣（遇）齊逗（桓）也（6）

「逗」字從辵亘聲，「亘」爲「古鄧切」，上古音屬「蒸」部「見」紐，「桓」爲「胡官切」，上古音屬「元」部「匣」紐，二者發聲部位相同，見匣旁紐。

〔註400〕據王輝《古文字通假釋例》所收例字觀察，脂、之通假者，如：禮—理、指—趾；質、職通假者，如：即—則；眞、之通假者，如：民—每。脂、魚通假者，僅見遲—胥一例，而且，王輝亦無法十分肯定，故於該項下註明「疑讀」二字。（《古文字通假釋例》頁25，頁26，頁274，頁824，頁133。）

九、毃：由

「毃」字通假爲「由」。通假現象見於郭店楚簡，由於辭例甚多，僅以〈五行〉爲例，如：

智（知）豐（禮）藥（樂）之所毃（由）生也（28）

義豐（禮）所毃（由）生也（31）

「毃」爲「古候切」，上古音屬「侯」部「見」紐，「由」爲「以周切」，上古音屬「幽」部「喻」紐。

十、季：孝

「季」字通假爲孝順之「孝」。見於郭店楚簡《老子》甲本者，如：

民复（復）季（孝）子（慈）（1）

從字形觀察，「季」、「孝」二字形體相近。今本《老子》第十九章作「民復孝慈」，馬土堆漢墓帛書《老子》甲本作「民復畜茲」，乙本作「民復孝茲」。「季」爲「居悸切」，上古音屬「質」部「見」紐，「孝」爲「呼教切」，上古音屬「幽」部「曉」紐，見曉旁紐。

十一、弔：叔

「弔」字通假爲「叔」。見於郭店楚簡〈窮達以時〉者，如：

孫咢（叔）（18）

「咢」字下方之「口」，從楚簡帛文字習見添加無義偏旁的現象觀察，應是在「弔」字的形體之下，再加上一個無義偏旁「口」，故於此將之視爲「弔」字。「弔」爲「多嘯切」，上古音屬「宵」部「端」紐，「叔」爲「式竹切」，上古音屬「覺」部「審」紐。通假現象亦見於金文，如：「陙（陳）公子弔（叔）邍（原）父乍遊（旅）獻（甗）」〈陳公子叔邍父甗〉；〔註401〕「晜（紀）公乍爲子弔（叔）姜口盥壺」〈晜公壺〉；〔註402〕「毛弔（叔）舷（媵）彪氏」〈毛叔盤〉。〔註403〕

〔註401〕中國社會科學院考古研究所編：《殷周金文集成》第 3 冊（北京：中華書局，1989 年），頁 214。

〔註402〕《殷周金文集成》第 15 冊，頁 246。

〔註403〕《殷周金文集成》第 16 冊，頁 148。

十二、弔：淑

「弔」字通假爲「淑」。見於郭店楚簡〈緇衣〉者，如：

叟（淑）人君子（4，39）

叟（淑）誓（愼）尒止（32）

見於郭店楚簡〈五行〉者，如：

娿（淑）人君子（16）

《禮記・緇衣》分別作「淑人君子」與「淑愼爾止」。「弔」字的字形或作「叟」、「娿」，形體雖然不一，可是從楚簡帛文字習見添加無義偏旁的現象觀察，應是在「弔」字的形體之下，再加上一個無義偏旁「口」或「女」，故於此將之視爲「弔」字。「弔」爲「多嘯切」，上古音屬「宵」部「端」紐，「淑」爲「殊六切」，上古音屬「覺」部「禪」紐。關於「弔」字通假爲「淑」，容庚云：「『弔』，善也。引申而爲有凶喪而問其善曰『弔』。……後假拾也之『叔』爲伯弔之『弔』，又孳乳『淑』、『俶』以爲弔善之『弔』。」〔註404〕而通假現象亦見於金文，如：「弔（淑）於威義」〈王子午鼎〉，〔註405〕可知容氏之言應可從。

十三、袈：勞

「袈」字通假爲「勞」。見於郭店楚簡〈緇衣〉者，如：

下難智（知）則君倀（長）袈（勞）（6）

則君不袈（勞）（7）

卒袈（勞）百眚（姓）（9）

以〈緇衣〉（6）爲例，《禮記・緇衣》作「下難知則君長勞」。「勞」字從力熒省，「袈」字可能從衣熒省聲，「熒」爲「戶扃切」，上古音屬「耕」部「匣」紐，「勞」爲「魯力切」，上古音屬「宵」部「來」紐。此外，楚簡帛文字習見在原本的形體上，省減某一筆畫或是部件，從竹簡的字形觀察，「袈」字應是「袈」字的省簡，「袈」爲「於營切」，上古音屬「耕」部「影」紐。無論從那一個角度觀察，二者在音韻上，並無相近之處。通假之例亦見於金文，如：「女（汝）婆（勤）

〔註404〕《金文編》卷8，頁569～570。

〔註405〕《殷周金文集成》第5冊，頁206～208。

袋（勞）」〈叔尸鐘〉；「董袋（勞）其政事」〈叔尸鎛〉。〔註406〕

十四、閔：閉

「閔」字通假爲「閉」。見於郭店楚簡《老子》甲本者，如：

閔（閉）其迗（兌），賽（塞）其門（27）

今本《老子》第五十六章作「塞其兌，閉其門」，馬王堆漢墓帛書《老子》乙本作「塞亓兌，閉亓門」。「閔」字從門戈聲。「戈」爲「古禾切」，上古音屬「歌」部「見」紐，「閉」爲「博計切」，上古音屬「質」部「幫」紐。

十五、妥：綏

「妥」字僅見於望山楚簡，通假爲「綏」，如：

白柔之妥（綏）（2.9）

從前後簡的內容觀察，應是記載馬車上的器物，「妥」字於此無法釋讀，應作爲「綏」字解。「綏」有「車中把」之義，段玉裁云：「綏則系於車中，御者執以授登車者，故別之曰：『車中靶也』。」〔註407〕由此可知，「綏」是登車時的一種工具。「妥」爲「他果切」，上古音屬「歌」部「透」紐，「綏」爲「息遺切」，上古音屬「微」部「心」紐。通假現象亦見於金文，如：「大神妥（綏）多福」〈癲簋〉；「用妥（綏）公唯壽」〈沈子它簋蓋〉。〔註408〕

十六、敯：第

「敯」字通假爲「第」。見於郭店楚簡〈緇衣〉者，如：

必見其敯（第）（40）

「敯」字從攵曷聲，「曷」爲「胡葛切」，古音屬「月」部「匣」紐，「第」爲「分勿切」，上古音屬「物」部「幫」紐，月物旁轉。

十七、祱：祟

「祱」字多通假爲作祟之「祟」。見於望山楚簡者，如：

又見祱（祟）（1.50）

〔註406〕《殷周金文集成》第 1 冊，頁 303～318，頁 319～326。

〔註407〕《說文解字注》，頁 668。

〔註408〕《殷周金文集成》第 8 冊，頁 63～78，頁 289。

又祝（祟）（1.54，1.81，1.61）

「祝」字從示兑聲，「兑」爲「杜外切」，古音屬「月」部「定」紐，「祟」爲「雖遂切」，上古音屬「物」部「心」紐，月物旁轉。

十八、敓：祟

「敓」字多通假爲作祟之「祟」。見於望山楚簡者，如：

北方又敓（祟）（1.76）

南方又敓（祟）（1.77）

尚敓（祟）（1.88）

「敓」爲「徒活切」，上古音屬「月」部「定」紐，「祟」爲「雖遂切」，上古音屬「物」部「心」紐，月物旁轉。

十九、殜：世

「殜」字僅見於郭店楚簡，通假爲「世」。由於辭例甚多，僅以〈窮達以時〉爲例，如：

亡其殜（世），……句（苟）又（有）其殜（世）（2）

「殜」字從歺枼聲，「枼」爲「與涉切」，上古音屬「葉」部「喻」紐，「世」爲「舒制切」，上古音屬「月」部「審」紐，二者發聲部位相同，審喻旁紐。

二十、卞：偏

「卞」字僅見於郭店楚簡，通假爲「偏」。見於《老子》丙本者，如：

是以卞（偏）將軍居左（8）

今本《老子》第三十一章作「偏將軍居左」，馬王堆漢墓帛書《老子》甲本作「是以便將軍居左」，乙本作「是以偏將軍居左」。「卞」爲「皮變切」，上古音屬「元」部「並」紐，「偏」爲「芳連切」，上古音屬「真」部「滂」紐，二者發聲部位相同，滂並旁紐，元真旁轉。

二十一、懂：難

「懂」字通假爲「難」。見於郭店楚簡〈窮達以時〉者，如：

可（何）懂（難）之又（有）才（哉）（2）

「懂」爲「居隱切」，又音「巨斤切」，上古音屬「文」部「見」紐，「難」爲「那干切」，上古音屬「元」部「泥」紐，元眞旁轉。

二十二、妻：微

「妻」字通假爲「微」。見於郭店楚簡《老子》甲本者，如：

僕（樸）唯（雖）妻（微）（18）

今本《老子》第三十二章作「樸雖小」，郭店楚簡整理小組將「妻」字釋爲「微」字。「微」字有隱行、微眇之義，「小」者「物之微也」，物微而可隱，物小而微眇，故知「微」字與「小」字之義有相通之處，今從之作「微」字解。「妻」爲「七稽切」，上古音屬「脂」部「清」紐，「微」爲「無非切」，上古音屬「微」部「明」紐，脂微旁轉。

二十三、帀：師

「帀」字通假爲「師」。見於郭店楚簡〈緇衣〉者，如：

帀（師）尹（16）

出内（入）自尒帀（師）于（虞）（39）

《禮記・緇衣》作「出入自爾師虞」。「帀」爲「子荅切」，上古音屬「葉」部「精」紐，「師」爲「疏夷切」，上古音屬「脂」部「山」紐。通假現象亦見於金文，如：「但（冶）帀（師）盤埜差（佐）秦忑爲之」〈楚王酓忑鼎〉；[註409]「但（冶）帀（師）邵圣差（佐）陳共爲之」〈楚王酓忑盤〉；[註410]「左庫公帀（師）」〈六年安平守鈹〉。[註411]

二十四、皀：毀

「皀」字通假爲「毀」。見於郭店楚簡〈窮達以時〉者，如：

譽皀（毀）才（在）仿（旁）（14）

「皀」爲「奴結切」，上古音屬「質」部「泥」紐，「毀」爲「許委切」，上古音屬「微」部「曉」紐。

〔註409〕《殷周金文集成》第 5 冊，頁 187～190。

〔註410〕《殷周金文集成》第 16 冊，頁 160。

〔註411〕《殷周金文集成》第 18 冊，頁 150。

二十五、位：泣

「泣」字通假爲「位」。見於郭店楚簡〈緇衣〉者，如：

共（恭）以泣（位）之（25）

《禮記・緇衣》作「恭以位之」。「位」爲「于愧切」，上古音屬「物」部「匣」紐，「泣」爲「力至切」，上古音屬「質」部「來」紐，物質旁轉。

二十六、𡨄：鄰

「𡨄」字通假爲「鄰」。見於郭店楚簡《老子》甲本者，如：

猷（猶）唇（乎）其奴（若）悃（畏）四𡨄（鄰）（9）

今本《老子》第十五章作「猶兮若畏四鄰」，馬王堆漢墓帛書《老子》乙本作「猷呵其若畏四敓」。《古文四聲韻》「鄰」字作「○○」（古老子）、「𡚼」（古尚書），[註412] 皆不見郭店楚簡與馬王堆帛書《老子》「𡨄」字下半部所從的「文」。董蓮池從《古文四聲韻》的例字推定此字即爲「鄰」字，以「○」作爲城邑或所居住處所的區劃的象形符號，兩相比次以爲會意，故「○」應與「□」相同，而其下的「文」爲追加的聲符。[註413] 董氏以爲「文」爲聲符，應可採信。「𡨄」字從吅文聲，「文」爲「無分切」，上古音屬「文」部「明」紐，「鄰」爲「力珍切」，上古音屬「眞」部「來」紐，眞文旁轉。

二十七、訢：愼

「訢」字僅見於郭店楚簡，通假爲「愼」。由於辭例甚多，僅以《老子》丙本爲例，如：

訢（愼）終若訂（始）（12）

馬王堆漢墓帛書《老子》甲本作「愼終若始」，乙本作「愼冬若始」，今本《老子》作「愼終若始」，由此推知此字的聲音應與「愼」字近同。「愼」爲「時刃切」，上古音屬「眞」部「禪」紐，「訢」字的上古音應與之接近方能通假。「訢」字未見於字書，楚簡帛文字習見在原本的字形上，添加無義或標義偏旁，「訢」字所見的「幺」，可能是添加於「訢」字上的無義偏旁。「訢（訢）」爲「許斤切」，上古音屬「文」部「曉」紐，眞文旁轉。

〔註412〕（宋）夏竦：《古文四聲韻》（臺北：學海出版社，1978 年），頁 62。

〔註413〕董蓮池：《金文編校補》（長春：東北師範大學出版社，1995 年），頁 264。

二十八、訢：塵

「訢」字僅見於郭店楚簡，通假為「塵」。見於《老子》甲本者，如：

迵（同）其訢（塵）（27）

馬王堆漢墓帛書《老子》乙本、今本《老子》皆作「同其塵」，由此推知此字的聲音應與「塵」字近同。「塵」為「直珍切」，上古音屬「眞」部「定」紐，「訢（訢）」為「許斤切」，上古音屬「文」部「曉」紐，眞文旁轉。

二十九、立：位

「立」字通假為「位」。由於辭例甚多，僅以包山楚簡與望山楚簡為例。見於望山楚簡，如：

以其未又簐（爵）立（位）（1.22）

未有簐（爵）立（位）（1.23）

見於包山楚簡者，如：

崔（爵）立（位）迡（遲）遬（202）

至九月喜崔（爵）立（位）（204）

「立」為「力入切」，上古音屬「緝」部「來」紐，「位」為「于愧切」，上古音屬「物」部「匣」紐。通假現象亦見於古籍與金文，如：《莊子‧讓王》云：「吾子胡不立乎」，[註414]《呂氏春秋‧離俗》云：「吾子胡不位之」；[註415]「隹二十又七年三月既生霸戊戌，王才（在）周，各（格）大室，即立（位）」〈廿七年衛簋〉；[註416]「而臣主易立（位）」〈中山王𪩘方壺〉。[註417]

三十、躬：允

「躬」字通假為「允」。見於郭店楚簡〈緇衣〉者，如：

躬（允）也君子（36）

《禮記‧緇衣》作「允也君子」。「躬」為「居戎切」，上古音屬「冬」部「見」

〔註414〕《莊子》第 9 卷，頁 16。

〔註415〕《呂氏春秋》，頁 529。

〔註416〕《殷周金文集成》第 8 冊，頁 187。

〔註417〕《殷周金文集成》第 15 冊，頁 290～297。

紐，「允」爲「余準切」，上古音屬「文」部「喻」紐。

據上列的論述與統計，上古聲紐、韻部俱遠者共有 30 組。

第七節　楚簡帛文字通假的方式與原因

文字通假的分析，除了直接從二者的聲音近、同觀察外，從通假字與本字所從的聲旁亦可看出端倪，所以，本節擬由文字所從的偏旁，瞭解楚簡帛文字通假的現象，並且進一步的探求其通假的原因。

一、通假方式

一般而言，通假的基本原則，必須是通假字與本字之間具有聲韻上相同或相近的關係，但是據上面 487 組的通假現象觀察，並非絕對如此，只要聲旁相同者即可發生通假，並不一定必具有雙聲疊韻、雙聲、疊韻，或是對轉的關係。所以，從另一個角度觀察，楚簡帛文字的通假方式，又可以分爲以下幾種：

（一）借用聲旁之字替代形聲字

係指以聲旁之字爲通假字，而以形聲字爲本字。以聲旁之字通假形聲字的現象最爲常見，如：「才」通假爲「哉」、「且」通假爲「祖」、「司」通假爲「詞」、「立」通假爲「位」、「正」通假爲「政」、「里」通假爲「理」、「亞」通假爲「惡」、「取」通假爲「娶」、「古」通假爲「故」、「戔」通假爲「賤」、「妥」通假爲「綏」、「勿」通假爲「物」等；此外，這類的通假字往往可以通假爲許多個具有相同聲符的本字，如：「寺」字可通假爲「時」、「詩」，「青」字可通假爲「清」、「請」，「句」字可通假爲「苟」、「拘」等。

（二）借用形聲字代替聲旁之字

係指以形聲字爲通假字，而以聲旁之字爲本字。以形聲字通假聲旁之字得現象亦多見，如：「悷」通假爲「矣」、「攻」通假爲「工」、「政」通假爲「正」、「城」通假爲「成」、「坪」通假爲「平」、「芒」通假爲「亡」、「迵」通假爲「同」、「植」通假爲「直」、「翠」通假爲「羽」、「像」通假爲「象」、「故」通假爲「古」等。

（三）借用聲旁相同的字

係指兩個字聲旁相同者，往往可以通假，如：「紿」通假爲「治」、「時」通

假爲「詩」、「敵」通假爲「雕」、「邵」通假爲「韶」、「僕」通假爲「樸」、「攻」通假爲「功」、「繪」通假爲「錦」、「槍」通假爲「錦」、「訓」通假爲「順」等；此外，這類的通假字亦可以通假爲幾個具有相同聲旁的本字，如：「懽」通假爲「勸」、「權」等。

（四）借用聲韻相同或相近的字

係指通假字與本字之間只有聲或韻的關係，二者的聲旁並不相同。如：「悔」通假爲「謀」、「事」通假爲「士」、「氏」通假爲「是」、「期」通假爲「忌」、「亥」通假爲「改」、「佣」通假爲「俑」、「害」通假爲「曷」、「母」通假爲「無」、「卑」通假爲「嬖」、「迵」通假爲「通」、「索」通假爲「素」等。

（五）形近通假

形近通假的現象較爲少見，雖然是形體的相近，在聲韻上，通假字與本字亦具有關係，如：「母」通假爲「毋」。

（六）其 他

這類的通假字，大多未見於字書，是一些字形特殊的文字，從聲韻的角度觀察，或爲雙聲疊韻，或爲雙聲，或爲疊韻，或爲對轉，或爲聲韻俱遠者。爲雙聲疊韻者，如：「笭（弦）」通假爲「軩」、「荼」通假爲「涂」、「愁」通假爲「儀」、「愁」通假爲「義」、「悃」通假爲「溫」、「𢧵」通假爲「緘」等；爲雙聲者，如：「希」通假爲「敝」、「迣」通假爲「格」、「鼻」通假爲「詣」等；爲疊韻者，如：「秣」通假爲「柔」、「憩」通假爲「寵」、「補」通假爲「輔」、「虞」通假爲「吾」、「啻」通假爲「乎」、「輕」通假爲「廣」、「智」通假爲「輕」、「觀」通假爲「渙」、「迪」通假爲「陳」、「孳」通假爲「慈」等；爲對轉者，如：「檦」通假爲「表」、「迬」通假爲「動」、「輢」通假爲「禩」、「賞」通假爲「得」、「購」通假爲「賴」等；聲韻俱遠者，如：「裳」通假爲「勞」、「殼」通假爲「由」、「羆」通假爲「一」、「叟」通假爲「鄰」、「斳」通假爲「塵」、「斳」通假爲「慎」等。

歷來學者討論通假現象，皆以聲韻的相同爲首要條件，其次才將聲或韻相同者列入其間。但是，從上面的觀察顯示，聲旁相同的通假字與本字，表面上雖然具有相同的聲旁，卻非所有的通假皆符合雙聲疊韻的原則，其間不乏聲韻相近或是聲韻不同者。或爲疊韻旁紐者，如：「寺」通假爲「詩」、「寺」通假爲「時」；或爲疊韻者，如：「訓」通假爲「順」；或既非雙聲亦非疊韻者，如：「妥」

通假爲「綏」、「立」通假爲「位」。可知楚人在通假的使用上，非如後人嚴謹，或是有一定的標準與法則，只要在聲旁相同的條件下，即可發生通假的現象。

文字的目的，在於記錄語言，許慎曾云：「言語異聲，文字異形。」從文字的角度而言，方音的不同，會造成新字的產生，所以，那些未見於字書的通假字，應是爲了表現方言音讀的不同而產生的文字。其間雖然多可以今人所擬構的上古音系歸類，卻仍有不少現象無法解釋詳盡。由此推測，先秦時代的上古音，並非單純的只有一套系統，倘若欲以今人所擬構的上古音系統作爲戰國、春秋，或是整個先秦時期的音韻系統，實有扞格之處。至於先秦楚系音韻系統的內容十分廣泛，仍有待日後進一步的探討。

二、通假原因

楚簡、帛書裡的通假數量十分多，相同的通假現象亦多見於文獻資料、金文、漢代帛書與竹簡。造成通假的原因，應該是多方面因素所致。左松超對於通假現象的產生，云：

> 帛書中的通假字，不但數量多，而且有許多通假字，不見於傳世古籍，我的想法是傳世古籍在流傳中經過許多學者的規範性整理，才有現在的面貌。我們設想古代傳抄書籍的情形，……可能的情況是由老師口誦學生聽寫，甚至於爲了同時抄寫多本，一人誦讀，多人聽寫。因爲聽寫的人學識程度不一，誦讀跟聽寫的人口音有異，跟著聽到的讀音寫下來，自不免寫了許多同音別字甚至錯字。〔註418〕

據左氏之言，通假的現象，應是傳抄時誦讀者與聽寫者個人的口音不同所致。此一說法應可採信。可是，從以上的討論與觀察得知，事實上也有不少通假字僅見於楚簡帛文字，而未出現於文獻資料、金文，甚或後代的簡帛資料。楚簡帛文字通假的發生原因，應是多方面的，絕非如此的單純。而從以上各節的觀察，楚簡帛文字通假的發生原因，大致有以下幾點：

（一）社會風氣

楚系簡帛文字的通假現象，以通假字與本字所從聲旁相同者爲最多，二者

〔註418〕左松超：〈馬王堆帛書中的異體字與通假字〉，《第三屆中國文字學國際學術研討會論文集》（臺北：輔仁大學出版社，1992 年），頁 606。

的聲旁雖然相同，卻不一定具有雙聲疊韻的關係，亦見雙聲、疊韻、對轉，或是既非雙聲又非疊韻的現象。此外，從古敬恒的統計資料觀察，〔註419〕通假的現象，時代愈早出現的比率愈高。由此推測，當時的社會確實存在大量使用通假的情形。換言之，當時的社會並未硬性的明文規定某義必用某字，只要聲音相同或是相近者，往往可以通假。亦即當時的書寫者是在約定俗成的社會風氣下使用通假，而且當時並未明文規定通假字與本字間的通假原則，只要聲旁相同者即可發生通假的現象。

（二）臨文忘字

中國文字的筆畫繁複，若非時常使用之字，甚難於瞬間記得，故陸德明引鄭玄之言云：「其始書之也，倉卒無其字，或以音類比方，假借為之，趣於近之而已。」〔註420〕從以上所見以聲韻相同或相近的字、聲旁相同的字通假之例觀察，書寫者臨文忘字的現象，應是楚簡帛文字通假的另一大因素。

（三）師學傳承

戰國時期百家爭鳴，學術的傳承，只有靠先生口耳傳授。從郭店楚簡所見的通假現象言，從某一批竹簡上的某一字多通假為某字的現象觀察，如：「訂」字在〈老子〉甲本、丙本多通假為「始」，在〈尊德義〉則多通假為「治」；「司」字在〈成之聞之〉、〈語叢四〉多通假為「詞」，在〈性自命出〉則多通假為「始」；「寺」字在〈窮達以時〉多通假為「夷」，在〈緇衣〉則多通假為「詩」等。從同一字出現於不同的竹書，即有不同的通假現象言，這些通假字的產生，應是受到師承所致。亦即先生在傳授學術時，以其所知的書籍原文授予後人，倘若其間本有通假者，為師者不察，學生亦謹從師訓，悉照先生所示抄錄，必保留大批的通假現象。

（四）趨簡避繁

從上面的討論發現，以借用聲旁之字代替形聲字的現象最為常見，此一現象正透露出文字書寫者趨簡避繁的情形。文字的使用，須要能確實達到形、音、

〔註419〕古敬恒：〈論通假字的時代層次〉，《語言文字學》1987 年第 8 期，頁 135～141。（又收入《徐州師範學院學報》1987 年第 1 期）

〔註420〕《經典釋文‧序》，頁 2。

義的充分傳達功能，相對的，這種作法勢必造成文字的趨繁，對於書寫者而言，將產生某一程度上的不便。爲了省減書寫的時間，在不過度破壞文字的表形、表音與表義的作用下，文字的筆畫便一步步的省減。相對的，在抄錄資料時，爲了省減抄寫的時間，只要二者的聲旁相同或是相近，書寫者亦可以有意的以筆畫簡單的字，取代筆畫複雜的字。亦正因爲這種因素所致，才有如此多的通假現象存在。

（五）方言讀音

　　文字的作用，主要在於溝通，並且作爲語言的記錄。誠如上面所言，方言讀音的不同，是造成新字的成因之一。從 487 組的通假字觀察，有不少字尚未見於字書，或是其他區域的出土材料上。由此可知，這些未著錄或未見的文字，可能是爲了因應楚地的方音不同，因而產生的文字。換言之，它反映的是楚地的語言現象，或是口語的問題。雖然，某些字無法以今人所擬構的上古音系統予以歸類，但是卻能透過竹書的記載與古籍相互對照，找出其間的通假現象。

　　透過諸多的資料觀察與分析，可以知道楚簡帛文字的通假原因，並非一般所謂的傳抄時的臨文忘字、或是書寫者的語音，如此的簡單，其間亦應包括了書寫者的書寫心理，以及當時的社會風氣、師學的傳承等因素。亦由於諸多的因素，導致其出現大批的通假現象，才能使得後人有機會從中尋找相關的線索，並且進一步的瞭解其獨特的面貌。

第八節　結　語

　　從文字的聲旁觀察，其間的通假方式，可以分爲：

　　一、借用聲旁之字替代形聲字，如：「正」字通假爲「政」字等。

　　二、借用形聲字代替聲旁之字，如：「城」字通假爲「成」字等。

　　三、借用聲旁相同的字，如：「綌」字通假爲「錦」字等。

　　四、借用聲韻相同或相近的字，如：「氏」字通假爲「是」字等。

　　五、形近通假，如：「母」字通假爲「毋」字等。

　　六、其他，如：「惃」字通假爲「溫」字等。

　　就通假字與本字所從的聲旁而言，楚簡帛文字的通假，並不如今人的標準嚴格，只要聲旁相同即可發生通假。換言之，它並非絕對的要求具有雙聲疊韻

的關係，只要雙聲、疊韻、對轉，甚至聲韻俱遠者，也可以發生通假。此外，就上面諸節的觀察，其通假的原因，並非單一的，除了因書寫時的臨時忘記該字，而以另一聲韻相同或相近的字取代外，它還深受當時的社會風氣以及楚地的方言讀音、師學的傳承、書寫時趨簡避繁的心理等因素的影響。

　　楚簡帛文字通假現象的研究，不僅可作爲讀破通假字以尋求本字之須，在聲韻學上亦有莫大的作用。如：何大安以爲馬王堆漢墓帛書「徽（hm）：諱（h）」的通假，是清鼻音 hm 變爲 h 最早出現的例子，並以許愼所言「郵（hm）讀若（hn）」之例作爲佐證；又以爲銀雀山漢簡所見「是（dj）：氏（glj）」的通假現象，代表漢代時舌根與舌尖音已經混同。〔註 421〕事實上，從雙聲疊韻通假字的觀察發現：楚簡裡已經出現「郵」、「許」或「酓」、「許」通假的現象，如：包山楚簡「郵（許）易」（87）、望山楚簡「酓（許）陀」（1.18，1.93）諸例；亦出現「是」、「氏」通假的情形，如郭店楚簡〈緇衣〉「好氏（是）貞（正）植（直）」（3）、〈忠信之道〉「氏（是）古（故）古之所以行乎」（9）。若以其所擬的聲母與例字言，聲母演變的年代，應可再往前提早至戰國時期。據此可知，楚簡帛文字的通假現象，正可以補充與修正前賢對古代聲母的演變年代認知之不足。

　　最後，從 487 組的通假現象觀察，有不少情形值得注意：

一、端系字與照系字的通假頻繁，約有 32 組。

二、精系字與莊系字通假頻繁，約有 10 組。

三、邪母字很少與同系字通假，卻多與照系字通假。

四、心母字不僅與同系字通假，亦多與照系、端系發生通假現象。

五、曉、匣與見系字通假頻繁，約有 27 組。

　　以上諸多的語言現象，牽涉到古代漢語聲母的演變，不在本文的討論範圍之內，所以僅於此處提出，不另作探討。

　　據以上論述與統計得知，雙聲疊韻通假者有 26 類 178 組，雙聲通假者有 13 類 22 組，疊韻通假者有 30 類 229 組，對轉通假者有 11 類 28 組，聲韻俱遠者有 30 組，合計共有 487 組。茲將論述的結果條列如下。

〔註 421〕何大安，〈古漢語聲母演變的年代學〉（初稿）（臺北：中央研究院語言研究所，1998年），頁 3。

一、雙聲疊韻通假

（一）之　部

1、悔－謀	2、紿－治	3、才－在
4、孯－字	5、志－字	6、巳－祀
7、事－士	8、之－志	9、期－忌
10、惎－記	11、晦－海	12、又－有
13、右－佑	14、佚－矣	15、里－理

（二）職　部

1、福－富	2、備－服	3、犆－特
4、賽－塞	5、息－塞	6、昃－側
7、戠－職	8、杙－弋	9、祀－翼

（三）蒸　部

1、佣－朋	2、堋－朋	3、爯－稱
4、笁、弘、弓－弸		

（四）幽　部

1、冒－帽	2、戊－牡	3、茆－茅
4、匋－陶	5、裯－綢	6、道－導
7、獸－守	8、受－授	9、咎－晷
10、攷－巧	11、幽－幼	12、慐－憂
13、卣－攸		

（五）覺　部

1、竺－築	2、箸－築

（六）宵　部

1、敓－旄	2、逃－盜	3、佋－韶
4、邵－韶		

（七）沃　部

1、雀－爵	2、瘧－虐	3、溺－弱

（八）侯　部

1、取－娶	2、句－苟	3、句－拘

4、訽－拘　　　　　5、狗－苟　　　　　6、遇－寓

7、禺－隅　　　　　8、堣－遇　　　　　9、婁－屢

(九) 屋　部

1、僕－樸　　　　　2、彔－祿

(十) 東　部

1、童－重　　　　　2、童－動　　　　　3、蓮－動

4、僮－動　　　　　5、數－動　　　　　6、週－同

7、從－縱　　　　　8、攻－功　　　　　9、攻－工

10、共－恭　　　　11、甬－用　　　　12、佣－俑

(十一) 魚　部

1、荼－涂　　　　　2、且－祖　　　　　3、紪－疏

4、者－諸　　　　　5、寡－顧　　　　　6、古－故

7、故－古　　　　　8、古－固　　　　　9、家－嫁

10、姑－辜　　　　11、吳－虞　　　　12、語－禦

13、鄦－許　　　　14、鄫－許　　　　15、羿－羽

16、余－餘　　　　17、遽－魯

(十二) 鐸　部

1、亞－惡　　　　　2、零－露

(十三) 陽　部

1、方－鈁　　　　　2、秉－鞞　　　　　3、亡－忘

4、芒－亡　　　　　5、倉－滄　　　　　6、蒼－滄

7、相－箱　　　　　8、像－象　　　　　9、妝－莊

10、章－彰　　　　11、昌－倡　　　　12、尚－常

13、尚－嘗　　　　14、端－尚　　　　15、慶－卿

16、紻－鞅　　　　17、向－鄉　　　　18、昜－陽

(十四) 支　部

1、智－知　　　　　2、氏－是　　　　　3、捑－奚

(十五) 錫　部

1、隘－益　　　　　2、鬲－歷

（十六）耕　部

1、坪－平	2、寍－寧	3、青－清
4、青－請	5、情－靖	6、正－政
7、政－正	8、聖－聲	9、成－城
10、城－成	11、生－牲	12、型－形
13、型－刑	14、荊－形	15、荊－刑

（十七）歌　部

| 1、沱－池 | 2、宜－義 | 3、義－儀 |
| 4、我－義 | 5、惢－儀 | 6、惢－義 |

（十八）月　部

| 1、市－紱 | 2、敓－奪 | 3、霼－脆 |
| 4、害－曷 | | |

（十九）元　部

1、反－返	2、卞－辯	3、免－冕
4、㵼－漫	5、耑－短	6、耑－端
7、戔－賤	8、膳－善	9、柬－簡
10、安－焉	11、赶－轅	

（二十）脂　部

| 1、豊－禮 | | |

（二十一）質　部

| 1、桼－漆 | 2、歃－血 | |

（二十二）微　部

| 1、悕－哀 | 2、愄－威 | 3、韋－幃 |
| 4、幃－韋 | | |

（二十三）物　部

| 1、未－味 | 2、勿－物 | 3、述－術 |
| 4、胃－謂 | | |

（二十四）文　部

| 1、聞－問 | 2、堇－筋 | 3、㡙－巾 |

4、菫－根　　　　　　5、菫－勤　　　　　　6、囻－圓

7、員－云　　　　　　8、侖－倫

（二十五）侵　部

1、綸－錦　　　　　　2、錊－錦　　　　　　3、𢧀－緘

4、賁－任

（二十六）談　部

1、砧－玷　　　　　　2、甘－監　　　　　　3、監－鑑

4、厰－嚴

二、雙聲通假

（一）幫　紐

1、怀－背　　　　　　2、卑－嬖

（二）並　紐

1、希－敝　　　　　　2、畔－貧

（三）明　紐

1、母－毋　　　　　　2、母－無　　　　　　3、炅－侮

4、炅－務　　　　　　5、敫－美

（四）端　紐

1、貞－鎮

（五）泥　紐

1、內－納

（六）清　紐

1、僉－憯

（七）心　紐

1、索－素

（八）禪　紐

1、誓－愼

（九）見　紐

1、鼻－詬　　　　　　2、迀－格

（十）影　紐

  1、悃－溫

（十一）喻　紐

  1、䌛－由　　　　　　2、夜－豫

（十二）來　紐

  1、利－黎　　　　　　2、利－梨

（十三）日　紐

  1、然－熱

三、疊韻通假

（一）之　部

1、洖－海	2、台－治	3、絧－治
4、訒－殆	5、訒－治	6、之－治
7、㞢－待	8、才－哉	9、子－慈
10、孳－慈	11、慈－滋	12、子－㤖
13、茲－緇	14、紀－嗣	15、司－詞
16、司－始	17、忋－始	18、寺－志
19、訒－始	20、志－恃	21、時－詩
22、寺－時	23、寺－詩	24、㠯－己
25、忌－紀	26、舊－久	27、基－萁
28、亥－改	29、倹－疑	30、喜－矣

（二）職　部

1、弋－忒	2、植－直	3、弋－代
4、惻－賊	5、弋－式	6、䄂－飾
7、亟－極		

（三）蒸　部

1、膌－滕	2、勅－勝

（四）幽　部

1、㹻－柔	2、矛－柔	3、周－雕
4、敝－彫	5、疇－壽	6、秀－牖

7、攸－修　　　　　　8、敤－仇　　　　　　9、敤－述

10、臺－擾

（五）覺　部

1、竺－孰　　　　　　2、簹－孰

（六）宵　部

1、覜－盜　　　　　　2、槄－躁　　　　　　3、澡－燥

4、少－小　　　　　　5、喬－驕　　　　　　6、嚻－敖

（七）沃　部

1、藥－樂

（八）侯　部

1、敁－誅　　　　　　2、取－陬　　　　　　3、朱－銖

4、詢－覯　　　　　　5、厚－厚　　　　　　6、句－後

7、句－后　　　　　　8、縷－屨

（九）屋　部

1、蜀－獨　　　　　　2、浴－谷　　　　　　3、谷－欲

（十）東　部

1、奉－豐　　　　　　2、迵－通　　　　　　3、戇－寵

4、僮－衝　　　　　　5、頌－容　　　　　　6、公－容

（十一）魚　部

1、楠－輔　　　　　　2、懬－慮　　　　　　3、膚－盧

4、尃－輔　　　　　　5、堵－土　　　　　　6、箸－書

7、敘－除　　　　　　8、膌－屠　　　　　　9、女－如

10、虔－且　　　　　11、疋－胥　　　　　12、舍－徐

13、舍－餘　　　　　14、沽－湖　　　　　15、虗－吾

16、夏－雅　　　　　17、于－虞　　　　　18、牙－與

19、䪝－乎

（十二）鐸　部

1、白－伯　　　　　　2、白－百　　　　　　3、乇－託

4、睪－擇　　　　　　5、乍－作　　　　　　6、隻－獲

7、懌－釋　　　　　8、亦－赦　　　　　9、客－各

（十三）陽　部

1、盅－妨　　　　　2、方－旁　　　　　3、疠－病

4、敄－猛　　　　　5、仿－旁　　　　　6、堂－當

7、倀－長　　　　　8、長－黻　　　　　9、湯－唐

10、臧－莊　　　　11、臧－壯　　　　12、倉－相

13、襄－壤　　　　14、羕－祥　　　　15、羊－祥

16、競－景　　　　17、輄－廣　　　　18、坓－廣

19、枉－往　　　　20、皇－況　　　　21、羕－詠

（十四）支　部

1、氏－祇

（十五）錫　部

1、厤－積　　　　　2、惕－易　　　　　3、益－鎰

（十六）耕　部

1、貞－正　　　　　2、聖－聽　　　　　3、桯－贏

4、定－正　　　　　5、呈－盈　　　　　6、涅－盈

7、青－情　　　　　8、庸－情　　　　　9、青－靜

10、清－靜　　　　11、靜－爭　　　　12、眚－性

13、眚－姓　　　　14、巠－輕　　　　15、纓－驚

16、䡱－輕

（十七）歌　部

1、皮－彼　　　　　2、它－施　　　　　3、墮－隨

4、陸－施　　　　　5、差－佐　　　　　6、恋－過

7、迻－過　　　　　8、訶－歌　　　　　9、可－呵

10、可－何　　　　11、化－禍　　　　12、愳－化

13、蟜－化

（十八）月　部

1、發－伐　　　　　2、癹－廢　　　　　3、大－太

4、敓－說　　　　　5、兌－悅　　　　　6、埶－蓺

7、折－製　　　　　8、折－制　　　　　9、埶－設

10、夬－缺　　　　11、块－缺　　　　12、快－決

13、割－害

（十九）元　部

1、叀－變　　　　　2、畔－判　　　　　3、單－憚

4、徱（連）－傳　　5、淺－踐　　　　　6、後－散

7、完－管　　　　　8、懽－勸　　　　　9、懽－權

10、觀－澳

（二十）脂　部

1、爾－彌　　　　　2、豊－體　　　　　3、遲－夷

4、妻－齊　　　　　5、旨－嗜　　　　　6、旨－耆

（二十一）質　部

1、駜－匹　　　　　2、至－致

（二十二）真　部

1、迪－陳　　　　　2、窣－親　　　　　3、新－親

4、信－身　　　　　5、申－神　　　　　6、貪－均

7、鈞－均

（二十三）微　部

1、飛－騑　　　　　2、非－微　　　　　3、唯－雖

4、隹－誰　　　　　5、隹－惟　　　　　6、剴－豈

7、韋－諱

（二十四）物　部

1、贊－費　　　　　2、緯－緋　　　　　3、仳－拙

4、紬－屈　　　　　5、述－遂　　　　　6、頪－述

（二十五）文　部

1、昏－聞　　　　　2、昏－問　　　　　3、緡－昏

4、叕－吝　　　　　5、員－損　　　　　6、晨－振

7、川－順　　　　　8、訓－順　　　　　9、枕－楯

10、忻－近

（二十六）緝　部

1、深－泣　　　　　　2、昌－揖

（二十七）侵　部

1、酓－含

（二十八）葉　部

1、奊－攝

（二十九）談　部

1、詀－厭　　　　　　2、僉－儉　　　　　　3、漸－斬

4、敢－嚴

（三十）冬　部

1、佟－忡　　　　　　2、中－盅　　　　　　3、冬－終

四、對轉通假

（一）之部－職部

1、伓－背　　　　　　2、貴－得　　　　　　3、志－識

4、悇－噫

（二）之部－蒸部

1、止－等　　　　　　2、等－志

（三）幽部－覺部

1、戚－造

（四）宵部－沃部

1、襮－表　　　　　　2、溺－妙

（五）侯部－東部

1、迲－動

（六）侯部－屋部

1、豆－屬

（七）魚部－鐸部

1、專－博　　　　　　2、紸－著　　　　　　3、奴－若

4、如－諾　　　　　　5、惜－作　　　　　　6、索－素

　　7、夜－豫

（八）支部－錫部

　　1、卑－嬖　　　　　　2、卑－譬

（九）耕部－錫部

　　1、鞞－禚　　　　　　2、柬－靜

（十）元部－月部

　　1、番－敝　　　　　　2、購－賴　　　　　　3、萬－厲

　　4、然－熱

（十一）脂部－質部

　　1、即－次　　　　　　2、利－黎　　　　　　3、利－梨

五、其　它

1、絲－茲	2、絲－慈	3、壴－矣
4、寺－夷	5、罷－一	6、紙－貳
7、杙－柽	8、逗－桓	9、轂－由
10、季－孝	11、弔－叔	12、弔－淑
13、袈－勞	14、閔－閉	15、妥－綏
16、歇－第	17、祝－崇	18、敓－崇
19、殜－世	20、卞－偏	21、懂－難
22、妻－微	23、帀－師	24、𡉡－毀
25、位－涖	26、嬰－鄰	27、訢－慎
28、訢－塵	29、立－位	30、躬－允